Blicke, die sagen es geht nicht mehr,
Gedanken, die nicht mehr wissen wohin.
Tränen, der Verzweiflung in den Augen.
Zittern, obwohl du nicht frierst.
Erinnerungen, die wehtun dagegen anzukommen.
Traurigkeit, die man nicht beschreiben kann.
Ein letzter Blick, umdrehen,
gehen und wissen, dass es für immer ist.
Wenn Tränen leise sterben.

„Wenn Tränen leise sterben" von Bärle1 (Franzi)

Der Roman spielt hauptsächlich in allseits bekannten Stätten, doch bleiben die Geschehnisse reine Fiktion. Sämtliche Handlungen und Charaktere sind frei erfunden.

Bibliografische Information der Deutschen Nationalbibliothek
Die Deutsche Nationalbibliothek verzeichnet diese Publikation in der Deutschen Nationalbibliografie; detaillierte bibliografische Daten sind im Internet abrufbar über http://dnb.ddb.de

© 2020 CW Niemeyer Buchverlage GmbH, Hameln
www.niemeyer-buch.de
Alle Rechte vorbehalten
Umschlaggestaltung: C. Riethmüller
Der Umschlag verwendet Motiv(e) von 123rf.com
Printed in Germany
ISBN 978-3-8271-9577-7

Klaus E. Spieldenner

Unter Flutlicht

Oldenburg-Krimi

CW Niemeyer N

PROLOG

Die Temperatur an diesem Septembermorgen in der russischen Stadt Ufa entsprach nicht der eines klassischen Badetages. Kühler Wind wehte aus Richtung des Urals. Der Sommer im Jahr 1972 hatte sich früh verabschiedet. Die beiden Zwölfjährigen, die in kurzen Hosen am Strand des Belaja-Flusses herumalberten, störte das jedoch nicht.

„Lass uns eine Höhle in den Sand graben, Grischa!"

„Ja, das ist eine gute Idee."

Die Jungen liefen ein Stück auf das blaugraue Wasser zu und warfen sich voller Übermut in den feuchten Sand. Mit bloßen Händen begannen sie eine Mulde auszuheben. Schon nach wenigen Minuten schwitzten sie, und Michail, der größere, stöhnte: „Hätten wir doch die Schippen mitgenommen!" Wie von Sinnen gruben sie und warfen den feuchten Sand weit hinter sich.

Einen Kilometer entfernt spuckte das riesige Kohlekraftwerk der am westlichen Abhang des Urals gelegenen Stadt seinen schwarzen Rauch hinüber zum Ufa-Fluss, der sich dort, nach einer Strecke von über neunhundert Kilometern, mit der Belaja vereinigte. Die Jungs hatten kein Auge dafür. Sie schufteten, als hieße es, einen Verschütteten aus einem Erdloch zu bergen.

5

Etwas weiter entfernt saßen auf einer Decke zwei ältere Frauen in typisch baskirischer Landeskleidung. Eingehüllt in bunte Leinenkleider, gestickte Lederstiefel an den Füßen und die wärmende Fellmütze auf dem Kopf, schauten sie stumm auf das Wasser und die beiden spielenden Jungen.

Die Mulde im Flusssand war inzwischen schon recht tief und nur die Köpfe der Buben waren noch zu sehen. Die Hosen feucht, die Haare voller Sand, unterbrachen sie ihre Arbeit.

„Was ist, wenn wir uns nicht mehr wiedersehen, Michail?"

Der zwei Monate ältere, etwas kleinere der beiden schaute traurig seinen Freund an, hatte aber keine Antwort.

„Sag, was ist, wenn sie uns für immer trennen?" Grischa fing an zu weinen.

Michail legte seinen Arm um Grischas Schultern und zog ihn zu sich heran. „Sie können uns zwar trennen, aber es wird nicht für immer sein, mein Bruder."

Grischa konnte nicht aufhören zu weinen. Er dachte an ihre gemeinsamen sommerlichen Badetage, die Wanderungen durch die Wälder rund um ihre Stadt, und die kalten Winter, die sie mit Schlittschuhlaufen und Schneeballschlachten verbrachten. Und an ihre gemeinsame Schulzeit, die heute nach sechs Jahren mit ihrer Trennung endete.

„Warum kann ich nicht hierbleiben, Michail?"

„Es geht wohl nicht."

„Lass uns einfach weglaufen. In die Wälder. Wir verstecken uns und bleiben zusammen." Grischa hörte auf zu weinen und lächelte sogar wieder etwas.

„Grischa, du bist nicht ganz bei Trost."

„Ist dieses Land, in das ich fliege, sehr weit entfernt von hier?", fragte Grischa den Freund nach einer Weile.

„Mama sagte etwas von dreitausendfünfhundert Kilometern."

„Das ist weiter als nach Moskau!" Grischa warf eine Hand voller Sand über den Rand der Mulde. Ein Teil fiel zurück auf die Köpfe der beiden. Doch es störte sie nicht.

„Sicher doppelt so weit", sagte Michail.

„Michail, versprich mir, dass wir uns wiedersehen!" Grischa hielt ihm die Hand hin und Michail ergriff sie.

„Ich verspreche dir, Grischa, bei meinem Leben, dass ich dich irgendwann finden und wiedersehen werde."

„Ich verspreche dir das Gleiche, Michail."

„Auf ewig Freunde?"

„Auf ewig Freunde."

Sie schüttelten sich die Hände. Und jetzt liefen beiden die Tränen an den Wangen hinab.

Die Frauen waren aufgestanden.

„Es ist das Beste, Praskowja, wenn du Grischa Antonov zu dir nach Europa mitnimmst. Nach dem plötzlichen Tod seiner Eltern wird er es dort sicher besser haben. Und ich kann ihn nicht versorgen. Es fällt mir schon mit Michail und seinen Geschwistern schwer genug."

„Du hast recht, Schwester. Es war gut, dass du mir geschrieben hast. Es wird ihm in Karl-Marx-Stadt an nichts mangeln."

„Sieh nur, die beiden sind wie Brüder ..."

Die Frauen schauten den Jungen noch eine Weile zu. Dann riefen sie nach ihnen und alle spazierten gemeinsam in die Stadt zurück.

Grischa und Michail hielten sich an den Händen. So, als ob sie sich nie wieder loslassen würden.

KAPITEL 1

„Schau mal, Basti, der Typ da", sagte Anna-Lena. „Der ist ja völlig ausgeflippt!"

Sebastian Frohnau drehte sich um und warf einen Blick aus dem Rückfenster des Omnibusses. „Der spinnt ja wirklich. Bei dieser Hitze mit grün-weißer Mütze und Schal rumzurennen … ein echter Werderfan." Der Sechzehnjährige lachte Anna-Lena zu, ergriff ihre Hand und drückte sie.

Der Maitag war, wie die letzten Tage auch, extrem heiß und die Schüler hatten an diesem Freitag mit Hitzefrei gerechnet. Vergebens. Jetzt freuten sie sich auf das bevorstehende Wochenende. Ausgelassen alberten sie im Schulbus herum.

Auch andere Insassen der Linie 315 bemühten sich, einen Blick auf den vorbeilaufenden Mann in Grün-Weiß zu erhaschen. Der weiße Bus mit der gelben Schnauze und der bunten, großflächig aufgebrachten Werbung einer Großbank hatte soeben an der Oldenburger Haltestelle Sandkruger Straße/Ecke Westerholtsweg gestoppt. Viele Gymnasiasten, die vor knapp einer Viertelstunde an der Graf-Anton-Günther-Schule eingestiegen waren, hatten das Fahrzeug an den letzten Haltestellen schon verlassen. Gerade waren erneut drei

Jugendliche ausgestiegen. Trotzdem war der Bus noch immer gut gefüllt.

Anna-Lena lachte. „Der will wohl mit uns mitfahren?" Sebastian sah gerade noch, wie der schlanke Typ im ungewöhnlichen Outfit in der vorderen Tür des Oldenburger VWG-Busses verschwand. An den im Mittelgang stehenden Mitschülern vorbei konnte Sebastian nicht nach vorne in den Bus schauen, dafür waren es zu viele. So wandte er sich gelangweilt wieder seiner Freundin zu.

Josef Nortbrook war ein erfahrener Busfahrer. Seit der Schließung seines Drogeriemarktes in Sandkrug vor einundzwanzig Jahren war er ausschließlich für die Verkehr und Wasser GmbH, kurz VWG gefahren. Man hatte ihm vor einigen Jahren Altersteilzeit angeboten und der inzwischen Vierundsechzigjährige hatte damals dankbar zugestimmt. Normalerweise wurde er seit drei Monaten nur noch für die Rücktour der Oldenburger Schüler eingesetzt. Dazu hin und wieder etwas Linie.

An diesem Morgen aber war alles anders gelaufen. Sonnkamp, ein erst vierzigjähriger Kollege, hatte Nortbrook am Vorabend zu Hause angerufen und ihn gebeten, heute ausnahmsweise auch die morgendliche Tour mit zu übernehmen. „Josef, ich muss morgen dringend zur Zulassungsstelle, will den neuen Wagen schon am Wochenende nutzen. Wenn dir das recht ist, kann ich nachmittags wieder einsteigen und den Bus ab Sandkrug für den Rest des Tages übernehmen."

Nortbrook hatte Verständnis. Es passte ihm eigentlich auch ganz gut. Die Überstunden konnte er brauchen und wenn Kollege Sonnkamp bei der Fünfzehnuhrfünfundreißig-Tour an der Schule zustieg, konnte Nortbrook später in Sandkrug direkt vor seiner eigenen Haustür aussteigen. Er hatte sich also von seiner Ehefrau Hildegard in der Frühe dieses vierten Mai nach Oldenburg fahren lassen und den modernen Mercedes Benz Citaro gegen sechs Uhr auf dem Firmengelände in der Felix-Wankel-Straße übernommen.

Fünfzig Minuten später waren an der Haltestelle Hatterwüsting die ersten Schüler Richtung Oldenburg eingestiegen. Knapp dreißig Minuten danach war die erste Tour abgeschlossen gewesen und die Schüler sicher in den Klassenräumen des Graf-Anton-Günther-Gymnasiums angekommen.

Inzwischen hatte Josef Nortbrook weitere drei Touren hinter sich gebracht. Alles Linie. Diese Schülerfahrt jetzt war die Letzte für heute, und als Sportbegeisterter freute er sich schon auf ein sonniges Fußballwochenende. Kollege Sonnkamp hatte, wie versprochen, vor wenigen Minuten auf einem Sitz nahe des hinteren Ausganges Platz genommen. Er unterhielt sich, wie Nortbrook im Spiegel sah, lebhaft mit einer Schülerin.

Drei Jugendliche hatten an der Haltestelle Westerholtsweg vor wenigen Augenblicken den Bus aus dem vorderen Ausgang verlassen. Nortbrook schaute kurz auf die Uhr: 15 Uhr 47, sie lagen gut in der Zeit. Er drückte den Knopf, der die Tür schloss. Doch als die

11

Pneumatik den Vorgang einleitete, sprang ein Mann herein, und Nortbrook stoppte sie sofort. Der Blutdruck des Fahrers stieg leicht an. Wahrscheinlich verwechselte ihn der grün-weiß Gekleidete mit einem Linienbus, war sein erster Gedanke, obwohl ja draußen am Fahrzeug groß genug *Schülerbus* stand. Das wäre nichts Neues. Dieses Versehen erlebte Nortbrook öfters und meist gab es lange Diskussionen, bis der Fahrer die oft uneinsichtigen Fahrgäste wieder hinauskomplimentiert hatte.

„Hallo, das ist kein Linienbus. Ich befördere ..." Er starrte auf die Pistole, die der Mann auf ihn richtete. Nortbrook wich auf seinem Fahrersessel zurück.

„Tür zu", brüllte der Bewaffnete ihn an, und da es in den lautstarken Unterhaltungen der Jugendlichen unterzugehen drohte, noch einmal: „Tür zu!"

Nortbrook versuchte, den Adrenalinschub, der durch seinen Körper schoss, zu unterdrücken, und gehorchte. Er schaute noch wie gewöhnlich zur Sicherheit in den Gangspiegel, bevor er den Knopf zum Verschließen der Tür drückte. Dabei sah er, wie sein Kollege aufsprang und sich durch die Schüler im Mittelgang nach vorne drängte.

„Was soll das?!", brüllte Sonnkamp den Mann in WeißGrün an. Der drehte sich erschrocken um.

Dann gab es einen lauten Knall.

Sebastian und Anna-Lena hatten den Werder-Fan längst vergessen.

„Wollen wir uns morgen treffen und etwas unternehmen?", fragte sie ihren Freund, der mit seinen schulterlangen Haaren und seiner eher feingliedrigen Figur ein wenig feminin wirkte.

„Sicher, Leni – wir könnten ins Schwimmbad gehen, die haben seit ein paar Tagen geöffnet."

„Eine gute Idee, lass uns …"

Der Rest des Satzes ging in einem ohrenbetäubenden Knall unter. Einige Schüler griffen sich, die Gesichter schmerzverzerrt, mit beiden Händen an die Ohren. Sebastian dachte sofort an einen Verkehrsunfall, aber dann fiel ihm ein, dass der Bus ja stand.

„Sebastian, was war das?" Auch Anna-Lena hielt sich eine Hand ans Ohr.

Wolle – er hieß eigentlich Wolfgang und ging mit den beiden in dieselbe Klasse – rief: „Da vorne hat einer geschossen!" Sebastian sprang von der Rückbank hoch. Vorn schrien die Jugendlichen laut auf.

„Der Typ im Werder-Dress läuft Amok", schluchzte ein Mädchen aus der Parallelklasse.

Das Wort Amok war eigentlich seit Winnenden ein NoGo in Schülerkreisen. Sebastian allerdings konnte sich seine Späße nicht verkneifen, ein Reflex, mit dem er sich zu beruhigen versuchte. „Warum sollte der so etwas tun? Werder steht hinter Bayern auf dem zweiten Tabellenplatz. Wenn Bremen morgen zu Hause gegen Bayern gewinnt, ist Werder Deutscher Meister. Der Typ müsste uns also eher einen ausgeben …" Er merkte selbst, dass sein Scherz nicht ankam, und verstummte.

Josef Nortbrooks Kopf dröhnte und das laute Fiepen in den Ohren machte ihm Angst. Vor Jahren hatte er sich bei einem Unfall mit einem Silvesterkracher einen Tinnitus zugezogen. Es hatte trotz Infusionen und Tabletten Monate gedauert, bis die Beschwerden nachgelassen hatten. Damals war er lange krankgeschrieben gewesen und hatte erst nach einem halben Jahr seinen Fahrdienst wieder aufnehmen können. Nun war dieses unselige Geräusch im Kopf wieder da und er konnte sich nicht konzentrieren. Dazu kamen die verzweifelten Schreie und Rufe der Jugendlichen im Wagen. Nur langsam fand er zurück ins Geschehen. Plötzlich begriff er: Der laute Knall stammte von einem Schuss aus der Waffe dieses seltsamen Mannes, und sein Kollege Sonnkamp lag ausgestreckt auf dem Boden des Busses. Neben ihm bildete sich eine Blutlache und er bewegte sich nicht mehr.

Nortbrook verstand: Der Grün-Weiße war kein Fahrgast. Da lief eine schlimme Sache. Er schloss eingeschüchtert die Bustür und betete, dass sein Kollege nicht tot war.

Der Mann mit der Pistole hatte die verlorene Fassung wiedergewonnen und gab lautstark Befehle. „Die Schüler, die vorne stehen: sofort nach hinten! Und alle, die keinen Sitzplatz haben: sofort hinsetzen! Auf den Boden. Und aufrücken, ganz nach hinten!"

Nortbrook nutzte die Zeit, sich den Mann anzuschauen. Er konnte sich jetzt wieder besser konzentrieren, und auch das Pfeifen in seinem Kopf ließ langsam nach. Das Alter des Typs war schlecht zu schätzen. Er war nicht sonderlich groß. Vielleicht einen Meter fünfundsiebzig, und eher schlank. Durfte so um die fünfzig sein. Der Mann war glatt rasiert und das war auch schon das Einzige, was der Busfahrer unter der tief heruntergezogenen Werdermütze von dessen Gesicht erkennen konnte. Den grün-weißen Schal hatte der Mann lässig um den Hals geschlungen und sein Oberkörper war durch eine grüne Warnweste verdeckt. Nortbrook wunderte sich, er kannte nur gelbe oder orangefarbene Warnwesten. Die Beine des Mannes steckten in einer dreiviertellangen Jeansshorts, dazu trug er weiße Socken und Tennisschuhe. Es waren wohl keine Markenschuhe. Zumindest konnte Nortbrook kein Logo erkennen. Aber dafür stand der Mann auch zu nah an seinem Tresen.

Den Schülerinnen und Schüler im Fahrzeug sah man ihre Fassungslosigkeit an. Starr vor Angst, konnten sie ihre Augen kaum von dem am Boden liegenden Sonnkamp abwenden.

„Habt ihr nicht gehört, was ich sage?", brüllte der Mann mit der Pistole. „Durchrücken! Und der Rest setzt sich auf den Boden. Ich möchte im vorderen Busbereich keinen mehr sehen."

In Panik sprangen die Jungen und Mädchen von den vorderen Sitzen auf und flüchteten nach hinten. Einer stolperte, prallte gegen die vor ihm laufenden Mitschüler und brachte sie fast zu Fall. Der Junge sah sich um und schrie verzweifelt auf, als ihm bewusst wurde, dass er auf den schwer verletzten oder womöglich toten Sonnkamp getreten war.

Inzwischen hatten sich alle, die keine freie Sitzbank mehr fanden, auf dem grau gepunkteten Kunststoffboden im hinteren Bereich zusammengekauert. Nun war der vordere Fahrzeugteil leer bis auf Nortbrook und den Bewaffneten. Und mitten im Gang lag der regungslose Sonnkamp.

„Die Handys bleiben aus!", kam die nächste Anweisung des Mannes und er ergänzte, „und wenn ich irgendwo ein Handy sehe, überlebt derjenige das nicht."

Die Schüler saßen zusammengepfercht eng beieinander. Mädchen hielten sich weinend in den Armen. Jungs waren ängstlich zusammengerückt.

„Basti, was hat der Mann vor?" Anna-Lenas Augen waren voller Panik und Sebastian versuchte seine eigenen Ängste für sich zu behalten.

„Bleib ruhig, Leni. Was immer da los ist, uns wird nichts geschehen." Aber er sah ihr an, dass seine Worte nicht die gewünschte Wirkung erzielten.

Inzwischen hatte Sebastian durch seine erhöhte Position auf der Rückbank über die im Mittelgang sitzenden Mitschüler hinweg freien Blick in den vorderen Busbereich. Er sah den grün-weiß Gekleideten beim Fahrertresen und auf dem Gang liegend Sonnkamp. Sebastian kannte den Busfahrer, er war schon oft mit ihm gefahren. Die Mädels hatten Sonnkamp den Spitznamen George gegeben. Sie waren wohl der Ansicht, er hätte Ähnlichkeit mit George Clooney. Sebastian fand das nicht.

„Hier, anlegen. Dann fahren Sie los."

Nortbrook hatte sich aus seiner Starre gelöst und schaute auf die ausgestreckte Hand des Mannes, auf der eine verchromte Handfessel lag, mit geöffneten Gliedern. Der Fahrer verstand nicht und wies auf den verletzten Sonnkamp am Boden: „Mein Kollege benötigt dringend einen Arzt!" Er konnte die Angst in seiner Stimme selber hören. Der Mann warf nur einen kurzen Blick nach unten, dann hielt er Nortbrook wieder die Handschellen hin. Der Busfahrer griff wie in Trance das kalte Metall. Er musste den Mann wohl fragend angeschaut haben, denn der sagte: „An der linken Hand festmachen. Das andere Ende am oberen Teil des Lenkrades."

„Und wie soll ich den Bus dann lenken?"

„Das geht schon. Los, festmachen!" Der Bewaffnete machte eine drohende Bewegung mit der Pistole, und Nortbrook gehorchte.

Er befestigte die obere Schlaufe der Fessel am Lenker und drückte dann den unteren Teil über seine linke Hand. Der Mann mit der Waffe beobachtete ihn genau, bemühte sich aber, auch die Jugendlichen nicht aus den Augen zu lassen.

Die Fessel schnitt Nortbrook ins Handgelenk und er ärgerte sich, sie so festgezogen zu haben.

Anscheinend zufrieden sagte sein Gegenüber: „Und jetzt losfahren."

Der Motor des Busses lief noch immer. Nortbrook setzte den Blinker und gab etwas Gas, um von der Haltestelle auf die Straße zu gelangen. Vorsichtig bewegte er den Bus auf die Sandkruger Straße und beschleunigte ihn. „Wohin?"

Der Entführer rührte sich nicht und gab keine Antwort. Nortbrook bemühte sich, trotz innerer Unruhe und spürbar erhöhtem Blutdruck, das Fahrzeug auf der stark frequentierten Straße zu halten.

Sebastian war, was Elektronik anging, ein Freak. Vielleicht auch, weil sein Vater als Elektroingenieur dem Jungen das vorlebte. Vor wenigen Tagen, an Sebastians sechzehntem Geburtstag, hatte Bernd Frohnau seinem Sohn ein zwei Jahre altes Smartphone abgetreten. Der Junge hatte sich eine Playstation 3 gewünscht und die natürlich auch noch bekommen. Aber fast noch mehr hatte er sich über das gebrauchte Handy gefreut. Sein altes Samsung hatte vorher auch gute Dienste geleistet, war aber mit der Funktionalität des modernen Smartphones nicht vergleichbar. Jetzt empfand er es als seine Mannespflicht, etwas zu unternehmen. Allein schon wegen seiner großen Liebe Anna-Lena. Aber was genau konnte er hier auf der Rücksitzbank des Busses tun? Die Polizei über das Geschehen zu informieren, wäre eine gute Idee. Aber das Handy hatte er in der Schultasche. Und die lag, fast unerreichbar, vor Anna-Lenas Füßen. Ohne dass es dem Typen vorne auffiel, käme Sebastian kaum an das Handy heran.

„Hast du einen Lippenstift in Reichweite?", fragte er Anna-Lena, die neben ihm kauerte.

„Was willst du … einen Lippenstift!?"

„Ja, sag: Hast du einen?"

„Nein, aber warum?"

„Ich hätte damit einen Hilferuf ans Fenster schreiben können." Sebastian erinnerte sich an einen Krimi, in dem das so abgelaufen war.

„Lass das, Sebastian." Die Stimme seiner Freundin klang nun wieder ruhiger. „Es ist bestimmt ein Missverständnis oder so was. Wir werden das bald hinter uns haben."

Sebastian nickte. Doch er teilte ihre Hoffnung nicht.

Der Busfahrer hatte auf der bislang geraden Sandkruger Straße kein Problem, sein Fahrzeug trotz der Handfessel sicher zu lenken. Aber was, wenn es um Kurven ging?

Als hätte der Bewaffnete seine Gedanken gelesen, wies er Nortbrook an: „Die nächste links rein."

„Den Sprungweg?"

Der Mann nickte.

Das wäre doch eh unser Weg gewesen, dachte Nortbrook und bemühte sich, trotz der Behinderung durch die Fessel das Lenkrad auf der Abbiegespur in die geforderte Richtung zu drehen. Er musste anfänglich mit der rechten Hand etwas nachhelfen, dann lief es besser.

KAPITEL 2

Sie hatten die Sandkruger Straße verlassen und fuhren nun zügig den fahrzeuglosen Sprungweg hinauf. Der bewaffnete Mann stand immer noch beim Fahrer und hielt sich mit der freien Hand an der gelben Stange fest. Nortbrook hätte ihn so wegschubsen können. Aber was hätte das gebracht? Sicher, wenn der Mann unglücklich aufkäme und bewusstlos liegen bliebe … Doch die Jugendlichen wären sicher keine große Hilfe, und er selbst war am Lenkrad festgekettet. Nein, das brachte nichts. Erst einmal abwarten. Er versuchte seinen Puls auf ein ruhiges Niveau zu bringen. Kurz ging sein Blick zum Kollegen. Der bewegte sich noch immer nicht. Nortbrook hatte inzwischen die Hoffnung auf ein Lebenszeichen von Sonnkamp aufgegeben.

Der Mann in Grün-Weiß ließ die Jugendlichen im hinteren Teil nicht aus den Augen. Dem zweiundfünfzigjährigen Russen fiel auf, dass es stickig warm geworden war im Bus. Ein süßlicher Geruch von Velours, Kunststoff und Schweiß lag in der Luft. Das Einatmen verursachte ihm leichte Übelkeit. Es musste die Aufregung sein, redete er sich ein. Er schaute kurz auf den regungslosen Mann am Boden. Das hatte er nicht gewollt. So hatte die Sache nicht laufen sollen. Was musste auch eine zusätzliche erwachsene Person im Fahrzeug sein? Das war sonst nie der Fall! Er hatte Stunden an diversen Oldenburger Bushaltestellen verbracht und die Schülerbusse genauestens beobachtet.

„Schalten sie die Klimaanlage ein!", herrschte er den Fahrer an.

Der schaute kurz auf das Armaturenbrett vor sich. Die Anlage lief wegen der sommerlichen Temperaturen seit Fahrtbeginn auf Hochtouren. „Die ist an."

„Dann schalten Sie sie höher!"

„Sie steht schon auf Maximalleistung, mehr geht nicht." Nun nahm auch der Russe, durch das ängstliche Stöhnen und Weinen aus den hinteren Bankreihen, das monotone Surren der Klimaanlage wahr. Ein Blick nach oben zur Busdecke, und er sah die vielen Luftaustrittsöffnungen, die sich bis nach hinten erstreckten. Er atmete tief ein. Wieder stieg Übelkeit in ihm hoch. Er würgte leicht und war sich nach dem schlechten Start der Entführung nicht mehr sicher, dass alles wie geplant laufen würde.

„Da vorne an dem Schild halten Sie den Wagen rechts an. Und stellen Sie ihn so ab, dass andere Fahrzeuge an uns vorbeikommen. Ich möchte nicht, dass wir ein Hindernis darstellen und dadurch irgendwer hinter uns anhalten muss!"

Der Fahrer hatte verstanden. Er verlangsamte die Geschwindigkeit des mehr als zehn Meter langen Fahrzeugs und brachte es zum Stehen. Der Bus befand sich nun genau vor einem unbefestigten Weg, der zwischen zwei dichten Gebüschen begann.

„Vordere Tür auf!"

Nortbrook versuchte eine Erklärung für den sonderbaren Halt zu finden. Ihm fiel auf die Schnelle nichts Plausibles ein. Aber er gehorchte. Zischend öffnete sich die Tür und sogleich strömte warme, unverbrauchte Luft ins Fahrzeuginnere.

Wie aus dem Nichts tauchte eine vermummte Gestalt im vorderen Eingang des Fahrzeugs auf und blieb dort stehen. Nortbrook erschrak gewaltig.

„Alles klar?", rief der Fremde dem Bewaffneten zu. Dann sah er den am Boden liegenden Mann. „Um Gottes Willen, was ist passiert? Hast du ...?"

Der Bewaffnete nickte ernst, ohne den Blick von den verängstigten Jugendlichen im Bus zu lassen. „Es war keine Absicht, aber der Kerl ist wie irr auf mich losgestürmt. Da hat sich der Schuss gelöst."

Nortbrook glaubte Bedauern in der Stimme des Mannes zu hören. Der Fahrer war sich inzwischen sicher, dass der grün-weiß Gekleidete kein Deutscher war. Er beherrschte die deutsche Sprache zwar recht gut, aber irgendetwas in seiner Stimme klang fremd. Nortbrook tippte auf einen Russen, war sich aber nicht sicher.

Der zweite Mann war von Kopf bis Fuß schwarz gekleidet und man sah nur seine vor Aufregung blinzelnden Augen in den Löchern der Gesichtsmaske.

Nortbrook war aufgefallen, das der Neue seine Worte herauszischte. So, als wolle er verhindern, dass jemand seine Stimme wiedererkannte. Er konnte aber auch einen Sprachfehler haben. Der Mann war von der Statur größer als sein Kumpan. Und auch muskulöser.

„Hast du sie nicht alle? Was hatten wir abgemacht? Noch so ein Ding und du wirst die Suppe alleine auslöffeln!"

„Mach, wir haben keine Zeit. Der muss raus." Der Entführer zeigte mit zittriger Hand auf Sonnkamp.

Der zweite Mann stieg in den Bus, und mit ihm strömte eine intensive Parfumwolke in das Fahrzeug. Er beugte sich erst zögernd über die am Boden liegende Gestalt. Kopfschüttelnd schaute er hoch zu seinem Kumpan. Dann begann er den bewegungslosen Sonnkamp an den Beinen nach draußen zu ziehen. Das erwies sich als nicht so einfach und der Vermummte stöhnte laut vor Anstrengung. Zentimeter für Zentimeter zog er Sonnkamp zum Ausgang, sichtlich bemüht, bei dem Mann nicht noch mehr Schaden anzurichten. Bei den Stufen angekommen, schob er erst den Kopf des Mannes vorsichtig über die Türschwelle, dann den Körper. Als Sonnkamp endlich außerhalb des Busses war, legte der Schwarzgekleidete ihn seitlich im Gebüsch ab. Nortbrook konnte es genau verfolgen.

Der Bewaffnete wartete, bis sein Kumpel draußen verschwunden war, dann rief er laut nach hinten: „Alle Jungen verlassen sofort den Bus. Langsam und nacheinander. Nur die Mädchen bleiben. Doch vorher werden die Handys …" Er schaute sich suchend um, und sein Blick verharrte bei einem Eimer, den Nortbrook für den Abfall vorgesehen hatte. „… die Handys werden dort hineingeworfen." Der Mann zeigte mit der Waffe auf den grünen Kunststoffeimer. „Los geht's. Die ersten Jungen raus."

Im Zeitlupentempo und wie in Trance erhoben sich die männlichen Schüler. Voller Angst ergriffen sie ihre Schultaschen, blieben dann aber eingeschüchtert stehen.

„Alle Taschen und Schulranzen bleiben im Wagen!", brüllte der Mann. „Und jetzt einer nach dem anderen raus. Aber ohne die Handys!" Er zeigte mit dem bewaffneten Arm kurz zur offenen Tür. „Und ihr lauft Richtung Wald. Und wehe, einer von euch dreht sich die nächste Zeit um! Mein Kollege draußen wird euch genauestens beobachten." Wieder machte er einen drohenden Schwenk mit der Waffe.

Der zweite Mann hatte sich ebenfalls neben der Tür aufgestellt. So, als wolle er Macht demonstrieren.

Zögernd und ängstlich ging Wolle als Erster auf die beiden Bewaffneten zu.

„Los, diese Richtung!"

Der Junge warf widerwillig sein Handy in den Eimer, ließ seine Schultasche fallen und schob sich dann, mit kalkweißem Gesicht, an den beiden Männern vorbei. Er sprang aus dem Bus und rannte um sein Leben.

Nach und nach fielen weitere Mobilfunkgeräte scheppernd in den Eimer, und weit mehr als ein Dutzend Jungen verließen den Bus und verschwanden im wenige Meter entfernten Gehölz. Den zurückgebliebenen Mädchen stand die Panik in die Gesichter geschrieben. Einige weinten und schluchzten laut.

Der schmächtige Entführer ging einen Schritt auf die fünf Schülerinnen zu, die am Boden kauernden. „Setzt euch jetzt alle auf die frei gewordenen hinteren Bänke. Aber vorher werft ihr alle eure Handys in den Eimer!"

Aufgescheucht verließen die Mädchen ihre Plätze und gehorchten. In Windeseile suchten sie im hinteren Teil einen freien Sitz. Bis auf eine Schülerin wurden alle fündig. Die quetschte sich mit hilflosem Blick in ihrer Not zu zwei anderen Mädchen auf eine Bank.

„Halt!" Der Mann zeigte auf die eingeschüchterte Schülerin. „Du kannst auch verschwinden."

Mit verweintem Gesicht, dem anzusehen war, dass sie ihr Glück noch kaum glauben konnte, schob sich das Mädchen, den Blick auf dem Boden gerichtet, an den beiden Männern vorbei. Dann sprang sie beherzt aus dem Bus und lief schluchzend los. Sie verlor einen Schuh, ohne es überhaupt wahrzunehmen, und rannte laut schreiend Richtung Wald.

Der zweite schwarz gekleidete Mann war kurz nach draußen verschwunden. Nun kam er mit zwei großen grünen Sporttaschen zurück und warf sie auf den sonst als Stehund Abstellfläche genutzten Platz gegenüber der hinteren Bustür. Dann verschwand er noch einmal für wenige Sekunden und kam mit einer schuhkartongroßen Kiste wieder, die er vorsichtig vor sich her trug. So,

25

als ob er eine Palette Eier über ein schmales Brett balancierte.

Nortbrook war ungeheuer erleichtert, dass die Männer wenigstens ein Teil der Jugendlichen freigelassen hatten. Den angeordneten Plätzetausch konnte er über den Gangspiegel verfolgen. Über die im Bus installierte Überwachungsanlage zählte er hinten noch achtzehn Schülerinnen. Auf dem Monitor, der über ihm angebracht war, konnte er alle Businsassen genau erkennen.

Als der schwarz gekleidete Mann die Kiste in den Bus trug, wunderte sich Nortbrook etwas über dessen übertrieben vorsichtigen Gang. Der Typ blieb nun im Eingang stehen. Aus seinem seltsamen, mit Klebestreifen umwickelten Paket hingen seitlich bunte Drähte heraus.

Jetzt glaubte Nortbrook zu wissen, um was für eine Art von Kiste es sich hier handelte.

Inzwischen stand der Bus schon einige Minuten am Sprungweg und Nortbrook hoffte, dass ein vorbeikommendes Fahrzeug anhielt und ihnen Hilfe anbot. Ob es an der Hitze lag, dass so wenig Verkehr war? Bisher war nur ein einziges Auto vorbeigefahren – natürlich ohne anzuhalten.

Der Schwarzgekleidete stellte die Kiste auf dem Tresen seitlich des Fahrers ab. Nortbrook wurde es eiskalt, trotz der hohen Temperatur der Luft, die durch die offene Tür in den Bus drang. Der Maskierte zog einen Gegenstand aus der Tasche und machte sich über Nortbrooks Kopf zu schaffen.

Nortbrook hielt vor Schreck die Luft an. Der Oberkörper des Mannes war im toten Winkel des Spiegels, so konnte er wenig sehen. Aber was genau passierte da über ihm? Der Verbrecher hantierte nur wenige Zentimeter vom Kopf des Fahrers. Nortbrooks Atemreflex meldete sich zurück, er sog tief Luft ein und roch den Schweiß des Mannes. Doch über dem Körpergeruch lag der noch intensivere Duft eines Parfums. Ein angenehmer, ihm bekannter Duft, glaubte sich Nortbrook zu erinnern. Doch er musste weit ausholen, um die Verbindung zu finden. Dann fiel es ihm ein: Sie hatten damals in ihrer Drogerie hin und wieder ein sündhaft teures Parfum nur für besonders betuchte Kunden bestellt. Das roch ähnlich. Wie hieß es noch gleich?

Der Mann warf inzwischen Gegenstände im hohen Bogen auf den Einzelsitz links des vorderen Einstiegs. Laut krachten zwei Verbandkästen und ein Warndreieck auf das Kunstleder. Jetzt verstand Nortbrook. Der Mann machte oben in der Verbandablage Platz für die Bombe.

Und tatsächlich hob der Mann neben ihm die Kiste über den Kopf des Fahrers. Dann war ein mechanisches Geräusch zu hören. Eine Klappe wurde verschlossen. Danach war Ruhe. Der Schwarzgekleidete warf Nortbrook noch einen Blick zu, dann stieg er aus dem Bus.

Jetzt fiel dem Busfahrer auf, dass es sich bei dem schwarzen Overall des Mannes um eine Technikermontur handelte. Denn auf der Rückseite war eine weiße Schwinge und darunter stand HONDA.

Nortbrook kam sich wie in einem Film vor. Er erwartete jederzeit, dass jemand „Schnitt" oder „Klappe" rief. Doch nichts geschah.

Stattdessen kam der Schwarzgekleidete zurück. Dieses Mal hielt er eine Kette in beiden Händen. Wie die übergroße Kette eines Grünkohlkönigs, fiel Nortbrook der dumme Vergleich ein. Dann wurde ihm klar, was an dieser Kette hing wie reife Früchte.

Nortbrook hatte nie einen Krieg erlebt. Er war in Berlin geboren worden und dazu ein „weißer Jahrgang", er hatte also nie „gedient". Aber eine Handgranate erkannte er sofort.

Auch Sebastian war das sonderbare Gelispel des Schwarzgekleideten aufgefallen. Als dann die Aufforderung des Grün-Weißen „Alle Jungen verlassen den Bus" gekommen war, war er erst einmal sitzen geblieben. Er wollte Anna-Lena nicht alleine lassen. Das wäre feige gewesen. Zugleich fiel ihm ein, dass sein Äußeres, speziell die lange Mähne, ihm in dieser Situation zugute kam. Dem Entführer würde erst mal gar nicht auffallen, dass ein männlicher Schüler im Bus verblieben war.

Sebastian fand sein heroisches Verhalten irgendwie aufregend. Seine Filmhelden hätten es ebenso gemacht und so fühlte er sich sicher. Ihm würde schon nichts zustoßen. Sollte der Schwindel auffliegen, würde der Typ ihn höchstens aus dem Bus werfen, wie die anderen männlichen Schüler auch.

Anna-Lena flüsterte ihm zu: „Du musst auch gehen!"
Sebastian schob sich die dunklen Locken tiefer ins Gesicht und grinste frech. „Werde dich doch nicht allein lassen mit den Typen."

„Aber Basti …" Dann schwieg Anna-Lena. Sie fand es beruhigend, dass er ihr zur Seite stand.

Sebastian besaß etliche Computerspiele und war schon als digitaler Rächer, Söldner und stolzer Held vor seinem Computermonitor groß rausgekommen. Auch die DVDSammlung des Vaters mit einer großen Filmauswahl war ihm nicht fremd. Doch dieses Szenario hier erschloss sich ihm nicht. Und, ähnlich wie Nortbrook, wartete auch er vergebens auf die „versteckte Kamera".

„Was soll die Kiste?", wollte Anna-Lena wissen, die genau wie die anderen beobachtete, was vorn geschah. Und auch die beiden neben ihr sitzenden Mädchen schauten fragend den langhaarigen Jungen an, der bei ihnen geblieben war.

Sebastian ahnte durchaus etwas, aber er war sich nicht sicher. Also sagte er nur „Vielleicht Verpflegung? Die wollen wohl nicht, dass wir hungern."

Aber sein Versuch, die anderen zu beruhigen, blieb ohne Wirkung.

Jetzt kam der Schwarzgekleidete eilig nach hinten auf sie zu. Er trug eine Kette mit zwei grünen Gegenständen in beiden Händen und begann sie an den grauen Türbügeln mit Messingschlössern zu befestigen.

„Basti, was soll das jetzt?", flüsterte Anna-Lena. Sebastian konnte nicht antworten. Er hatte Probleme, auch nur zu atmen. In Computerspielen hatte er Hunderte von Handgranaten auf virtuelle Feinde geworfen. Und nun befanden sich zwei von den Dingern kaum eine Armlänge von ihm entfernt.

Einige der Mädchen begannen laut zu weinen.

Eine kurzhaarige Schülerin sprang von ihrem Sitz auf und wollte nach vorne zum Ausgang rennen. Sie prallte gegen den schwarz gekleideten Mann. „Lassen Sie mich raus. Bitte, lassen Sie mich gehen! Meine Eltern werden Ihnen sicher ihr ganzes Geld geben. Aber lassen Sie mich gehen. Bitte …?"

Der Mann packte sie an den Schultern und schob sie grob zurück auf ihren Sitz. „Wenn ihr diesen Tag überleben wollt, dann macht so etwas nicht noch einmal!", zischte er und ging zurück zum Fahrer.

Sebastian war klar, es musste sich um eine Geiselnahme handeln. Entweder war der Grund eine Lösegeldforderung oder ein Racheakt. Er versuchte sich Filme und Computerspiele in Erinnerung zu rufen, die das Thema Entführung und Geiselnahme behandelten. Vielleicht bekam er so hilfreiche Informationen dazu. Dann fiel ihm das Handy ein

„Sebastian, du musst auch gehen!", sagte Anna-Lena leise.

Er schaute nach vorn und machte sich noch etwas kleiner. „Auf keinen Fall", flüsterte er zurück. „Schieb mal meine Tasche zu mir rüber, Leni."

Seine Freundin zögerte erst. Ihr Blick wanderte zum bunten Ranzen vor ihren Füßen. Sie wusste, der war Sebastians ganzer Stolz. Schon sein Vater hatte ihn während seiner Schulzeit benutzt und das abgetragene Stück gerne an den Sohn abgetreten. Der musikbesessene Sebastian hatte das Glattleder nach und nach mit den Logos seiner Lieblingsbands beklebt und mit bunten Stiften die Songnamen von Metallica, Eric Clapton, Led Zeppelin und anderen aufgemalt. *Nothing else matters, One, The Unforgiven,* und *Tears in heaven* las sie, und ihre Gedanken waren für einen Moment weit entfernt von der Gefahr, die sie umgab.

„Anna-Lena, die Tasche!", raunte Sebastian ihr zu.

Sie schob Sebastians Lederranzen mit ihrem Turnschuh vorsichtig zu ihm hinüber.

Vorne hatte man offenbar zu tun und war abgelenkt. Den Kopf gerade, den Blick nach vorn, schaffte Sebastian es, den Ranzen zu öffnen, und fummelte sein Smartphone heraus. Überhastet steckte er es in seinen Hosenbund. Genau rechtzeitig, denn der Bewaffnete wies im selben Moment an: „Schmeißt alle Taschen nach vorne!"

Kapitel 3

Anna-Lena hatte die Minuten, seit der Mann zugestiegen war, wie abseits jeglicher Realität erlebt. Als Tochter eines wohlhabenden Sandkruger Großschlachters war sie wohlbehütet aufgewachsen. Nie hatte sie etwas entbehrt oder Leid erfahren. Mutter Isolde und Vater Eiken Bruns hatten ihrem einzigen Kind alle Schwierigkeiten aus dem Weg geräumt. Bis vor knapp einem Jahr war das Mädchen noch von einem Chauffeur zur Graf-Anton-Günther-Schule gebracht worden, und natürlich auch wieder abgeholt. Erst als die hübsche Blonde sich mit ihrem Klassenkameraden Sebastian näher angefreundet hatte, waren ihr die gut gemeinten familiären Fesseln zu eng geworden. Mit Mühe hatte sie ihre Eltern überredet, im Schülerbus mitfahren zu dürfen.

Nun saß sie auf der Rückbank der Linie 315, wünschte sich Papa und Mama herbei und begann leise zu wimmern.

Der Schwarzgekleidete war zum wiederholten Male verschwunden und kehrte nun mit einer zweiten Kette zurück. Er übergab sie seinem Kollegen vorsichtig an der Bustür. Dann raunte er dem grün-weiß Gekleideten noch etwas zu und verschwand draußen im Dickicht.

Die Worte, so glaubte Nortbrook, mussten den Mann erschreckt haben, denn der wich schlagartig zurück. Er strauchelte fast und musste sich, seine gefährliche Last in den Händen, an einer Bank festhalten.

Er fing sich aber schnell wieder. „Tür zu!", herrschte der Mann den Fahrer an, und sofort drückte Nortbrook den roten Knopf. Der Typ hatte die Waffe in die Tasche der grünen Warnweste gesteckt. Für einen Moment glaubte der Busfahrer wieder eine Chance zu sehen, den Mann zu überwältigen. Doch dann fiel ihm sein Handicap, die Handfessel ein. Und die Handgranaten machten ihm Angst.

Der Mann befestigte nun die zweite Kette mit Handgranaten an der vorderen Tür. Mit einem Vierkantschlüssel – Nortbrook konnte es genau sehen – aktivierte er die Türverriegelung. Nun war es unmöglich, die Türen von außen zu öffnen.

„Du hast gesehen, was ich gemacht habe?" Der Mann zog die Waffe wieder hervor.

„Ja", sagte Nortbrook, „aber was soll das Ganze?" Der Schwarzgekleidete musste wohl auch hinten die gelben Drehknöpfe verriegelt haben, ging dem Busfahrer durch den Kopf.

„Die Handgranaten sind so an dem Drahtseil angebracht, dass sie – solltest du eine der beiden Türen öffnen – binnen weniger Sekunden detonieren. Auch ein Öffnen der beiden Eingänge von außen läuft nicht mehr." Der Mann wischte sich mit dem Schal die verschwitzte Stirn ab. „Also, noch einmal: Solltest du –

auch nur aus Versehen – einen der Türknöpfe betätigen, fliegt der komplette Bus in die Luft. Ich muss nicht erklären, dass der Tank auf dem Dach die Explosion verstärken wird." Mit Schrecken fiel Nortbrook der Behälter auf dem Busdach ein. Schon seit einigen Jahren hatte die Verkehr und Wasser GmbH ihre Stadtbusse auf Gasbetrieb umgestellt. Die neue Fahrzeuggeneration hatte den Tank aus Sicherheitsund Platzgründen auf dem Dach.

„Darf ich Sie fragen, warum Sie das hier machen?"

„Fahr los, weiter die Straße hoch."

Nortbrook sah keine andere Wahl und scherte vom Grünstreifen auf die leere Straße. Die Handfessel hatte er für einen Moment vergessen, doch der Schmerz der eingeklemmten Haut erinnerte ihn daran. Im Monitor über sich sah er, dass der Entführer die Schüler so verteilt hatte, dass im hinteren Bereich alle Plätze belegt waren. Achtzehn Sitzplätze befanden sich hinter dem Ausgang, das wusste Nortbrook. Und die waren nun komplett mit Mädchen besetzt.

Mit Mädchen?!

Auf dem Rückbankplatz ganz links, saß eine Person, die kein Mädchen sein konnte. Das war doch dieser … Wie hieß er noch? Das war doch ein Junge, zwar mit längerem Haar, aber ein Junge. Während das Fahrzeug den Sprungweg hinauffuhr, suchte Nortbrook krampfhaft nach dem Nachnamen des Schülers. Sebastian Soundso … – Frohnau! Sebastian Frohnau, genau. Vor einigen Wochen hatte der junge Mann seinen auffällig bemalten Schulranzen im Bus liegenlassen. Nortbrook hat ihn geöffnet, Namen und Adresse gefunden und festgestellt, dass der Schüler nicht weit weg von ihm wohnte. Er kannte sogar dessen Vater. Nur flüchtig, aber die beiden Männer hatten beim letzten Schützenfest mal am selben Tisch gesessen. So hatte der Busfahrer die Tasche nach Feierabend bei den Frohnaus vorbeigebracht.

Der Typ mit der Waffe hatte ausdrücklich verlangt, dass alle männlichen Schüler den Bus verlassen sollten. Was hatte sich der Junge nur gedacht? Wollte er den Helden spielen?

Sebastian hatte sein Handy eingeschaltet. Es war während der Unterrichtszeiten stets auf Vibrationsalarm gestellt und er hatte es noch nicht umgestellt. Alle Töne waren unterdrückt. So konnte keine eingehende Nachricht oder gar ein Anruf den Typen vorne auf das Vorhandensein eines Handys hinweisen. Aber mit Schrecken stellte der Junge fest: Der Akku war fast am Ende.

Sebastian zog seine Kopfhörer aus der Hose und schob einen davon vorsichtig unter die Haare ins Ohr. Vorne war alles ruhig. Der Bus hatte sich in Bewegung gesetzt und der Typ sprach gerade mit dem Fahrer. Sebastian war bewusst, dass Anna-Lena mit Schrecken verfolgte, was er da tat, aber sie schwieg.

Er drückte, ohne hinzuschauen, die Kurzwahl, die ihn mit seinem Vater verband. Zunächst hatte er überlegt, den Notruf zu wählen, aber er befürchtete, dort würde man zu viele Fragen stellen. Dann doch besser

Papa. Der war eh kein großer Redner. Dafür clever, da war sich der Junge sicher.

„Hallo, schon zurück aus der Schule? Was gibt's?", kam sofort die Stimme von Vater Frohnau aus dem Kopfhörer.

„Papa, sitze in der 315. Der Bus wird entführt", flüsterte Sebastian. „Vorne steht einer mit einer Waffe. Ein Mann ist tot. Sprungweg." Ängstlich schaute der Schüler nach vorne. Der Typ bewegte sich gerade in den hinteren Teil des Wagens. Sebastians Herz beschleunigte wie ein Sportwagen. Wenn der etwas von dem Gespräch mitbekommen hatte, war alles aus. Er wollte noch nicht sterben. Sechzehn war zu jung, um abzutreten.

Bernd Frohnau war als selbstständiger Elektroingenieur überwiegend im Außendienst tätig. Er plante Elektroanlagen für Großfirmen wie den Automobilkonzern VW. An diesem Freitagnachmittag war er auf dem Rückweg von Emden, und da dies sein letzter Termin war, freute er sich auf eine Partie Tennis mit anschließendem Saunagang.

Der Anruf des Sohnes erreichte ihn auf der Autobahn 28, kurz vor der Abfahrt Filsum.

Frohnau war ein sicherer Autofahrer. Viele Jahre und tausende Kilometer im Straßenverkehr hatten ihn geschult. Sein Audi A8 schoss gerade mit knapp einhundertsechzig Kilometern pro Stunde an einer Autoschlange vorbei, als Sohn Sebastian diese zwanzig Wörter flüsterte. Frohnau kannte seinen Sohn gut genug, um zu wissen, dass dessen Phantasie keine kranken Ideen hervorbrachte. Er zog den Audi ruckartig nach rechts zwischen zwei Pkw mit holländischem Kennzeichen und bremste das Fahrzeug anschließend sicher in der Ausfahrt Filsum ab.

Ihm fiel siedendheiß ein, dass er es versäumt hatte, nach hinten zu schauen, doch zum Glück war er der Einzige, der die Autobahn hier verlassen wollte. Er stoppte den Wagen mit quietschenden Reifen und parkte ihn seitlich der Straße nahe der Leitplanke. Vom Anruf bis jetzt waren sicher keine zwanzig Sekunden vergangen. Frohnau stellte den Motor ab. „Sebastian, bist du noch da?"

Der Junge gab keine Antwort, doch Frohnau hörte im Lautsprecher des Audis das Atmen seines Sohnes. Frohnau versuchte die Worte noch einmal genau zu deuten: Sitze in der 315... Der Bus wird entführt ... Sprungweg.

Frohnau erinnerte sich, dass sein Sohn heute, wie jeden Freitag, erst gegen siebzehn Uhr nach Hause kam. Die Schülerinnen und Schüler der zehnten Klasse des Graf-Anton-Günter-Gymnasiums hatten an diesem Nachmittag Sportunterricht und den ließ der sportbegeisterte Sebastian nie ausfallen. Von der aktuellen Uhrzeit her musste der Junge also tatsächlich auf dem Heimweg sein.

Vorne steht einer mit einer Waffe ...

Es schien sich um einen einzelnen Entführer zu handeln. Aber welchem Zweck sollte es dienen, einen

Oldenburger Schülerbus zu entführen? Ein Dummejungenstreich? Amoklauf? Voller Angst um den Sohn schob Frohnau diese Gedanken beiseite. Es brachte jetzt nichts, weiter zu spekulieren.

Ein Mann ist tot …

Wer war tot? Der Fahrer? Immer wieder lauschte Bernd Frohnau in den Lautsprecher. Im Hintergrund vernahm er nun eine leise Stimme. Ob das der Entführer war?

„Sebastian, es handelt sich doch sicher nicht um einen Scherz? Junge, antworte!"

„Nein, Papa! Hilf uns! Der Akku ist bald leer."

Dann brach die Verbindung ab. Das Herz des Mannes, den sonst nichts aus der Ruhe bringen konnte war, raste wild. Er wählte den Notruf. Das war der einzige Weg, von hier aus etwas zu unternehmen.

„Ich warne dich, wenn du irgendetwas versuchst, werden wir alle sterben." Der Mann zog etwas an einem Plastikband unter seiner Warnweste hervor und hielt es dem Fahrer hin. „Du hast die Kiste gesehen, die mein Partner über dir in die Box geschoben hat?"

Nortbrook hatte einen dicken Kloß im Hals und konnte nicht antworten. So nickte er nur.

„Das ist eine Bombe. Sie wird mit einem Funkempfänger ausgelöst. Mit diesem hier." Das Plastikteil vor seinen Augen erinnerte den Busfahrer an den Beschleunigungsknopf einer Carrera-Autobahn, die sein Sohn einmal besessen hatte.

Der Mann ging jetzt nach hinten.

„Das ist eine Entführung", rief er überlaut den Schülerinnen zu, „und ich möchte nicht, dass eine von euch glaubt, hier die Heldin spielen zu müssen. Euch wird nichts geschehen. Trotz allem habe ich mich abgesichert. Ihr habt die Handgranaten an den Türen gesehen. Es gibt also keinen Weg nach draußen. Zusätzlich gibt es vorne eine Bombe." Er zeigte auf den schwarzen Knopf an der Schnur um seinen Hals.

„Das ist der Auslöser."

Einige Mädchen schrien auf, und dann fielen weitere ein.

„Ruhe jetzt", brüllte der Mann und stampfte mit dem Fuß auf den Boden. „Es ist genug. Hört auf mit dem Gejammer."

Der Schweiß lief dem Entführer in Strömen Nase und Wangen hinunter. Hier hinten war die Luft noch schlechter als vorne, stellte er fest. Er bückte sich zu den grünen Taschen, die sein Partner dort hingeworfen hatte, und riss den Klettverschluss der ersten auf. Grün-weißer Stoff kam zum Vorschein. Er blickte nach vorne zum Fahrer. Dort schien alles ruhig.

„Kurz vor dem Dwaschweg bleibst du stehen", rief er dem Fahrer zu. „Ist das klar?"

Nortbrook beugte sich etwas aus seinem abgeteilten Arbeitsbereich und rief: „Habe ich genau verstanden."

Der Busfahrer wollte sich nicht so einfach in sein Schicksal ergeben. Aber vier Handgranaten, eine Bombe über seinem Kopf und eine funktionstüchtige

Schusswaffe in den Händen des Entführers … Nortbrook wusste, wenn er versuchte, der Leitstelle die Entführung mitzuteilen, würde der Mann das sofort mitbekommen. Der gesamte Funkverkehr lief über den Außenlautsprecher im Cockpit. Selbst wenn der Mann nicht verstand, was gesprochen wurde, würde ihn wahrscheinlich allein der Betrieb des Lautsprechers schon nervös machen. Außerdem würden die Kollegen in der Felix-Wankel-Straße nachfragen. Das wäre ihnen auch nicht zu verdenken. Also ließ Nortbrook die Finger vom Sprechknopf.

Der Bewaffnete riss einen Packen Fanmützen des Bremer Fußballvereins aus einer der großen Taschen und warf sie den Schülerinnen zu. „Anziehen, aber sofort", brüllte er.

Verängstigt griffen die Mädchen nach den Wollmützen und zogen sie über.

„Die Schals umlegen!" Er warf ihnen grün-weiße Schals mit der Beschriftung *Werder über alles* zu. Sie gehorchten. Dann folgten noch grüne Warnwesten für jede.

Inzwischen war der Bus wie angewiesen stehengeblieben. Der Bewaffnete sah aus dem Seitenfenster. Links war die hohe Umzäunung eines Sportplatzes zu erkennen. Er schaute sich zufrieden die inzwischen mit Mützen, Schals und Warnwesten bekleideten Schülerinnen an. In etwa so musste es in einem Fanbus voller Bremer Fußballbegeisterter aussehen. Gerade wollte der Mann sich umdrehen, um nach vorn zum Fahrer zurückzugehen, als er stutzte. Er hob die Waffe hoch und spazierte langsam zwischen den Sitzreihen die Rampe zum Ende des Busses hoch.

„Was hast du da im Ohr?" Er fuchtelte mit der Waffe vor dem blassen Gesicht einer Schülerin herum und war außer sich.

Sebastian war beruhigt – er hatte seinen Vater erreicht, ihm die Situation geschildert. Nur knapp, das war ihm bewusst.

Aber mehr Zeit blieb nicht. Der Typ war unterwegs nach hinten zu ihnen gewesen. Deshalb hatte Sebastian erst einmal geschwiegen, als sein Vaters ihn aufgefordert hatte, mehr zu erzählen. Der Schüler schwitzte enorm, und das nicht nur wegen der schlechten Luft im Bus. Sebastian war klar, wie riskant das war, was er hier machte.

Der Entführer faselte gerade etwas von einer Bombe und zeigte einen Knopf, der an einer Schnur um seinen Hals hing. Sebastian wollte es seinem Vater noch sagen, ließ es aber, denn der Mann schaute gerade genau in seine Richtung.

Plötzlich warf der Typ Fanmützen und Schals von Werder Bremen durch den Bus und verlangte, dass alle Schülerinnen sie mitsamt grünen Warnwesten anzogen, beziehungsweise umlegten. Sebastian entfernte vorsichtig den Stecker des Kopfhörers aus dem Handy. Sicher war sicher. Später konnte er seinem Vater vielleicht alles Notwendige erzählen.

Aber wenn der Entführer das Handy fand? Zur Sicherheit schaltete Sebastian das Gerät ganz aus.

Anna-Lena reichte ihm Schal und Mütze. Er schlang den kratzigen Schal einmal um den Hals. So hoch, dass er fast bis zur Nase reichte. Dann noch die Wollmütze über seine Locken und die Weste über den Oberkörper.

Plötzlich stand der Bewaffnete genau vor ihm. Sebastian hatte ihn gar nicht kommen sehen.

„Was hast du da im Ohr?", schrie ihn der Entführer mit vor Wut blitzenden Augen an und fuchtelte mit seiner Waffe vor Sebastians Gesicht herum.

Der Junge war sich darüber im Klaren, dass jetzt alles verloren war. Vor seinem inneren Auge sah er die Eltern weinend vor seinem Grab stehen.

„Was ist das für ein Kabel da?", brüllte der Mann nun. Sebastian schöpfte Hoffnung. Der Mann hätte ja auch das Kabel wegreißen oder gleich schießen können. Der Sechzehnjährige zwang sich, seine noch im Stimmbruch steckende Stimme mädchenhaft klingen zu lassen. „Das sind die Kopfhörer meines iPod …"

„Zeig den her!" Die Stimme des Typs war etwas ruhiger geworden. Der Mann schien zu wissen, was ein iPod war. Siebzehn weibliche Augenpaare schauten Sebastian an. Er kam sich bewundert vor. Doch hier ging es um mehr. Vielleicht hing sein Leben an dem, was er als Nächstes tat. Er fühlte einen starken Druck im Unterleib und musste seine Muskulatur anspannen, um sich nicht vor Angst zu benässen. Den Blick ge-

senkt, griff er in die vordere Hosentasche seiner Drei-
viertel-Jeans. Vorsichtig zog er den gerade mal vier
mal drei Zentimeter kleinen iPod Shuffle heraus. Den
hatte er von der Großmutter zum letzten Geburtstag
bekommen.

Der Mann riss ihm den MP3-Player aus der Hand,
schaute böse darauf und schleuderte dann das teure
Teil mit vor Wut verzerrtem Gesicht über den Gang des
Busses.

„Hat noch jemand solch ein Gerät?"

Die Mädchen zuckten nur verschüchtert zusammen.
Im selben Moment hörten sie eine leise, blechern klin-
gende Stimme.

Nortbrook hatte, während der Wagen stand, die Vor-
gänge im Fond des Busses auf dem Monitor verfolgen
können. Er hatte die hintere Kamera auf das Display
geschaltet und erlebt, wie der Entführer nach dem Verteilen der Bekleidungsstücke auf den Jungen zustürzte.
Der Busfahrer zweifelte nicht daran, dass die Tarnung
des Jungen aufgeflogen war, und erwartete jeden Moment den Pistolenschuss. Er sah, dass Sebastian dem
Entführer etwas hinhielt und der es ihm entriss und
wegwarf. Der gläubige Busfahrer bat Gott inständig,
den Jungen zu verschonen.

Dann passierte das, was Nortbrook die ganze Zeit befürchtet hatte.

„Leitstelle an 315. Bitte kommen!", ertönte eine laute
Stimme.

Die Leitstelle in der Felix-Wankel-Straße meldete sich sonst zwar nur sporadisch. Aber es kam vor, dass man während der Fahrten die aktuelle Position abfragte oder eine Info über die innerstädtische Verkehrslage benötigte. Nortbrook war klar, er durfte nicht antworten. Er musste, um nicht alle zu gefährden, erst die Erlaubnis des Entführers einholen. Und der kam auch schon aus dem hinteren Wagenteil angesprungen. „Was wollen die?"

Der Busfahrer zuckte mit den Schultern.

Wieder ertönte die Stimme des Einsatzleiters. Luuk van Haas war sein Name, ein Holländer, der schon seit Jahrzehnten in Deutschland lebte und sich seit einiger Zeit mit zwei Kollegen den Posten in der Leitstelle teilte.

„Josef, bitte kommen."

Der Fahrer schaute fragend den Bewaffneten an.

„Antworte ihm. Aber nur Belangloses!"

Nortbrook nickte und drückte den Sprechknopf. „Hallo Luuk! Sorry, hat etwas gedauert. Hatte gerade die Hände voll." Er versuchte ein Lachen, doch es klang missglückt.

„Ist mit der 315 alles in Ordnung?"

„Natürlich, warum fragst du?"

„Wir haben eine Anfrage der Polizei. Man geht einer angeblichen Busentführung nach. Wahrscheinlich ein Dummejungenstreich."

Nortbrook hörte noch Luuks Kichern, bevor er ihm antwortete. „Nein, hier ist alles in Ordnung."

„Wo genau bist du, Josef?"

Nortbrook schaute auf die Uhr vor sich im Armaturenbrett. Inzwischen war es zehn Minuten nach vier. Wenn er seinen tatsächlichen Standort angab, wäre das ein Zeichen dafür, dass etwas nicht stimmte. Der Kollege kannte den genauen Fahrplan, Luuk war die Strecke selbst jahrelang gefahren. Nortbrook schielte zu dem GrünWeiß-Gekleideten hin. Der wackelte nur mit der Waffe. Nortbrook entschloss sich, nichts zu riskieren, und log.

„Bin mit dem leeren Bus auf dem Rückweg zum ZOB."

„Gut, aber wollte nicht Kollege Sonnkamp ab Sandkrug übernehmen?" Die Stimme aus dem Lautsprecher klang skeptisch.

Nortbrook lief es, trotz der schwülen Hitze, eiskalt den Rücken hinunter. Mist, der Kollege wusste vom geplanten Fahrerwechsel heute Nachmittag. Hatte van Haas Lunte gerochen? „Ja, aber Sonnkamp ist nicht wie abgesprochen erschienen. Keine Ahnung, was mit ihm war."

Nortbrook bat insgeheim Sonnkamp inständig um Vergebung. Nortbrook hätte jetzt womöglich alles abschließen können. Hätte die Entführung melden müssen. Vielleicht wäre er anschließend tot und sein Freund und Kollege Sonnkamp gerettet. Das alles ging ihm durch den Kopf, als die Stimme aus der Leitstelle ankündigte:

„Werde mal bei Sonnkamp anrufen. Wir sehen uns. Gute Fahrt." Dann brach die Verbindung ab.

Nortbrook atmete tief durch. Ihm war übel und sein Kreislauf drehte in die falsche Richtung. Aber der Mann neben ihm, so glaubte er, war mit dem Ablauf des Gesprächs zufrieden. Obwohl die Busentführung, so hatte sich der Kollege ausgedrückt, polizeilich ja schon gemeldet schien.

Bernd Frohnau hatte unmittelbar nach dem Stopp an der Autobahnabfahrt den Polizeinotruf 110 angerufen.

„Polizeinotruf, was kann ich für Sie tun?", hatte eine freundliche Frauenstimme gefragt. Frohnau hatte sich zur Ruhe gezwungen, obwohl sein Inneres Karussell fuhr.

„Mein Sohn sitzt im Schülerbus der Linie 315 nach Sandkrug und hat mir eben per Handy …" Frohnau musste erneut Luft holen, „…von einer Entführung des Fahrzeugs berichtet."

Er hatte befürchtet, nicht ernst genommen zu werden, aber da hatte er sich getäuscht. Die Frau verlangte sofort seinen vollständigen Namen sowie seine Handynummer zwecks Rückruf. Nur wenige Sekunden nachdem Frohnau die Freisprecheinrichtung abgeschaltet hatte, klingelte sein Handy. „Frohnau …?"

„Sie hatten angerufen und eine Busentführung gemeldet?"

„Genau."

„Und Sie sind sich sicher, dass der Meldende glaubwürdig ist? Sie verstehen."

Frohnau verstand. „Mein Sohn ist absolut glaubwürdig. Er sprach von einem Entführer sowie einem toten Mann." Ruhig nahm die Dame alles auf. „Gibt es sonst irgendwelche relevanten Dinge?"

Frohnau glaubte im Hintergrund des Gesprächs Stimmen zu hören. „Nein ... Doch! Warten Sie ... Er sagte Sprungweg. Genau. Sprungweg!"

„Habe ich Sie richtig verstanden, Sie sind also der Meinung, der Bus sei zum Zeitpunkt des Anrufes beim Oldenburger Sprungweg gewesen?"

„Ja, richtig."

„Gut, wenn Sie sonst keine weiteren Informationen haben, fahren Sie nach Hause. Wir melden uns bei Ihnen." Die Dame hatte noch seine Anschrift und den Namen des Sohnes und der Schule verlangt. Dann hatte sie aufgelegt. Frohnaus Hände hatten gezittert. Er fühlte sich nicht in der Lage, den Wagen nach Hause zu fahren.

Vor Jahren hatte er einen Kurs in autogenem Training besucht. Er lehnte sich im Sitz zurück und versuchte sich auf den Ablauf der Entspannungstechnik zu besinnen. Allein die Ablenkung führte dazu, seine Nervosität und den Puls hinunterzubringen. Nach einigen Minuten startete er den Audi, fuhr auf die Hauptstraße zur Auffahrt und schoss kurz darauf über die Autobahn. Fahrtrichtung Oldenburg.

Die Polizeibeamten in der Kooperativen Großleitstelle am Friedhofsweg waren, was das Notruf-Management der Notrufe 110 und 112 anging, allerhand gewohnt. Bei täglich etwa zweihundert Anrufen mit Meldungen von Unfällen, Bränden, aber auch Verbrechen jeglicher Art war man abgehärtet. Doch Busentführungen waren auch hier nicht an der Tagesordnung.

Polizeioberkommssarin Celina Kossmann-Wiens hatte eben den Dienst übernommen, als Bernd Frohnau anrief. Sie hatte ihre Aufregung so gut wie möglich unterdrückt und sachlich die Fakten abgefragt. Dann hatte sie den Verbindungsknopf zur Bereitschaft der Polizeidirektion Oldenburg gedrückt.

„Polizeioberkommissar Meins, wie kann ich helfen?

„Kossmann-Wiens von der KGO. Wir haben einen Anruf erhalten, der eine Busentführung meldet."

„Was genau wissen Sie?"

„Ein Schüler hat seinen Vater auf dem Handy angerufen und von einem Toten berichtet. Angeblich steht der Bus im Sprungweg."

„Komisch", kam es mit ruhiger Stimme aus dem Lautsprecher, „gerade hatten wir einen anonymen Anruf über eine verletzte Person im Straßengraben. Auch im Sprungweg. Rettungskräfte und Kollegen sind schon dorthin unterwegs. Werde sie anweisen, die Augen aufzuhalten."

Mit einem „Danke" beendete der Beamte das Gespräch mit der Kollegin.

Sebastian hatte das Gefühl, neben sich zu stehen. Nach dem direkten Körperkontakt mit dem Entführer und der Erfahrung, eine echte Waffe unmittelbar vor sich zu sehen, schien es, als hätten seine Organe erst einmal jegliche Weiterarbeit verweigert. Das Adrenalin, das sich im Körper verteilt hatte, lähmte alles – von der Hirntätigkeit bis zur Kontrolle der Extremitäten.

Erst als plötzlich eine weibliche Stimme neben ihm flüsterte, beruhigte sich Sebastian etwas und öffnete die bisher geschlossenen Augen. Wie Nebelschwaden zogen Luftspiegelungen vorbei, und nur langsam gewann er seine Sicht zurück.

„Sebastian, Sebastian! Geht es dir gut?" Anna-Lena hatte ihn sanft am Arm gezogen und er schaute nun genau in ihre rehbraunen Augen.

„Ich … Hat er …? Was ist …?"

„Alles ist gut", flüsterte Anna-Lena. „Er hat nichts gemerkt. Beruhige dich. Der Kerl ist wieder nach vorn gegangen!"

Nach und nach stabilisierte sich Sebastians Kreislauf und er nahm die Umgebung wieder wahr. Die Mädchen seitlich und vor ihm schauten ihn alle an, und trotz ihrer Ängste lächelten sie. Er schaute ängstlich an sich hinunter. Zum Glück war seine Hose trocken geblieben. Er schämte sich etwas.

„Fahren wir wieder?", fragte er leise.

„Ja", flüsterte Lisa, eine blonde Vierzehnjährige, die auf der Bank seitlich von Sebastian saß und sich zu ihm vorgebeugt hatte, „zumindest sind wir bis gerade eben kurz gefahren."

„Aber nun stehen wir schon wieder", ergänzte Anna-Lena.

Sebastian beugte sich leicht nach vorne zum rechten Fenster, vorbei an dem grauen Kunststoffkasten, der ihm seitlich etwas die Sicht versperrte. Kurz dachte er darüber nach, welche Möglichkeiten es gegeben hätte, wenn dies ein Fluchtweg wäre. Sebastian hatte lange Zeit geglaubt, diese graue Ausbuchtung hinten links im Bus sei eine Toilette. Doch es war keine Tür zu erkennen. Ein Busfahrer hatte ihn irgendwann bei einem Schulausflug darüber aufgeklärt, dass sich dahinter die Kühlanlage des Fahrzeugs befand.

Er schob den unsinnigen Gedanken enttäuscht beiseite.

Kapitel 4

Nortbrook hatte, wie angeordnet, den Wagen am Straßenrand Sprungweg/Ecke Dwaschweg abgestellt. Die Klimaanlage lief auf vollen Touren. Trotzdem wollte die Luft im Bus nicht besser werden. Er überlegte kurz, sein Fenster etwas runterzulassen. Ließ es dann aber. Und dabei fiel ihm schmerzlich ein, dass der geplante Geburtstagsbesuch bei Freunden für ihn wohl heute ins Wasser fallen würde.

„315 für Leitstelle, bitte kommen." Nortbrook zuckte zusammen.

Dieses Mal wartete der Sprecher nicht auf eine Antwort, sondern sprach sofort weiter. „Josef, wir wissen nicht, was bei dir los ist. Inzwischen haben aber einige besorgte Eltern hier bei uns angerufen. Ihre Sprösslinge – alle auf Strecke 315 unterwegs – seien noch nicht zu Hause. Sie machen sich Sorgen. Die Schule hätten sie pünktlich verlassen. Also bitte erkläre uns genau, was bei dir los ist. Und wo du bist."

Der Entführer machte ihm mit einer harschen Bewegung klar, dass es für den Kollegen in der Leitstelle keine Antwort geben würde. „Hör genau zu" sagte er zu Nortbrook und kam ganz nahe an den Fahrersitz heran.

„Siehst du den Sportplatz?"

Nortbrook schaute aus seinem Seitenfenster. Hinter einem hohen Maschendrahtzaun befand sich das Gelände des Blau-Weiß Bümmerstede, kurz BWB. Hin und wieder war er da schon gewesen. Hatte auch schon mal die Vereinsfußballer abgeholt und zu einem Spiel gefahren, erinnerte er sich. Er nickte dem Entführer zu.

„Du wirst jetzt in den Dwaschweg abbiegen. Dann sofort wieder links mit dem Bus auf den Parkplatz des Vereins. Anschließend rechts am Gebäude vorbei durch das Tor direkt auf den Platz."

Nortbrook war unsicher. Hatte er richtig verstanden? Der Mann verlangte von ihm, den zehn Meter langen Bus auf einen kleinen Parkplatz zu rangieren? „Was genau soll ich …?"

„Fahr endlich los!" Die Gesichtszüge des Mannes waren starr und entschlossen. So tat der Busfahrer schleunigst, wie ihm befohlen. Wieder schmerzten die Handschellen bei dem Neunzig-Grad-Schwenk an seinem schon wunden Handgelenk. Trotzdem lenkte er den Bus ohne Probleme auf den Dwaschweg. Einen entgegenkommenden Wagen ließ er noch passieren, dann war er wieder auf der Gerade. Nach nur knapp hundert Metern lag links die Einfahrt zum Vereinsgelände des BWB. Nortbrook stoppte den Bus. Hinter ihm hupte es laut. Er konnte im Rückspiegel einen VW-Transporter erkennen, den Service-Wagen einer Installationsfirma. Der Mann am Steuer war wohl mit der fahrerischen Leistung des Busfahrers unzufrieden. Nortbrook setzte den Blinker rechts, um dem Wagen ein Signal zum

Überholen zu geben. Die Handwerker fuhren zügig vorbei, und der Beifahrer schaute mit grimmigem Gesicht zu ihm nach oben.

„Jetzt links über den Parkplatz und dann rechts am Gebäude vorbei", herrschte der Entführer ihn an.

Nortbrook hatte also doch richtig gehört. Er prüfte die Einfahrt zum Parkplatz. Weitaus breit genug, um einem Pkw Zufahrt zu gewähren. Aber einem zwei Meter fünfzig breiten Bus? Der Fahrer registrierte hohe Randsteine, kleinere Bäume, Straßenschilder. All das bereitete ihm Unbehagen. „Ohne Schäden am Fahrzeug wird das nicht funktionieren", informierte er den Entführer.

Der winkte ab und hob drohend die Pistole. „Los jetzt." Der Parkplatz des BW Bümmerstede war fast leer. Nur ein Fahrzeug stand in einer der linken Parkbuchten. Zwei Fahrräder lehnten einsam seitlich des Klinkerbaus. Nortbrook warf wieder einen Blick in den Außenspiegel. Hinter ihm war die Straße leer. Vorne näherte sich ebenfalls kein Fahrzeug. Auch der Fahrradweg schien frei. Er fuhr langsam an. Dem Busfahrer widerstrebte es, Schäden am Fahrzeug anzurichten. Erst einmal hatte er einen dienstlichen Unfall gehabt – unverschuldet.

Er zog das Lenkrad vorsichtig nach links und merkte sofort, dass es nicht passen würde. Der rechte Baum stand doch etwas im Weg. Er musste den Bus noch einmal zurücksetzen. Hinten war immer noch niemand zu sehen. Jetzt wieder langsam einen Meter nach vorne. Der Bus kam knapp an einem der jungen Bäume vorbei, die rechts die Einfahrt säumten. Die Räder der Vorderachse hatten inzwischen den Parkplatz erreicht. Nun musste der Rest des Fahrzeugs noch auf den gepflasterten Bereich.

Langsam beschleunigt Nortbrook. Laute Kratzgeräusche wiesen darauf hin, dass es hinten Probleme gab. Der Fond ruckelte, als der Bus über die Randsteine des Platzes fuhr; Nortbrook konnte sehen, wie die Jugendlichen hinten durchgeschüttelt wurden. Den Blick in beide Außenspiegel, hielt sich Nortbrook so weit wie möglich rechts vom Parkplatz. Gerade mähte die linke Busseite eine große Hecke nieder. Dann musste ein Schild dran glauben. Mit metallischem Knirschen schrammte es am Heck entlang. Sank dann in Zeitlupentempo zu Boden.

Der Entführer hatte während des Rangierens auf dem Einzelsitz seitlich des Fahrers Platz genommen. Die Beine zum Gang, saß er so, dass er sowohl Sicht nach vorne hatte als auch die Schülerinnen hinten im Auge behalten konnte. Nortbrook schwitzte. Er hörte, wie sein Herz vor Aufregung bis in den Kopf schlug. Plötzlich gab es ein beängstigend lautes Geräusch. Der Busfahrer zuckte zusammen und schaute in den linken Seitenspiegel. Mist, die Höhe des herausragenden Daches des Vereinsheims hatte er falsch eingeschätzt. Er atmete hastig ein und schaute zu dem Mann neben ihm. Der schwenkte nur ungeduldig seine Pistole. Nortbrook gab Gas. Der Bus riss irgendetwas ab, das war deutlich zu vernehmen.

Dann war wieder nur das Motorengeräusch zu hören. Sie waren auf dem Parkplatz seitlich des Gebäudes angekommen.

Horst Gayer war Platzwart beim Sportverein Bümmerstede. Nachdem er zwei Jahre zuvor bei einem Verkehrsunfall einen Unterschenkel verloren hatte und als Sechsundfünfzigjähriger in Frührente geschickt worden war, hatte Gayer in dieser ehrenamtlichen Funktion seine Berufung gefunden. Er kümmerte sich fürsorglich um seinen Club. Der Mann hatte das Vereinsheim des Blau-Weiß Bümmerstede vor etwa einer Stunde aufgeschlossen. Heute Abend lief hier auf dem Platz ein Freundschaftsspiel. Die Fußballer würden nicht vor neunzehn Uhr da sein, aber die Zuschauer kamen meist schon eher und Gayer wollte bis eine Stunde vor Spielbeginn alles vorbereitet haben.

Das zweistöckige Vereinsgebäude war erst wenige Jahre alt. Es gab darin einen großen Aufenthaltsraum mit Tischen und Stühlen und einem langen Tresen. Seitlich waren die Küche und die Toiletten sowie das Vereinsbüro untergebracht. Oben befanden sich Umkleideräume und die Duschen der Spieler. Die Putzfrau hatte heute Morgen alles gereinigt. So musste Gayer nur Getränke bereitstellen und draußen die Platzmarkierung auffrischen.

Er stand hinter der Bar und prüfte die Vorräte, als er das laute Brummen vernahm. Es hörte sich an, als schwebe ein Flugzeug im Tiefflug über das Gelände.

Das wäre kein Wunder, probte doch die Luftwaffe mit ihren TransAll-Maschinen oft in dieser Gegend. Doch das Geräusch wollte nicht verstummen. Plötzlich gab es einen lauten Knall, und Bayer hatte das Gefühl, das Gebäude bewegte sich. Im ersten Moment dachte er an einen Flugzeugabsturz und duckte sich instinktiv hinter die Theke. Doch dafür war das Geräusch nicht laut genug gewesen. Er richtete sich wieder auf und sah durch die großflächigen Seitenscheiben des Aufenthaltsraumes die gelbe Front eines großen Busses.

Gayer rieb sich die Augen. Das konnte doch nicht sein? Erst dachte er an einen Scherz seiner Fußballer. Schon öfters hatten sie ihm einen Streich gespielt. Ihn hochgenommen. Aber so etwas? Nein, das trauten sie sich nicht. Und wenn, dann war das zu viel. Er drehte sich um und rannte, so schnell es mit der Prothese möglich war, auf den Ausgang des Gebäudes zu.

Nortbrook atmete tief durch. Die Zaunöffnung, die als Zufahrt zu den Sportanlagen führte, schien ihm für die Durchfahrt des Busses breit genug zu sein. Eigentlich war er sich sogar sicher. Langsam setzte er das Fahrzeug in Bewegung. Während des Rangiervorganges ließ ihn die Frage nicht los, was der Entführer hier bezweckte. Konzentriert bewegte er den Bus vorwärts. Plötzlich hörte er ein lautes Klopfgeräusch links von sich. Als ob etwas gegen die Seitenscheibe schlug. Erst ignorierte er es, als es aber nicht aufhörte, drehte er leicht den Kopf. Völlig überrascht trat Nortbrook auf die Bremse. Diese Aktion kam so unerwartet, dass der Entführer nur knapp einem Sturz entging.

„Spinnst du?!", schrie er. Auch von hinten kamen laute Proteste. Hoffentlich hat sich niemand verletzt, dachte Nortbrook, und schaute aus seinem Seitenfenster mitten in ein knallrotes Gesicht. Neben dem Bus stand ein Mann, schwenkte wild die Arme und schrie etwas, was drinnen im Fahrzeug wegen des Motorenlärm und der laufenden Klimaanlage beim besten Willen nicht zu verstehen war.

Der Entführer war wütend von seinem Sitz aufgesprungen und zu ihm an den Tresen getreten. „Mach das Fenster ein Stück auf, los!"

Der Busfahrer gehorchte und fuhr die elektrische Scheibe etwas nach unten. Jetzt konnte er den Redeschwall des wütenden Mannes draußen genau hören. „Bist du noch bei Trost ... Bist du besoffen ... Sofort zurück ... Polizei ..."

„Ruhe!", schrie der grün-weiß Gekleidete. „Sofort Ruhe!"

Der verzweifelte Mann neben dem Bus verstummte augenblicklich und starrte entgeistert auf den Kerl im Werder-Bremen-Look, der eine Pistole auf ihn richtete.

„Hör jetzt genau zu. Wir haben den Bus entführt. Die Türen sind mit Handgranaten gesichert und es befindet sich eine Bombe im Fahrzeug." Der Entführer schob eine Hand zur Brust. So, als ob er sich vergewissern wollte, dass der Auslöseknopf noch da war. „Ruf die Polizei. Sag ihnen: Sollten sie sich dem Bus nähern, stirbt eine Geisel." Dann schoss der Mann durch das offene Fenster nach draußen.

Nortbrook war darauf nicht vorbereitet gewesen. Wieder dröhnte sein Kopf, Schmerzen schossen durch seinen Körper, und seine Ohren klingelten.

Horst Gayer zog der Schreck das intakte Bein weg, und er stürzte nach hinten zu Boden.

„Fenster zu und fahr endlich auf den Rasen!" Wie mit Watte in den Ohren hörte Nortbrook nur gedämpft den gebrüllten Befehl des Entführers. Er wollte die Sache endlich hinter sich bringen und gab Gas. Etwas zu schnell schoss der Bus durch die knapp drei Meter breite Durchfahrt. Vorbei an einem kleinen Wohngebäude mit mehreren Garagentoren im unteren Stock. Der Entführer klammerte sich währenddessen an eine Haltestange.

Der Mann dirigierte Nortbrook mit vorgestreckter Waffe nach links. Dem Fahrer war klar, hier ging es zum Hauptspielfeld. Auf dem fanden die Punktspiele statt.

Der Rasen war trocken und hart. Kein Wunder bei der anhaltenden Hitze, wusste Nortbrook. Da konnte ein Platzwart auch mit Bewässerung nicht viel ausrichten. Statt sonst saftig grün war das Terrain eher verblasst, über das er den Bus lenkte.

Die Schülerinnen im Fond des Busses hatten beim Anblick des Mannes draußen am Fahrerfenster neue Hoffnung geschöpft. Die turbulente Fahrt über den

Parkplatz des Vereinsgeländes bis zum Tor hatte sie außerdem etwas abgelenkt. Die Gesichter vor Anstrengung verkrampft, klammerten sie sich an den Haltegriffen fest, um nicht von den Sitzen zu kippen.

Auch Sebastian hatte wieder Mut gefasst. Vielleicht sollte er eine SMS an den Vater schicken? Ihm mitteilen, dass der Bus gerade im Begriff war, auf dem Sportplatz des BWB zum Stehen zu kommen? Sebastian ließ es bei der Planung und griff nach dem Haltebügel, denn der Schülerbus machte eine schnelle Hundertachtziggradwende auf dem Vereinsrasen. Dann setzte das Fahrzeug noch einige Meter zurück. Und stand.

Sebastian schaute links aus dem Fenster. Er musste sich etwas vorbeugen, vorbei an seiner Freundin und einer zusammengesunkenen Mitschülerin. Draußen war wenige Meter entfernt der etwa vier Meter hohe Zaun, der hohe Bälle davon abhielt, auf die Straße zu rollen. Sebastian drehte sich um. Auch hinter ihnen war dieser hohe Zaun. Er konnte es durch die Werbung auf dem Rückfenster draußen erkennen – hindurch durch diese scheinbar gutgelaunte Familie in Übergröße mit ihren fetten Sparschweinen. Die Augen dieser Kinder waren in seiner Augenhöhe und es schien ihm, als grinsten sie ihn spöttisch an. Ihn überkam eine unendliche Angst – Angst vor der eigenen Sterblichkeit. Schnell drehte er sich wieder um. Ganz vorne, durch die Frontscheibe, konnte er die Sportfläche überblicken. Sport war sein Leben ... und natürlich Anna-Lena. Er musste plötzlich an Papa und Mama denken. Tränen schossen in seine

Augen und er bemühte sich, dem entgegenzuwirken. Sebastian fröstelte, und sein Körper begann zu zittern. Um sich abzulenken, schaute er sich weiterhin aufmerksam um. Seitlich rechts lag, für ihn bedingt durch die Buskonstruktion etwas verdeckt, das verklinkerte Vereinsheim.

Er hatte sich wieder etwas gefasst. Aber was sollte das Ganze? Sebastian fand keine plausible Erklärung dafür, warum der Bus nun mit laufendem Motor auf einem Fußballfeld stand.

Anna-Lena schaute ihn mit verweinten roten Augen an und hatte sich wieder an ihn gekuschelt, nachdem das plötzliche Wendemanöver des Busses sie erst einmal getrennt hatte. „Sebastian, was geschieht mit uns?"

Er zuckte die Schultern und legte seinen Arm um sie.

Horst Gayer war aufgestanden. Der Schock steckte ihm noch in den Knochen. Den Schmerz durch den Sturz fühlte er gar nicht. Der Platzwart war – irritiert von der grün-weißen Kleidung der Insassen – von einem Fanbus mit angetrunkenem Fahrer ausgegangen. Jetzt war ihm klar: Hier lief eine kriminelle Sache. Und er sah nur noch ein Ziel: die Polizei zu informieren. So humpelte er zurück. Im gleichen Moment fuhr ein blau-silbernes Fahrzeug auf den Vereinsparkplatz. Schon fast am Gebäudeeingang angekommen, registrierte Gayer dies mit Erleichterung. Der Anruf bei den Ordnungskräften hatte sich erledigt. Die Polizei war schon da.

Kapitel 5

Sandra Holz saß am Schreibtisch ihres Büros im ersten Stock der Polizeidirektion am Theodor-Tantzen-Platz 8. Die neunundzwanzigjährige Kriminalkommissarin war gebürtige Oldenburgerin und seit Anfang 2011 im Dezernat 3. Nach ihrem Studium und dem Bachelor-Abschluss im September 2010 hatte sie das notwendige Quäntchen Glück gehabt und war an ihren Wunschstandort Oldenburg versetzt worden. Neben ihrer Tätigkeit im Dezernat hatte sie sich allerdings auch die Prüffunktion der Asservatenkammer aufdrücken lassen. Ihr war klar, die Letzten beißen die Hunde ...

An diesem Freitagnachmittag kurz vor halb fünf, waren ihre Gedanken allerdings schon beim Feierabend. Ihre Mutter Charlotte hatte zwei Karten für die *Zauberflöte* besorgt. Die Vorstellung begann um neunzehn Uhr dreißig, und sie wollte heute ausnahmsweise pünktlich ihren Polizeidienst beenden.

Alles war gut gelaufen an diesem heißen Maitag. Die Kommissarin hatte zwei Befragungen im klimatisierten Vernehmungszimmer durchgeführt. Kurz vor Mittag hatte – ebenfalls in einem gekühlten Raum – die Wochenabschlussbesprechung stattgefunden, geleitet durch den Leiter des Dezernats 3, Polizeioberrat Petermann. Der Polizeipräsident und Leiter der Direktion, Rik Dreling, war zur Kur und die Position des Stellvertretenden Leiters zurzeit nicht besetzt.

Der Ventilator genau vor ihrem Gesicht brachte zumindest ein klein wenig Abkühlung in ihr heißes Büro. Schon seit der Mittagspause schlug sie sich mit der Archivierung von Vernehmungsakten herum.

Sandra Holz war noch unsicher, was die Kleiderfrage für den Abend anging. Das rote Kleid oder vielleicht das dunkle mit dem Schal? Das musste noch geklärt werden.

Mitten in dieser schwerwiegenden Entscheidung wurde die Tür aufgerissen und Oberkommissar Friedhelm Hiltmar erschien, ein Kollege vom Dezernat 5. „Frau Holz, bitte sofort in den Besprechungsraum." Und bevor sie auch nur fragen konnte, um was es ging, war Hiltmar schon wieder verschwunden.

Sie erhob sich vom Bürostuhl und suchte fieberhaft nach Gründen für diesen Zwischenfall, aber auch während des kurzen Weges in das Erdgeschoss kam sie zu keinem Ergebnis.

Die Tür stand offen und sie trat ein.

„Frau Holz, bitte schließen Sie die Tür", rief ihr Polizeioberrat Petermann zu. „Wir sind vollständig." Der groß gewachsene Mann mit dem sonst freundlichen Gesicht sah abgehetzt aus. Sein weißes Hemd hatte dunkle Ränder um die Achseln, und er wischte sich unentwegt den Schweiß von der Stirn. Sandra Holz schrieb in Gedanken den Theaterbesuch schon mal ab.

„Kollegin, Kollegen …", wandte Petermann sich an alle im Raum.

Die Kriminalbeamtin schaute sich kurz um.

Hiltmar hatte sie heute schon mehrfach gesehen und begrüßt, doch Argenberg, den neuzuversetzten Kommissar vom Betrugsdezernat, sah sie heute das erste Mal. Sie nickte zu ihm hinüber und er nickte lächelnd zurück.

„Wir haben bestätigte Informationen über eine Busentführung hier in Oldenburg", begann Petermann. Er gab den drei Kollegen einen Moment lang die Möglichkeit, diese Mitteilung sacken zu lassen, dann fuhr er fort:

„Was ich Ihnen sagen kann, ist Folgendes: Ein Schülerbus der VWG wurde gegen 15 Uhr 45 von mindestens zwei männlichen Personen entführt. Im Bus befindet sich eine noch unbekannte Anzahl von Schülerinnen und Schülern der Graf-Anton-Günther-Schule. Die letzte Information, die ich habe, ist, dass man das Fahrzeug am Dwaschweg gesichtet hat." Er räusperte sich.

Sandra Holz war hart im Nehmen. Fünf Jahre im mittleren Polizeivollzugsdienst, davon ein Jahr bei der Bereitschaftspolizei, Gorleben, randalierende Fußballfans und der Einsatz bei langwierigen und vor allem langweiligen Staatsbesuchen hatten sie abgestumpft. Doch das hier schlug ihr schwer auf den Magen.

„Wissen wir etwas über die Forderungen der Entführer?", fragte Kommissar Argenberg.

„Langsam, Kollege. Noch bin ich nicht fertig mit meinen Ausführungen. Also werden auch noch keine Fragen gestellt."

Argenberg schaute betroffen und Sandra Holz hatte Mitleid mit dem neuen Kollegen. So bissig und genervt wie heute hatte sie Petermann noch nicht erlebt. Sie schob es auf die Temperatur.

„Frau Holz, soviel ich weiß, hat Ihr Vorgesetzter Schimick heute seinen freien Tag?"

Sandra nickte.

„Sie werden ihn anschließend über das Geschehen informieren. Der Erste Hauptkommissar Schimick wird umgehend zu uns stoßen und den Einsatz leiten."

Die Kommissarin bestätigte auch dies mit einem knappen Nicken.

„Gut, nun weiter. Es gab wohl zwei Anrufe, was die Sache betrifft. Der erste kam vom Vater eines im Bus befindlichen Sechzehnjährigen. Der Junge bat ihn über sein Handy um Hilfe. Der zweite Anruf war anonym. Die Leitstelle hat ihn aufgezeichnet. Beim Anrufer handelte es sich um eine männliche Person mit einem Sprachfehler. Diese Information scheint sicher zu sein. Der Anrufer hat …" Petermann schaute auf einen Zettel, den er vom seitlichen Tisch aufgenommen hatte, „… exakt um sechzehn Uhr drei eine schwer verletzte Person beim Sprungweg gemeldet, und dringend um einen Rettungswagen gebeten." Der Beamte räusperte sich lautstark.

Der Kommissarin fiel auf, dass die Luft in diesem Raum extrem trocken war. Sie hatte groß Lust, aufzuspringen und die geschlossenen Fenster aufzureißen, ließ es aber. Die beiden Männer, die vor ihr saßen, steckten die Köpfe zusammen.

„Ruhe", mahnte Petermann, „Ich bin noch immer nicht fertig, meine Herren! – Der Verletzte, ein Busfahrer der VWG, wurde eben von einem Einsatzfahrzeug aufgefunden. Vor Ort befanden sich wohl mehrere Schüler, die sich um den Mann gekümmert hatten. Über den Gesundheitszustand des Verletzten bin ich nicht im Bilde. Zumindest lebt er, so viel ist sicher. Letzter Stand der Dinge ist: Der Linienbus – und das klingt jetzt etwas seltsam – wurde von den Entführern mitten auf dem Sportplatz des Blau-Weiß Bümmerstede abgestellt. Der Vereinswart dort hatte wohl persönlichen Kontakt mit den Entführern. Wir werden ihn vor Ort befragen. Eine SEK Einheit wurde aus Hannover angefordert. Und ich habe sofort einen unserer Beamten in die Felix-Wankel-Straße zur VWG gesandt. Falls sich Fahrer oder Entführer über den Busfunk melden, wird der erfahrene Kollege die in der Leitstelle eingehenden Gespräche entgegennehmen und entsprechende Maßnahmen einleiten – natürlich in Absprache mit mir."

Jetzt schien der Polizeioberrat seine Ausführungen abgeschlossen zu haben. Während die beiden anderen Kollegen eine kurze Diskussion begannen, stand die Kommissarin auf und trat zu ihrem Vorgesetzten. „Herr Petermann, wenn es Ihnen recht ist, werde ich sofort Hauptkommissar Schimick kontaktieren. Sicher planen Sie, in den nächsten Minuten Richtung Dwaschweg aufzubrechen. Also hat es wenig Sinn, Schimick hierher zu bitten."

Petermann nickte dankbar. „Schimi soll zum Dwaschweg kommen."

Sandra Holz verließ mit schnellen Schritten den Raum.

Schimi war der Spitzname des Ersten Hauptkommissars Anton Schimick. Er war der Vorgesetzte von Sandra Holz im Dezernat 3 und besonders beliebt. Es gefiel Schimick, wenn ihn alle duzten und mit seinem Spitznamen anredeten. Sandra Holz vermutete, dass es sich dabei um eine Anlehnung an den Tatortkommissar Schimanski handelte, hatte es aber in den zwölf Monaten ihrer Zusammenarbeit nie gewagt, ihn darauf anzusprechen.

Hauptkommissar Schimick feierte überwiegend an Freitagen seine Überstunden ab. Davon gab es für alle genügend, wusste die Kommissarin. Auch heute hatte Schimi sich freigenommen. „Werde den Tag im Porschezentrum verbringen", hatte er sie informiert. Schimick mochte Motoren, ob eingebaut in Sportboote oder sonst wo. Doch vor allem war er ein großer Autofreak und fuhr zur Verwunderung aller Kollegen einen teuren Porsche 997 Carrera. Sandra Holz war schon einige Male mit ihm mitgefahren und hatte für den Sportwagen nur ein Wort gefunden: „Granatenmäßig!"

Überhaupt lebte der Hauptkommissar auf großem Fuß. Aber das schien hier in der Polizeidirektion Tradition zu sein. Auch Polizeioberrat Petermann, so hieß es, lebte nach seiner dritten Scheidung vor zwei Monaten deutlich über seine Verhältnisse. Zum Glück ging Sandra das nichts an. Noch auf dem Flur wählte die Kommissarin die Num-

mer des Kollegen auf ihrem Handy.

„Hier ist Schimi, flüstern Sie mir was Nettes nach dem Piepton!"

Er hatte das Handy abgeschaltet. Das sah Schimick nicht ähnlich. Vielleicht befand er sich in einem Funkloch? Im Büro angekommen, wählte Sandra Holz vom Telefon des Kollegen über die Kurzwahltaste das Porschezentrum in der Nadorster Straße.

„Porschezentrum Oldenburg, Sina Weisse. Was kann ich für Sie tun?"

„Sandra Holz von der Polizeidirektion. Der Kollege Schimick befindet sich aller Wahrscheinlichkeit nach bei Ihnen. Würden Sie ihn bitten, an den Apparat zu kommen?"

„Natürlich, gerne. Einen Moment, Frau Holz." Es ertönte eine leise Melodie und die Dame am anderen Ende der Leitung war verschwunden. Die Kommissarin wurde ungeduldig. Eigentlich war für Warteschleifen keine Zeit. Doch schon war die Stimme wieder zurück. „Ich habe die Mitarbeiter befragt. Schimi war den ganzen Tag nicht hier, Frau Holz."

Die Kommissarin bedankte sich und legte auf. Schimi war bekannt wie ein bunter Hund. Sie musste trotz der Situation lachen. Aber was das Porschezentrum anging,

hatte sie sich wohl verhört, als er über seine Wochen-
endplanung gesprochen hatte. Sie tippte schnell eine
SMS für ihn. Dann informierte sie ihre Mutter, dass aus
dem gemeinsamen Theaterbesuch nichts wurde.

Draußen rief man schon nach ihr. Die Kommissarin
steckte ihre Dienstwaffe ein, ergriff ihre geliebte Lederjacke und rannte nach unten. Der Polizeioberrat hatte
auf dem Beifahrersitz des Dienstwagens, einem Audi
A8, Platz genommen. Noch immer tupfte der Sechzig-
jährige sich mit einem weißen Taschentuch über die
Stirn. Sandra schob sich durch die geöffnete Wagentür
in den Fond. Ihre beiden männlichen Kollegen saßen
schon und rückten etwas zusammen, als die Polizistin
den Platz hinter ihrem Vorgesetzten einnahm.

„Machen Sie bloß die Klimaanlage an", stöhnte Petermann.

Der Fahrer nickte und setzte den Wagen in Bewegung.

„Meine Herren, lassen Sie uns am Dwaschweg einen geeigneten Ort für die Einrichtung einer Einsatzzentrale finden", sagte Petermann. „Frau Holz wird
Hauptkommissar Schimick vertreten, bis er eintrifft
und übernimmt. Er kommt doch gleich?" Petermann
drehte sich zu Sandra um.

„Hab ihn informiert, Herr Polizeioberrat. Darf ich
Sie etwas fragen?"

„Natürlich!"

„Haben wir Kontakt zu den Entführern?"

„Darüber habe ich noch keinerlei Informationen."

Der Fahrer des Dezernatsleiters hatte Blaulicht und Sirene eingeschaltet. Weit oberhalb des Tempolimits schoss der Wagen die Autobahn 28 entlang und drängelte die ersten Feierabendfahrer aus dem Weg. Sandra Holz hatte ihre Füße fest auf den Boden des Wagens gestemmt und hielt sich am Sitz vor ihr fest. Nach nur knapp zehn Minuten bog der Audi vom Sprungweg in den Dwaschweg ein. Uniformierte Kollegen hatten kurz hinter dem Bundeswehrgelände die Straße abgesperrt. Man kannte Petermanns Wagen und gab zügig die Durchfahrt frei.

Im Vorbeifahren sahen sie durch das grüne Gittergeflecht den gelb-weißen VWG-Omnibus auf dem Sportplatz stehen.

„Welche Absicht die Entführer wohl haben?", fragte sich Argenberg, der neben Sandra Holz saß, laut. Die zuckte mit den Schultern.

Als der Bus endlich so abgestellt war, wie es der Entführer gefordert hatte, hatte sich Nortbrook entkräftet zurückgelehnt. In seinem Brustkorb schmerzte es und er befürchtete, seine Belastungsgrenze erreicht zu haben. Dieses beklemmende Gefühl in der Brust hatte er auch in den vergangenen Wochen schon mehrmals gehabt, und seine Frau hatte ihn immer wieder aufgefordert, endlich einen Internisten aufzusuchen. Immer hatte er eine Ausrede gefunden. Jetzt schob er den Schmerz beiseite. Nur nicht schlapp machen – er war außer dem Entführer der einzige Erwachsene im Bus, er musste einfach durchhalten. Schon der ihm anvertrauten Jugendlichen wegen.

Der Entführer war inzwischen den Busgang entlang nach hinten gelaufen. Er hatte nur kurz auf die ängstlich zurückweichenden Schülerinnen geblickt und sich dann zu einer der beiden auf dem Boden liegenden Taschen gebückt. Er hatte den Reißverschluss aufgezogen und drei Rollen breites Klebeband herausgeholt. Die legte er auf einem der leeren Sitze ab.

„Drei von euch werden jetzt die Busscheiben mit Papier verkleben", sagte er zu den Mädchen. „Ich möchte, dass man von außen nicht mehr hereinsehen kann, also gebt euch Mühe. – Du, du und du: aufstehen!" Er hatte Schülerinnen angesprochen, die auf einem Dreiersitz vor ihm zusammengekauert saßen. Doch die hatten ängstlich ihre Köpfe gesenkt und blickten zu Boden. Sie machten keine Anstalten, seinen Befehl auszuführen.

„Ich möchte es nicht noch einmal sagen", drohte der Mann. „Schnappt euch eure Schulbücher oder Schulhefte, reißt die Seiten heraus und klebt diese verdammten Fenster endlich dicht!" Seine Stimme war so laut und schrill geworden, dass sie die anderen Geräusche im Inneren des Busses weit übertönte.

Die drei Mädchen erhoben sich zögernd. Erst langsam, dann schneller gingen sie zu den in der Mitte des Busses aufgestapelten Schultaschen und kramten hektisch nach Heften und Büchern. Ihr Blick ging immer wieder zum Entführer.

Eine Tasche fiel auf den Boden und der Inhalt fiel heraus.

„Passt doch auf, ihr dummen Hühner!"

Die Mädchen zuckten ängstlich zusammen. Sie bemühten sich, Seiten aus den Schulheften zu reißen, doch dem Entführer ging das zu langsam. Mit einem großen Schritt stand er neben ihnen, riss einer fast zu Tode erschrockenen Schülerin das Heft aus der Hand und schrie: „Seid ihr blöd? Schaut, so geht das." Mit einem Ruck hatte er ein komplettes Heft in der Mitte durchgerissen. Die DIN-A4großen Seiten fielen auf den gesprenkelten Kunststoff.

„Und jetzt ankleben, aber schnell."

Eingeschüchtert begannen die Schülerinnen, das Papier an die Busfenster zu kleben.

Der Entführer schaute der Aktion noch einige Zeit zu und gab genaue Instruktionen.

Der Dienstwagen fuhr langsam auf den Parkplatz des BWB-Sportgeländes. Dort waren zum parkenden Auto des Platzwarts inzwischen mehrere Einsatzfahrzeuge der Oldenburger Polizei hinzugekommen. Auch der Dwaschweg war komplett abgesperrt, wie die Kommissarin beim Einbiegen auf das Vereinsgelände sah.

Ein uniformierter Polizist kam ihnen entgegen. „Moin, Herr Polizeioberrat. Moin, Frau Kollegin, Kollegen …" Petermann gab dem Mann die Hand. „Sind Sie momentan der Verantwortliche hier?"

Der Mann nickte ernst. Sandra Holz kannte ihn flüchtig. Polizeioberkommissar Stüver war der Leiter des Einsatz- und Streifendienstes und ein älterer, erfahrener Polizeibeamter. Sie empfand es als angenehm, dass er sie hier in Empfang nahm. Mit männlichen Kollegen hatte sie hier und da schon einige negative Erfahrungen gemacht. Speziell, wenn sie bei Polizeieinsätzen als Verantwortliche ihre eigenen Wünsche als Anordnungen weitergab. Eine Frau, die im Kriminaldienst Befehle gab, war wohl nicht jedermanns Sache – jedenfalls nicht hier.

„Lassen Sie uns ins Haus gehen, Herr Polizeioberrat." Stüver begleitete die Vier durch den schmalen Eingang in das Vereinslokal. Für die Kommissarin war es der erste Besuch hier. Sie war zwar sportlich und eine passionierte Seglerin, aber für Fußball interessierte sie sich herzlich wenig.

Die Gruppe erreichte über den kurzen Flur einen Gastraum ähnlich dem eines Cafés. Bis auf den Boden reichende Fenster erhellten den vielleicht achtzig Quadratmeter großen Raum an drei Seiten und gaben den Blick nach draußen auf weite Grünflächen frei. Ein großer Tresen stand an der zur Tür gewandten Seite und dort saß auf einem Barhocker, in sich zusammengesunken, ein Mann. Er war nicht uniformiert und sah verstört aus. Der von Petermann erwähnte Vereinswart, vermutete die Kommissarin.

Draußen auf dem grünen Rasen des Sportplatzes stand der eigentliche Grund ihrer Anwesenheit: der entführte Bus. Die große Zahl 315 war seitlich und, wie Sandra wusste, auch vorn in roten LED-Ziffern auf einem Display zu lesen. Das Fahrzeug hatte einen weißen Anstrich, doch ein Großteil der Fläche, bis hoch in die getönten Scheiben, war mit einer Werbung versehen. Die Kommissarin starrte stumm und in sich gekehrt auf das ungewöhnliche Objekt.

„… bringen Sie Ihre Ersparnisse zur B.I.V – BANK IHRES VERTRAUENS" war dort in riesigen Lettern und in den Farben Schwarz, Silber und Gold zu lesen.

Wie oft hatte Sandra in solch einem Bus gesessen oder war hinter ihm hergefahren? Fast alle Busse der Verkehr und Wasser GmbH waren mit irgendeiner Werbung beklebt. Einige, da war sie sich sicher, mit dieser Banken-Werbung. Obwohl die Kommissarin nur die Seite des Fahrzeugs sehen konnte, erinnerte sie sich an das Foto, das die komplette Rückfront inklusive der Heckscheibe zieren musste: Diese dümmlich lachende Familie! Zwei Erwachsene als stolze Eltern, und ihre beiden minderjährigen Sprösslinge. Genau … – die Jungs hielten je ein überdimensionales Porzellan-Sparschwein in ihren Händen und grinsten, finanziell beglückt.

Dieses unglaubliche Szenario hier sah aus wie die Produktion eines von der Bank in Auftrag gegebenen Werbefilms. Es fehlten nur noch Kameras und die Filmcrew. Welche Ironie! Im Fahrzeug saßen achtzehn jugendliche Schüler, deren Eltern momentan nicht so glücklich waren. Jugendliche, als Geiseln genommen von skrupellosen Kriminellen, denen es sicher nur um Geld ging, um Bereicherung.

Oder nicht? Die Geiselnahme konnte natürlich auch ein Racheakt oder irgendetwas anderes sein. Spekulationen darüber brachten sie nicht weiter. Aber diese Bankenwerbung passte wie die Faust auf Auge. Ob sich die Entführer speziell wegen der Werbung den Bus ausgesucht hatten?

Nein, jetzt übertrieb sie wohl.

Die Kommissarin glaubte durch die abgeklebten Fenster Personen zu erkennen, war sich aber nicht sicher. Die ganze Szenerie erschien ihr unwirklich und rang der sonst so taffen Frau doch einiges ab. Ihr Herzmuskel beschleunigte, als hätte sie auf ein internes Gaspedal getreten.

Sie bemühte sich, die Frequenz wieder abzusenken, indem sie kräftig und langsam ein- und ausatmete. Es gelang nur zum Teil. Doch nach und nach ließ der Druck in ihrer Brust etwas nach.

Der Polizeioberrat war neben seine Mitarbeiterin getreten. Auch er hatte sich in den letzten Minuten ausgiebig im Raum umgeschaut. Er blickte mit einer gewissen Gelassenheit auf den Bus und meinte: „Dieses Gebäude erscheint mir ideal als Einsatzleitstelle. Frau Holz, wir bauen hier auf."

Sandra Holz musste sich regelrecht zwingen, ihren Blick vom Sportplatz abzuwenden. Wie magnetisiert haftete sie an diesem seltsamen Anblick. Doch aus den Augenwinkeln heraus hatte sie bemerkt, dass der Mann von der Theke aufgesprungen war und auf die Gruppe zukam.

Oberkommissar Stüver trat mit einem raschen Schritt zwischen Sandra Holz und den Fremden mit den graumelierten Haaren. „Das ist Horst Gayer, der Platzwart", stellte ervor. „Herr Gayer hatte, seiner Aussage nach, bisher als Einziger mit den Entführern Kontakt."

„Einem Entführer", fiel der Mann dem Beamten augenblicklich ins Wort.

Stüver schaute ihn leicht genervt an. „Gut, dann halt einem Entführer. Man hat mir auf jeden Fall berichtet, dass Herr Gayer den Bus hier in Empfang genommen hat."

„Was heißt in Empfang genommen?! Ich hatte ihn nicht hergebeten …"

Polizeioberrat Petermann hatte die letzte Minute schweigend vor dem Fenster verbracht. Nun wandte auch er sich davon ab und machte dem fruchtlosen Dialog ein Ende. Lautstark bemerkte er: „Frau Holz hat im Moment die Leitung des Einsatzes. Also bringen Sie die Kommissarin auf den aktuellen Stand, Herr Gayer."

Sie warf ihrem Vorgesetzten einen dankbaren Blick zu und trat einen Schritt auf den Vereinswart zu. „Bitte, setzen Sie sich, Herr Gayer." Sandra zeigte auf einen Tisch etwas abseits, um die Sicht auf den Bus während der Vernehmung eingeschränkt zu halten. Sie kramte umständlich einen Notizblock aus ihrer Lederjacke und einen Stift. Dann zog sie sich einen Stuhl heran.

Oberkommissar Stüver zog es vor, das Vereinsgebäude zu verlassen. Mit einem kurzen: „Bin draußen" schloss er die Tür hinter sich.

Als auch der Vereinswart endlich saß, sprach sie den sichtlich nervösen Mann an: „Beruhigen Sie sich, Herr Gayer. Und dann alles der Reihe nach."

Froh, endlich seine Geschichte loszuwerden, sprudelte er heraus: „Der Bus fuhr hier rein, riss alles um und ich bin sofort hingerannt, um …"

Sie unterbrach ihn: „Und wie lange ist das her?" Gayer schaute überrascht auf die Uhr an seinem linken Handgelenk. Seine Hand zitterte und er drückte sie mit der anderen etwas nach unten, um sie ruhig zu halten. Auch die Kommissarin blickte schnell auf ihre Armbanduhr. Es war siebzehn Uhr zwölf.

„Vor knapp einer Stunde."

„Gut. Und weiter?"

„Ich habe an das Seitenfenster des Busses geklopft und der Fahrer hat es aufgemacht. Ein Mann …"

„Langsam, Herr Gayer. Der Fahrer – ist Ihnen da etwas aufgefallen? Fanden Sie, dass er wie ein Busfahrer wirkte oder eher wie einer der Entführer?"

„Eher wie ein Busfahrer. Der war schon älter, sicher um die sechzig. Und der Mann neben ihm hatte diese Pistole." Gayer kratzte sich am Kopf.

„Erzählen Sie etwas über den Mann und seine Pistole." Gayer erzählte von einer als Werder-Fan in Grün-Weiß gekleideten, eher schmächtigen Person. Danach versuchte er, die Pistole zu beschreiben. Er tat sich schwer, die geeigneten Worte zu finden. Die Kommissarin versuchte, ihm zu helfen: „War es eher ein Revolver oder eine Automatik?"

„Revolver haben Trommeln. Eine Automatik ein Magazin", warf Polizeioberrat Petermann ein. Er hatte der Vernehmung aus der Distanz interessiert zugehört.

Gayer schien unsicher. Wieder kratzte er sich am Kopf, und als ob er dort was entdeckt hatte, schaute er auf ein undefinierbares Etwas zwischen seinen Fingern. Die Kommissarin bemühte sich, ihren Ekel zu unterdrücken.

„Sie war klein und schwarz", meinte er. „War wohl eine Automatik."

„Wie viele Personen haben sie im Bus gesehen?" Wieder überlegte Gayer, die Kopfhaut bearbeitend. Inzwischen hatten Beamte in Zivil begonnen, das Vereinslokal des BWB in eine Polizeieinsatzzentrale umzufunktionieren. Der alltägliche Automatismus des Kriminaldienstes war angelaufen. Notebooks wurden aufgebaut, Kabel gezogen, Flipcharts in den Raum gestellt. Die Männer bemühten sich, leise zu arbeiten. Sie wollten die Vernehmung nicht übermäßig stören.

Die Kommissarin ließ sich durch die Arbeit der anderen nicht beirren. „Also, Herr Gayer, wie viele Personen?"

„Sicher zwanzig."

„Nur Schüler, oder waren auch Erwachsene darunter?"

„Es war schwierig, da etwas zu erkennen. Alle hatten ja diese Werder-Mützen auf. Und der bescheuerte Typ

hat dann – ohne Ankündigung – durch das offene Busfenster geschossen."

Diese Information war neu für die Beamten. „Er hat
geschossen?", fragte Sandra überrascht. „In die Luft,
oder hat er irgendetwas getroffen?"

„Er hat in die Wand draußen neben dem Toiletten-
fenster geschossen, aber ganz sicher bin ich mir nicht."

Sandra Holz nickte kurz zum Kollegen Hiltmar rüber. Der deutete ihren Blick sofort richtig. „Kümmere
mich", rief er und verschwand nach draußen.

„Sonst noch etwas, Herr Gayer? Überlegen Sie gut.
Alles kann uns helfen."

Man sah dem Mann an, dass er angestrengt nachdachte.

„Ach ja: Der Busfahrer war mit einer Hand ans Lenkrad gekettet."

KAPITEL 6

Nortbrook war in den letzten Minuten nicht entgangen, dass seitlich beim Gebäude Aktivitäten liefen. Auch das ankommende Polizeiauto hatte er einerseits freudig, anderseits mit gewisser Skepsis registriert.

Auch der Entführer hatte es bemerkt. Er starrte neugierig aus den Schlitzen der inzwischen verklebten Fenster Richtung Sportlerheim. „Schalt das Mikrofon ein und gib mir die Leitstelle", wies er den Busfahrer an.

Er hatte vor wenigen Minuten die ersten fertig verklebten Fenster überprüft und hier und da noch Nachbesserung gefordert. Eine der Schülerinnen hatte ihn gerade – laut weinend – um einen Toilettengang gebeten. Der Entführer hatte mit den Worten: „Halte die Klappe, du musst dich noch gedulden" die Bitte schroff abgelehnt. Nortbrook konnte auf dem Monitor das schmerzverzerrte Gesicht der weinenden Schülerin sehen.

Kriminalhauptkommissar Petric war nach der Besprechung in der Polizeidirektion nicht mit den anderen gefahren, sondern auf Aufforderung seines Vorgesetzten zur Verwaltung des Busunternehmens in die Felix-WankelStraße geeilt. Schon am Gebäudeeingang hatte ihn der Betriebsleiter der Verkehr und Wasser GmbH in Empfang genommen, ein ruhig wirkender Enddreißiger im grauen Anzug.

Petric hatte sich kurz vorgestellt. „Bringen Sie mich bitte gleich zur Leitstelle."

Die Busleitstelle befand sich seitlich im modernen Neubau der VWG. Sie war ähnlich aufgebaut wie die Zentrale des Polizeireviers, in dem er vor etlichen Jahren Dienst getan hatte. Nur technisch moderner. Zwei Männer saßen vor großen Monitoren und Konsolen. Im Hintergrund standen weitere Mitarbeiter des Busunternehmens in kleinen Gruppen zusammen oder saßen an Tischen und unterhielten sich leise. Obwohl an der Szene nichts Auffälliges war, konnte man doch die Anspannung im Raum spüren.

„Wer ist der Verantwortliche hier in der Zentrale?" Der Betriebsleiter zeigte auf einen Blonden mit Schnäuzer. „Luuk van Haas. Der hat eben den Spätdienst übernommen."

„Gut, ich würde dann darum bitten, dass alle anderen den Raum verlassen."

Der Aufruf des Kriminalbeamten zusammen mit dem Blick des Chefs, der auffordernd zur Tür wies, verursachte sogleich Aufbruchsstimmung. In weniger als einer Minute waren außer dem Betriebsleiter nur noch Petric und van Haas im Raum.

Petric begrüßte den Mann hinter der Konsole per Handschlag. „Petric, hallo. Was können Sie mir über die Situation berichten, Herr van Haas?"

„Leider wenig. Unser Fahrer Josef Nortbrook hat den Schülerbus der Linie 315 pünktlich übernommen und sollte gegen Nachmittag vom Kollegen Sonnkamp in Hatterwüsting abgelöst werden."

„Was heißt *sollte*?"

„Ja, wir haben uns auch darüber gewundert. Als der Bus angeblich auf der Rücktour war, saß immer noch Nortbrook am Steuer."

„Gut, was hat Ihnen dieser Nortbrook seit Ihrem letzten Kontakt berichtet?"

„Eigentlich nichts. Meine Frage, ob alles in Ordnung sei, hat er bejaht. Seit den Anrufen der besorgten Eltern waren wir aber sicher, dass etwas passiert sein musste. Aber der Kollege Nortbrook hat dann auf meine Anfrage nicht mehr reagiert."

Petric hatte sich neben van Haas gesetzt und der Betriebsleiter lehnte lässig an der Konsole.

„Sachstand ist folgender", begann Petric. „Der Bus wurde mit einer unbekannten Anzahl von Schülern und Schülerinnen entführt. Eine erwachsene männliche Person wurde angeschossen und schwer verletzt aufgefunden."

Die beiden Angestellten der VWG schauten sich betroffen an. „Sonnkamp?"

Der Beamte schüttelte den Kopf. „Keine Ahnung, schon möglich. Ihr Busfahrer, so sieht es zumindest aus, wurde von den Entführern gezwungen, den Bus zum Dwaschweg zu bringen. Wir haben nach letzten Informationen ..." Sein Mobilfunkgerät läutete. „Entschuldigen Sie bitte …" Petric sprang auf und verschwand um die Ecke.

„Nortbrook hängt auf keinen Fall da drin", flüsterte van Haas seinem Betriebsleiter zu. Der nickte.

Wenige Minuten später war Petric zurück. „Der Bus steht auf dem Gelände von Blau-Weiß Bümmerstede." Er überlegte. „Dort wird gerade die Einsatzzentrale eingerichtet. Wir benötigen dringend eine Leitung von hier zum Dwaschweg. Also: Der Busfunk muss schleunigst ins Vereinsgebäude des BWB." Ihm war anzumerken, dass es sich dabei nicht um eine Frage oder eine Bitte handelte. Der Betriebsleiter dachte einen Moment nach. „Das wird sicher kein Problem sein. Es handelt sich hier um neueste Technik. Also einer digitalen Leitung. Während einer kürzlich durchgeführten Übung haben wir die Verbindung schon einmal in die Notleitstelle unseres Unternehmens geschaltet. Von dort könnte man sie abgreifen und dann …"

Petric nickte und winkte ab, er war zufrieden. Er telefonierte kurz und gab Anweisung, Kriminaltechniker zur Umsetzung zu senden. „Unsere Männer sind gleich da", informierte er den Betriebsleiter. „Wenn Sie ihnen den Anschluss zeigen könnten …? Besteht die Möglichkeit, die Gespräche aufzeichnen?"

Der Betriebsleiter nickte: „Natürlich!"

„Dann bitte ich darum."

Van Haas fragte: „Und wenn sich der Entführer inzwischen meldet …?"

„…werde ich mit ihm sprechen", brachte der Beamte den Satz zu Ende.

Er ließ sich gerade von van Haas die Konsole erklären, als eine Stimme vor ihnen aus dem Lautsprecher tönte:

„Ist schon jemand von der Polizei eingetroffen?"

„Der Bus?", flüsterte Petric. Van Haas nickte und Petric drückte sofort den Sprechknopf. „Hier ist Hauptkommissar Petric von der Polizeidirektion Oldenburg. Und mit wem habe ich das Vergnügen?"

„Nenn mich Michael. Bist du befugt, meine Forderungen zu bestätigen?"

Der Mann hält sich nicht lange mit Vorreden auf, dachte Petric. „Natürlich. Aber sagen Sie mir bitte zunächst, wie viele Geiseln Sie haben und ob es den Jugendlichen gut geht?"

Ungeduldig kam die Stimme aus dem Lautsprecher:

„Keine Spielchen. Du hörst jetzt genau zu. Ich werde es nicht zweimal erzählen."

Van Haas signalisierte dem Kriminalbeamten per Handbewegung, dass die Aufzeichnung lief und der bedankte sich, indem er einen Daumen hob.

„Wir haben den Bus mit den Schülern aus politischen Gründen entführt. Wir verlangen die Freilassung der ukrainischen Ministerpräsidentin Julija Tymoschenko. Sie befindet sich in einem Straflager im ostukrainischen Charkiw. Wir möchten, dass die Bundesrepublik mit der Regierung der Ukraine in Kontakt tritt und dafür sorgt, dass die Genossin Tymoschenko ihre Freiheit zurückerhält. Sonst, das schwöre ich, werden die Geiseln sterben."

Der Beamte hatte vom leichten Dialekt her sofort auf einen Russen getippt. Die Stimme des Mannes klang überzeugend, und Petric nahm ihm den Patriotismus ab. Er überlegte, was er von der Forderung halten sollte.

„Zusätzlich", fuhr der Entführer fort, „wird ihre Regierung fünf Millionen Euro bereitstellen, um Frau Tymoschenko bei ihrem Kampf um die ukrainische Gerechtigkeit zu unterstützen. Das Geld ist in Fünfzig- und Hundert-Euro-Scheinen bereitzustellen. Keine fortlaufenden Nummern und keine Kennzeichnung. Wir werden die Geldscheine natürlich darauf überprüfen."

Petric glühte der Kopf. Das war doch etwas viel für den im Umgang mit politisch motivierten Entführern unerfahrenen Kommissar. Er fühlte sich, was die Aufgabe anging, für einen Moment überfordert. Bei so hochgradigen Kriminellen wünschte er sich eher den Ersten Hauptkommissar oder gleich den Dezernatsleiter als Vermittler hierher. Anderseits war das polizeiliche Szenario stets das Gleiche und bei dem Gedanken entspannte sich Petric ein wenig.

Ihm fiel auf, dass alle im Raum ihn plötzlich anstarrten. Erneut verunsichert konzentrierte er den Blick auf das Mikrofon und ließ die für Entführungen mit Geiselnahme gelernte Vorgehensweise im Geiste ablaufen. Es gab dafür eine Polizeidienstvorschrift, er nahm sich vor, sie später in der Dienststelle zu studieren. Doch vorher musste er die Geiselnehmer im Bus besänftigen, ihnen alles zusichern und dadurch eine Gefährdung der Geiseln ausschließen.

„Gut", sagte Petric ruhig. „Ich habe alles …"

„Moment", unterbrach ihn die Stimme. „Das war noch nicht alles. Hinzu kommen tausend Stück, ich wiederhole, eintausend Stück Krügerand-Goldmünzen. Und zwar vom Typ ›Eine Unze‹. Du wirst nun unsere Forderungen wiederholen."

Petric wollte nicht mit dem Entführer diskutieren. Noch nicht. Er wiederholte also genauestens dessen Forderungen nach Freilassung der Politikerin, Geld und Münzen.

„Gut", kam die Stimme des Russen aus dem Lautsprecher. „Ich betone es noch einmal in aller Deutlichkeit: Keiner der Schülerinnen wird etwas geschehen, wenn Eure Regierung macht, was wir verlangen. Deutschland hat den erforderlichen Einfluss bei den ukrainischen Machthabern, die Freilassung von Julija Tymoschenko zu erzwingen. Und die paar Münzen und Scheine spielen ja eh keine Rolle in eurem reichen Land. Bevor alles den Griechen …" Er stoppte mitten im Satz, um nach einer kleinen Pause fortzufahren: „Ich werde den Kontakt nun abbrechen und melde mich um …" Es gab erneut eine Pause. Der Entführer schaute wohl auf eine Uhr. „… achtzehn Uhr wieder. Dann werde ich von euch eine Bestätigung über meine Forderungen bekommen. Ihr habt ab jetzt dreizehn Stunden Zeit, alles umzusetzen. Ich wiederhole, dreizehn Stunden. Das ist genügend Zeit und es wird definitiv keine Verlängerung dieses Ultimatums geben. Ach ja, und noch etwas: Die beiden Eingangstüren des Busses sind mit Handgranaten gesichert. Zusätzlich befindet sich über dem Kopf des Fahrers, also genau unter dem Gastank, eine Bombe. Jeder meiner Kämpfer hier im Bus trägt einen Auslöser um den Hals. Also: Solltet ihr auf uns schießen wollen – einer von uns Kämpfern schafft es auf jeden Fall, den Auslöser zu drücken. Und dann …!"

Ein Knacken im Lautsprecher verriet, dass der Entführer abgeschaltet hatte.

Handgranaten an der Tür, Bomben unter einem Gastank. Und dann das Wort „Kämpfer" … Es schien sich um eine Art Söldnertruppe zu handeln. Oder gar ehemalige Elitesoldaten der ukrainischen Armee. Petric befürchtete das Schlimmste und sprang auf. Während er nach draußen lief, riss er das Handy aus der Tasche. Er musste sofort seine Vorgesetzten über die Forderungen der Entführer informieren und Erstmaßnahmen wie Absperrung und Alarmierung des SEK einleiten.

Ein Auto hielt mit quietschenden Reifen nicht weit von ihm. Petric erschrak heftig, dann erkannte er die Kollegen von der Kriminaltechnik, die eilig den Dienstwagen verließen. Petric hoffte, dass sie möglichst schnell die Verbindung mit dem Bus zur polizeilichen Einsatzzentrale umleiten würden.

Nortbrook konnte endlich etwas durchatmen. Der Bus stand und die Situation schien etwas entspannter. Hinter ihm waren die Schülerinnen dabei, auf Anweisung

des Entführers die Beklebung der Fensterscheiben aus-
zubessern.

Der Fahrer lehnte sich in seinem Sitz zurück, schloss
die Augen und ließ das eben geführte Gespräch zwischen der Polizei und dem Mann, der sich Michael nennen ließ, Revue passieren: Die Geiselnehmer verlangten fünf Millionen, dazu Goldmünzen, und vor allem,
und das beunruhigte ihn am meisten, die Freilassung
einer inhaftierten ukrainischen Politikerin!

Dieser Frau, so glaubte Nortbrook sich zu erinnern,
wurde in ihrer Heimat Amtsmissbrauch vorgeworfen.
Es ging wohl um Gasverträge, die Frau Tymoschenko
während ihrer Amtszeit in der ukrainischen Regie-
rungsopposition mit dem russischen Ministerpräsiden-
ten Wladimir Putin ausgehandelt hatte. Nortbrook war
an Politik nicht besonders interessiert. So hatte er diese
osteuropäische Sache auch nicht weiter verfolgt.

Der Geiselnehmer hatte von „Kämpfern" gesprochen. Bluffte der bloß? Natürlich gab es einen Helfer,
den hatten sie ja bereits kennengelernt. Nortbrook fand
es durchaus wahrscheinlich, dass es noch weitere Be-
teiligte gab, die irgendwo da draußen an dieser Entführung mitarbeiteten. Und er war sich ziemlich sicher,
dass die deutsche Regierung diesen Forderungen nicht
vollständig nachkommen würde. Aber was dann?

Inzwischen bemühte sich der Entführer, das Rollo an
der Busfrontscheibe zu schließen. Der für den Fahrer
vorgesehene Sonnenschutz ließ sich jedoch herstel-
lungsbedingt nicht bis nach unten ziehen und der Ent-

führer riss ungeduldig daran. Nortbrook mischte sich nicht ein und letztendlich gab der Mann es auf. So blieben einige Zentimeter des unteren Scheibenbereiches unbedeckt und etwas Sicht auf den gelb-grünlichen Rasen war übrig geblieben. „Zieh das seitliche Rollo sofort runter", forderte der Russe den Fahrer auf.

Nortbrook gehorchte. Doch auch dieser Schutz konnte die Scheibe nicht vollständig bedecken und fand seinen Abschluss etwa zehn Zentimeter oberhalb des Rahmens. Der Entführer warf dem Busfahrer einen grimmigen Blick zu und für einen Moment sah es aus, als wolle er zu ihm ins Cockpit greifen und nachhelfen. Dann ließ er es. Der Mann mit dem Namen Michael spazierte wieder nach hinten zu den Schülerinnen. Auf dem Weg dorthin überzeugte er sich davon, dass die Mädchen endlich wie angeordnet die Scheiben akkurat verklebt hatten. Neben Buchseiten mit englischen Übersetzungen klebte eine Klassenarbeit mit auffällig vielen Randbemerkungen in Rot, die wohl kaum eine hohe Punktzahl eingebracht haben konnte. Auch Seiten aus einer Tierzeitschrift und diversen Mädchenmagazinen verdeckten das Sekuritglas. Beim Bekleben der Bustüren hatte es erst einmal einiges Geschrei und Verzögerungen gegeben. Die Schülerinnen hatten sich zunächst geweigert, so nah an den Handgranaten zu arbeiten. Der Entführer hatte ihnen jedoch keine Wahl gelassen, und so hatten sie letztendlich, ängstlich und übervorsichtig, auch an den hohen Türscheiben ihre Arbeit verrichtet.

Endlich schien der Entführer zufrieden. Als Letztes verlangte er noch, vorne die offenen Schlitze von Front- und Seitenscheibe gegen Einblicke zu verschließen. Eine Schülerin reagierte sofort und lief mit den notwendigen Sachen nach vorne zum Fahrer.

„Ich muss ganz dringend auf die Toilette!", rief ein Mädchen zaghaft.

„Ich auch", kam es nun seitlich von einem anderen Sitz. Auch andere Schülerinnen hoben die Hand und stöhnten.

Der Entführer stützte sich an einem Haltegriff ab und rieb sich mit dem Handrücken den Schweiß aus dem Gesicht. Er schaute sich nervös im Bus um. Sein Blick blieb an dem Putzeimer mit den Handys hängen.

Er griff sich eine schwarze Ledertasche, kippte den Inhalt auf den Boden und warf den leeren Ranzen einer Schülerin vor die Füße."Du! Wirf die Handys aus dem Eimer in diesen Ranzen."

Das rotblonde, füllige Mädchen kletterte umständlich von der Bank. Sie hob die Tasche auf, ging in die Knie und kroch zum Eimer. Dort tat sie, was er ihr befohlen hatte. Immer wieder ging ihr Blick zum Entführer.

„Gut, jetzt habt ihr ein Klo. Frau Tymoschenko wird es zurzeit auch nicht besser haben. Also los. Wer muss, kann den Eimer nehmen. Und Papier, na ja … Wir haben sicher noch Hefte." Damit ging der Mann wieder nach vorne.

Sebastian hatte von hinten kaum etwas vom Gespräch des Entführers mit Kommissar Petric mitbekommen. Trotzdem war ihm klar, dass der Mann wohl seine Forderungen durchgegeben haben musste. Es war seit seinem Einstieg in den Bus das erste Mal, dass der Grün-Weiß-Gekleidete selbst das Mikrofon übernommen hatte. Das hieß schon was.

Während der Mann vorne beschäftigt gewesen war, hatte Sebastian sein Handy wieder hervorgeholt. Der Akku war noch schwächer als befürchtet, die Anzeige stand bei zwölf Prozent. Verzweifelt schlug sich der Junge mit der Hand auf den Oberschenkel. Er hatte das Handy gestern Abend noch aufladen wollen und es dann verpennt. Und nun gab es keine Lademöglichkeit mehr. Sebastian überlegte fieberhaft, ob er seinen Vater anrufen oder die restliche Akkuladung besser noch aufsparen sollte.

Anna-Lena neben ihm stöhnte laut.

„Was ist, Leni, geht es dir nicht gut?"

„Ich muss auf die Toilette!", flüsterte sie. Keines der Mädchen hatte bisher von dem Eimer Gebrauch gemacht.

„Die Dunkelhaarige neben mir hat … hat schon … Sie konnte wohl nicht … nicht warten …" Ihr Blick wanderte nach unten, wo eine kleine Pfütze auf dem Boden alles weitere erklärte.

Auch Sebastian musste schon seit einiger Zeit dringend auf die Toilette. Aber er unterdrückte es. Für ihn war, wenn er aufstand und zum Eimer lief, die Entdeckungsgefahr zu groß.

Außerdem war er im Sitzpinkeln nicht so bewandert.

Er musste trotz der Situation und des Blasendrucks
grinsen.

Kapitel 7

In der Polizeieinsatzleitung im Dwaschweg war inzwischen Sebastians Vater eingetroffen. Sandra Holz hatte kurz mit ihm geredet und sein Handy in Empfang genommen.

Die Kommissarin hatte einiges an Überzeugungsarbeit leisten müssen, ehe sie ihn dazu bringen konnte, nach Hause zu fahren.

Auch andere Eltern waren inzwischen hier aufgetaucht. Sie konnten von der Bereitschaftspolizei nur mit leichtem Druck daran gehindert werden, das Vereinsgelände zu betreten. Die Kollegen hatten sich inzwischen von der Schulleitung der Graf-Anton-Günther-Schule alle Namen der in Frage kommenden Schülerinnen und Schüler geben lassen. Nach einem Abgleich mit den Jugendlichen, die den Bus beim Sprungweg verlassen hatten, verblieben achtzehn Schülerinnen. Beziehungsweise siebzehn – und dieser Sebastian Frohnau.

Immer wieder überlegte Sandra Holz, was den Jungen wohl dazu bewogen haben mochte, im Bus zu bleiben, statt fortzurennen, in die sichere Freiheit.

Hauptkommissar Petric hatte den exakten Wortlaut seines Gesprächs mit dem Entführer aus dem

VWG-Gebäude übermittelt und man saß zusammen und diskutierte über die weitere Vorgehensweise.

„Ich denke, der Plan der Entführer ist die Freipressung dieser Frau Tymoschenko", sagte Petermann. „Das Geld spielt sicher eine untergeordnete Rolle. Auch die Münzen. Wir müssen jedoch die Forderung der politisch engagierten Männer auf jeden Fall sehr ernst nehmen. Die Gesundheit der achtzehn Jugendlichen steht auf dem Spiel und absolut im Vordergrund. Also bitte keine Schnellschüsse."

Ein Reifenquietschen war draußen zu hören. Dann laute Stimmen, Gelächter. Der Kommissarin war sofort klar: Schimi war da.

Und schon betrat ein großer, dunkelhaariger Mann Anfang der Fünfzig das Vereinsheim. Eine Wolke edlen Duftes wehte ihm voraus. Der Erste Hauptkommissar Schimick trug, seit Sandra ihn kannte, das teure Parfum *Zuuri elax pour homme*. Und es war ihm wie auf den Leib geschneidert.

Schimick ging zu Sandra und begrüßte sie, erst anschließend drückte er seinem Dezernatsleiter und dann den anderen Kollegen die Hand. Mit einem „Was habe ich verpasst?" setzte er sich grinsend auf den leeren Stuhl neben der Kommissarin.

„Schön, dass Sie es einrichten konnten, Hauptkommissar", bemerkte sein Vorgesetzter Petermann trocken. Doch der Mann ignorierte die Ironie. „Ich bin gekommen, so schnell ich konnte. War noch beim Segelverein in Bremen. Dort habe ich deine SMS empfangen, Sandra. Hatte zeitweise keine Verbindung, sorry. Erzählt mal, was hier läuft." Er wandte sich etwas barsch an Argenberg:

„Und schließen Sie bitte die Lamellenvorhänge!" Sandra Holz wartete einen Moment ab und vergewisserte sich, dass sie es war, von der erwartet wurde, dass sie ihren Vorgesetzten einwies. Sie wollte unbedingt einer Grundsatzdiskussion mit dem heute leicht erregbaren Polizeioberrat entgehen.

Sandra bewunderte Schimick seit dem ersten Tag ihrer Versetzung vor über einem Jahr. Sie mochte seine ruhige, sachliche Art. Dazu die dunklen, intensiv strahlenden Augen. Und sein stets fröhliches Wesen. Figürlich gab es auch nichts an dem Mann auszusetzen. Er trieb regelmäßig Sport und gehörte mindestens zwei Fitnessstudios an. Anfänglich hatte sie Angst gehabt, sich in den älteren Kollegen zu verlieben. Ihre Beziehung mit Jan, einem gleichaltrigen Polizisten, den sie während der Ausbildung kennengelernt hatte, war nach knapp drei Jahren Zusammenlebens auseinandergebrochen. Damals hatte sie sich geschworen: nie wieder einen Kollegen! Anton Schimick war eh ein Frauenheld, und wie sie inzwischen wusste, waren seine Favoritinnen große, blonde Model-Typen.

„Gut! Danke Sandra. Hast du auch an den Polizeipsychologen gedacht? Du weißt, die Eltern der Geiseln ..."

Sandra schüttelte erschrocken den Kopf. Sie griff sofort nach dem Telefon, um die Weisung umzusetzen. Ihr war nun klar, Schimick hatte die Leitung übernommen. Das war mehr als deutlich zu bemerken. Sein freundlicher Ton hatte sich verändert und sein Ausdruck hatte von „neugierig interessiert" zu „selbstbewusst fordernd" gewechselt. Sandra glaubte in den nachtschwarzen Augen den Jagdinstinkt zu erkennen.

„Wann ist mit dem SEK zu rechnen?"

Argenberg hatte inzwischen seine Arbeit an den Fenstern beendet und kam der Kommissarin mit der Antwort zuvor. „Jede Minute, sie wollten einen Heli nehmen. Von Hannover hierher, das geht fix. Die Meldung lautete, wir sollten mit einer Gruppe von sieben Beamten rechnen."

„Herr Polizeioberrat, ich würde Sie bitten, den Kontakt mit dem LKA beziehungsweise der Bundesregierung herzustellen. Auch wären Sie wohl derjenige, der am geeignetsten ist, das Lösegeld zu besorgen."

Petermann schaute entrüstet in die Runde. „Glauben Sie etwa, Schimi, die Regierung macht da mit?"

„Achtzehn Jugendliche, die sich in unmittelbarer Nähe von Handgranaten, einer Bombe und wahrscheinlich noch mehreren Schusswaffen befinden, sind wohl Druckmittel genug, es zumindest zu versuchen."

Das Gesicht des Polizeioberrats hatte eine kräftige Farbe angenommen. Petermann wollte noch etwas einwenden, sprang dann aber auf und zog sein Handy aus der Hosentasche. Telefonierend verließ er den Raum.

„Immer diese Sesselfurzer!", flüsterte Schimick seinen Kollegen zu. Die lachten verhalten.

Schimick schob den Stuhl näher an die Kommissarin und der Geruch des Edelduftes intensivierte sich noch. „Was meinst du, Hölzchen?" Er wusste, dass sie diese Anrede nicht mochte. Trotzdem nannte er sie hin und wieder so. Heute ließ sie ihn ohne Kommentar gewähren, etwas benebelt von dem starken Parfum. „Es handelt sich wohl um mehrere Männer im Bus. Ich denke, mindestens zwei. Der Kontakt zu Sebastian Frohnau könnte uns Vorteile schaffen … soweit der Akku seines Handys hält. Aber immer mit Vorsicht. Wenn die Entführer davon was mitkriegen …"

Die Kollegen nickten.

„Wir werden das SEK erst einmal nicht einsetzen können", sagte Sandra. „Das ist klar, oder?"

Schimick nickte. „Das sehe ich auch so. Die würden mehr Schaden anrichten als abwenden. Wo ist das Handy des Vaters?"

Sandra Holz langte zur Seite und hielt dem Hauptkommissar das schwarze Smartphone hin. Schimi legte es vor sich auf die Tischplatte.

Draußen dröhnte das laute Motorengeräusch eines Helikopters. Das Spezialeinsatzkommando setzte zur Landung an.

Anna-Lena war die Erste, die es über sich brachte und den Toiletteneimer benutzte.

Sie hatte darüber nachgedacht, dass Sebastian nur ihretwegen im Bus geblieben war und sich damit wahrscheinlich in Todesgefahr begeben hatte. Auch an den alten Mann vorne am Lenkrad hatte sie denken müssen – der trug jetzt, wie Sebastian, ebenfalls eine Mitverantwortung für ihre Gesundheit. Und sie zierte sich, auf einem Eimer ihre Notdurft zu verrichten? Mit einem „Ich werde jetzt mal auf die Toilette gehen" war sie selbstsicher aufgesprungen und in die Busmitte gelaufen. Der Entführer hatte kurz nach seiner Pistole gegriffen, sie dann aber stecken lassen. „Das nächste Mal wird das vorher angekündigt, verstanden!" Doch Anna-Lena saß schon auf dem grünen Plastik.

Als sie ihre Shorts herunterzog und auf dem wackligen Eimer Halt suchte, war sie an einem Tiefpunkt angekommen. Ihr bisheriges Leben hatte sie mehr oder weniger in der Spurrille ihrer Eltern verbracht. Nur selten hatte sie Entscheidungen treffen dürfen. Jetzt war sie auf sich allein gestellt.

Das Plätschern des Urins in den Eimer wurde von der Klimaanlage übertönt, stellte das Mädchen erleichtert fest. Auf ein Papiertuch verzichtete sie. Mit einem fragenden, aber selbstbewussten Blick zum Entführer vorne zog sie die Hose hoch und setzte sich wieder auf ihren Platz.

„Du hast ja Mut!", flüsterte Sebastian ihr zu.

„Mein Herz ist mit im Eimer gelandet", sagte sie trocken. Beide mussten trotz der ernsten Lage kichern. „Was meinst du, was werden die Männer fordern, Basti?"

„Lösegeld sicherlich."

„Da wird mein Papa garantiert helfen."

Sebastian nickte. Er wusste, dass Anna-Lenas Vater, der Schlachtereibesitzer Bruns, genügend Geld hatte. Der Mann war außerdem Politiker und im Oldenburger Stadtrat eine Institution. Das würde sicher hilfreich bei Verhandlungen sein. Inzwischen glaubte der Junge an ein gutes Ende der Entführung.

Der nahe Lärm eines Motors durchdrang die Geräuschkulisse des Busses. Alle Insassen versuchten, durch Spalten in der Verklebung der Fenster den Grund für das Geräusch zu finden. „Das ist ein Polizeihubschrauber", meldete das Mädchen, das ganz links Blick zum Außenzaun hatte. „Er landet auf einem Platz gegenüber der Straße."

Sebastian erinnerte sich, beim kurzen Halt vor dem Einfahren in den Dwaschweg rechts freies Gelände gesehen zu haben. „Das ist sicher das SEK", flüsterte er, nicht ohne einen gewissen Stolz in seiner Stimme.

Anna-Lenas Vater hatte schon früh von der Entführung eines Schulbusses gehört. Durch seine Beziehungen war Eiken Bruns stets früh im Bilde, wenn es um Dinge ging, die in und um Oldenburg geschahen. Er hatte an seinem riesigen Schreibtisch gesessen, als der Anruf gekommen war.

„Welche Linie?"

„315 von der Graf-Anton-Günther-Schule nach Hatterwüsting."

Bruns hatte das Gefühl, ihm würde der Boden unter den Füßen weggerissen.

Nur dass er saß, verhinderte den freien Fall.

„Hallo, Herr Bruns, sind Sie noch da?", fragte die Stimme aus dem Hörer. Den hatte er auf die wertvolle Palisanderplatte fallen lassen.

„Danke." Bruns legte einfach auf.

Der schwergewichtige Mann hatte den kleinen Kreislaufdämpfer schnell überwunden und rief nach seinem Fahrer. Erst wollte er seine Frau über seine Vermutung informieren, ließ es dann aber und fuhr sofort zur Polizeidirektion beim Theodor-Tantzen-Platz. Dort angekommen, wollte man ihm erst nichts sagen. Doch als er dann den Stadtrat raushängen ließ, kam man mit einigen Infos heraus.

Am Dwaschweg sollte der entführte Bus stehen. Warum zum Teufel dort, fragte sich Bruns und wies seinen Chauffeur an, ihn sofort hinzufahren. Eine auslösende Radarfalle am Straßenrand ignorierte der Fahrer des gebürtigen Westfalen, und so waren die beiden in rekordverdächtiger Zeit am Ziel. Vor der Polizeisperre hielt der Wagen an.

„Stellen Sie ihn seitlich ab. Den Rest gehe ich zu Fuß." Bruns schlug die schwere Tür der Mercedes-Limousine zu und stolzierte auf den ihn am nächsten stehenden Polizisten zu. „Mein Name ist Bruns, ich bin vom Stadtrat. Sie kennen mich sicher. Bringen Sie mich bitte zum Einsatzleiter. Wer ist hier verantwortlich?"

„Die Leitung des Einsatzes hat der erste Kriminalhauptkommissar Schimick vom Dezernat 3 der Polizeidirektion Oldenburg übernommen."

Schimick war ihm ein Begriff. Ein begeisterte Segler und Waffensammler, wusste Bruns. Er hatte den Kriminalbeamten vor ein paar Jahren bei einem Hafenfest in Bremen kennengelernt. „Gut, dann bringen Sie mich zu Kommissar Schimick."

Erst sträubte sich der Polizeibeamte. Es bedurfte schon einiger Diskussion, bevor er Bruns durch die Absperrung zum Vereinsgebäude führte. „Sie warten aber hier draußen!", wies der Beamte ihn an und verschwand im Inneren. Bruns hielt es nicht auf seinem Platz, er folgte unmittelbar dem Uniformierten.

Drinnen fand er eine Ansammlung von Männern in Zivil und in Uniform vor. Der Raum, das erkannte er sofort, fungierte als provisorische Einsatzzentrale. Auch eine weibliche Person saß vor einem der Computer. Was den Geschäftsmann aber sofort ablenkte, war der Blick durch die leicht schräg gestellten Lamellevorhänge hinaus auf den Sportplatz. Dort stand der große Linienbus, mit zugeklebten Fenstern.

Der Polizist, der ihn zum Gebäude geführt hatte, sah Bruns und sprang auf ihn zu. „Ich hatte Sie doch gebeten, draußen zu warten!"

Schimick hatte unterdessen den Ratsherrn erkannt und unterbrach sein Gespräch mit dem Leiter des vor knapp einer Minute eingetroffenen Spezialeinsatzkommandos.

„Herr Bruns?", fragte er überrascht. „Was macht der Stadtrat hier?"

Der Mann brachte es mit einem Satz auf den Punkt:

„Unsere Tochter Anna-Lena ist in diesem Bus." Zeigefinger und Daumen seiner übergroßen Hand zeigten auf den Rasenplatz neben dem Gebäude.

„Das tut mir leid, Herr Bruns." Falten bildeten sich auf Schimicks gebräunter Stirn. „Aber machen Sie sich keine Gedanken. Alles wird getan, um die Jugendlichen gesund aus der Sache herauszubringen."

Inzwischen war Polizeioberrat Petermann zu den beiden getreten. Er zog Bruns beiseite und begann eine Unterhaltung mit ihm. Der Hauptkommissar wunderte sich über so viel Einfühlvermögen bei seinem Vorgesetzten. Er wandte sich erleichtert wieder dem Einsatzleiter des SEK zu.

„Ich möchte Sie bitten, schon mal Stellung zu beziehen. Am Besten hier oben über uns. Soweit ich gesehen habe, befindet sich dort der Umkleideraum mit einem kleinen Balkon zur Platzseite. Tolle Sichtposition!"

„Gute Idee, Herr Kollege, allerdings haben unsere Scharfschützen auch einen ausgezeichneten Blick von dem Gebäude rechter Hand. Es scheint allerdings bewohnt ..."

„Auch kein Problem, das können Sie natürlich gerne nutzen. Die Bewohner sind – soweit ich informiert bin – evakuiert. Teilen Sie mir nur mit, wo Sie aufbauen. Sollte dieser Einsatz länger dauern, können Sie ihre Männer in der gegenüberliegenden Freizeitstätte unterbringen. Was mir noch Probleme macht, ist ein geeigneter Aufenthaltsort für die Eltern der Geiseln."

Die Kommisarin meldete sich zu Wort: „Schimi, was hältst du von der Freizeiteinrichtung gegenüber, dem *Frisbee*? Ich kenne die noch aus Jugendtagen. Der Gebäudekomplex ist geräumig und gut aufgeteilt. Bei Bedarf nehmen wir für die Kollegen den rechten Teil des Gebäudes. Dort sind, soviel ich weiß, der Speisesaal und auch einige Schlafräume. Die Eltern geleiten wir über den seitlich am Gebäude verlaufenden Pfad in den linken Teil des *Frisbee*. Ich erinnere mich an einen großen, separaten Raum. Wir haben ihn damals als Werkstatt und Bastelzimmer genutzt. Denke, dort wird genügend Platz sein und mit ein paar Biertischgarnituren …" Die Kommissarin schaute zum Vorgesetzten, und als der nichts anmerkte, fuhr sie fort: „Auf jeden Fall sind die Eltern und Angehörigen dort unter sich und bekommen auch nichts von eventuellen Aktivitäten unserer Einsatzkräfte mit."

Der mit schwarzem Overall bekleidete Beamte nickte der Kollegin zufrieden zu. „Haben Sie auch eine technische Zeichnung vom Bus?"

Schimick schaute die Kommissarin an.

„Schon unterwegs", sagte Sandra Holz. „Wir haben den Werkstattleiter der VWG gebeten, hierher zu kommen. Ich schicke ihn sofort samt den Papieren und Plänen zu Ihnen hoch."

Der SEK-Leiter nickte zufrieden und wollte das Gebäude verlassen. „Moment noch", rief ihm Schimick zu. Der Mann drehte sich noch einmal um.

„Nichts läuft ohne meinen Befehl!"

„Selbstredend!", antwortete der Beamte und verließ den Raum.

Die Techniker hatten die Verbindung zum Bus in die Einsatzzentrale gelegt und Sandra Holz schaute auf die Uhr. In wenigen Minuten war es achtzehn Uhr. Die Entführer hatten für diese Zeit eine Kontaktaufnahme angekündigt. Die Kommissarin hatte das Auftreten von Schimick in den letzten Minuten bewundert. Wie immer managte der Polizist souverän seinen Aufgabenbereich. Sie nahm sich vor, diesen hochkarätigen Einsatz genauestens zu verfolgen und für sich als eine Art Weiterbildung zu nutzen. Schimick hatte sie, die neue Kollegin, von Anfang an als vollwertig angesehen, und das hatte die Kommissarin immer gestärkt. Fehler ihrerseits hatte er mit einer Handbewegung abgetan und gegenüber den Vorgesetzten stets auf sich genommen. Sie konnte sich keinen besseren Kollegen wünschen, empfand sie voller Stolz.

KAPITEL 8

Polizeioberrat Petermann hatte inzwischen die Kollegen zusammengerufen. „Ich habe das Landeskriminalamt über die Forderungen der Geiselnehmer informiert. Die haben mir, nach Rücksprache mit dem verantwortlichen Staatssekretär, Folgendes erklärt: Es sei für die Bundesregierung unmöglich, Druck auf die Ukrainer auszuüben, um diese Politikerin freizupressen. Auch sei es nicht die Haltung Berlins, sich von Geiselnehmern erpressen zu lassen."

Petermann schwieg und schaute in die betroffenen Gesichter.

„Ich habe natürlich verstärkt auf die ernste Gefährdung der jugendlichen Geiseln hingewiesen", fuhr er schließlich fort, „und angemerkt, dass bei Ablehnung beider Forderungen ein Blutvergießen unvermeidlich scheint." Wieder schwieg er. Dann grinste Petermann: „Man hat letztendlich, was Geld und Münzen angeht, zugestimmt. Das stellt also kein Hindernis dar. Doch wie weit werden die Geiselnehmer gehen, wenn sie erfahren, dass die Politik nicht mitspielt und man über Frau Tymoschenko nicht verhandeln will?"

Keiner hatte eine Antwort parat, alle schwiegen. So fragte Petermann den Hauptkommissar: „Schimi, was haben wir für eine Chance, die Sache vorzeitig zu beenden?"

Schimick wusste, worauf Petermann hinauswollte. „Sie sprechen den finalen Schuss an? Erstens wissen wir nicht exakt, wie viele Entführer im Bus sind, und zweitens sind die Fenster abgeklebt. Dazu kommt diese dämliche Maskierung aller Insassen."

Der Dezernatsleiter der Oldenburger Polizeidirektion nickte. „So sehe ich das auch. Wir werden abwarten müssen, wie die Geldübergabe vonstatten geht. Vielleicht können wir zuschlagen, wenn die Entführer den Bus bewegen oder verlassen." Er machte eine Pause. „Irgendwann müssen sie es ja tun."

Schimick schlug vor: „Lassen Sie mich, bevor wir das genauer bewerten, mit den Entführern sprechen. Ich werde den Russen schon auf den Zahn fühlen. Und ich brauche mehr Details über die angeblichen Handgranaten und Bomben. Vielleicht ist das nur ein Fake? Dann wäre der finale Schuss sicher eine Überlegung. Wie gesagt, natürlich nur, wenn die Entführer sich der Verkleidung entledigen beziehungsweise sich die Schützen absolut sicher sind, die richtigen Ziele zu treffen."

Die anderen nickten und setzten sich wieder an ihre Arbeitsplätze, den Blick auf den weißen Bus gerichtet.

Inzwischen war es einige Minuten nach achtzehn Uhr und in der Einsatzzentrale warteten alle angespannt auf den Kontakt mit den Entführern. Hauptkommissar Petric war von der Felix-Wankel-Straße zu ihnen gestoßen. Sie hatten noch einmal über sein Gespräch mit dem sich selbst als Michael bezeichnenden Geiselnehmer gesprochen, dann war Petric zu einem anderen Einsatz abberufen worden.

„Hallo, Polizei!" Endlich meldete sich der Bus. Schimick hatte seinen Stuhl nahe an den Tisch geschoben und sich unmittelbar vor das Mikrofon gesetzt, das man für ihn aufgebaut hatte. Er machte durch das Ausbreiten seiner Unterarme deutlich, dass er Platz brauchte. Sandra Holz und der Kollege auf der anderen Seite von Schimick rückten etwas von ihm weg.

„Hier ist Hauptkommissar Anton Schimick, hören Sie mich?"

„Ja, ich höre dich laut und deutlich!", kam es aus dem Bus.

„Gut. Ich bin ab sofort der verantwortliche Einsatzleiter und nur mit mir werden Sie verhandeln. So weit klar?"

Die Kommissarin wunderte sich über seinen Ton, aber Schimi wusste sicher, was er tat.

„Kein Problem. Mit wem wir verhandeln, ist nebensächlich", antwortete der Entführer. „Wichtig ist, dass unsere Forderungen erfüllt werden."

„Alles klar. Ich werde noch einmal die Forderungen wiederholen", sagte der Hauptkommissar. „Fünf Millionen, tausend Krügerrand sowie die Freilassung dieser Politikerin. Sind das Ihre Forderungen?"

„Genau richtig. Und diese Politikerin hat einen Namen: Julija Tymoschenko. Merk dir das. Und noch einmal: Ihr habt Zeit bis morgen früh sechs Uhr. Dann

möchten wir das Geld hier im Bus haben und eine ver-
lässliche Information über das Einlenken der ukrani-
schen Regierung."

„Was verstehen Sie denn unter verlässlicher Information?"

Der Mann am anderen Ende der Leitung dachte kurz
nach. „Die positive Aussage eines Regierungssprechers
morgen früh, zum Beispiel im Radio."

„Gut, lassen Sie uns noch mal zur Lösegeldsumme
kommen. Alles in Fünfziger- und Hunderter-Scheinen.
Wünschen Sie eine spezielle Verpackung? Wegen des
Abtransportes."

Sandra merkte, dass Schimick Zeit schinden wollte.

„Geld und Münzen liefern Sie verpackt in kleinen
Sporttaschen. Nicht schwerer, als dass sie ein junges
Mädchen an einem Arm tragen kann. Wann und wie
die Übergabe in der Früh abläuft, gebe ich noch bekannt."

„Wie sieht es mit Verpflegung der Insassen aus?"

„Verpflegung?", schrie der Entführer wutentbrannt.
„Die Mädchen werden erst wieder essen, wenn ich
sie entlassen habe. So lange werden sie hungern und
in einen Plastikeimer pinkeln! Es liegt also an dir und
deiner Polizeitruppe. Je schneller morgen früh alles abgewickelt ist, umso schneller werden die Mädchen den
Bus verlassen können."

„Gibt es schon irgendwelche Planungen, was zum
Beispiel ein Fluchtauto betrifft? Sie wollen doch nicht
mit dem Bus flüchten?"

Jetzt lehnte sich Schimi ganz schön aus dem Fenster, fand Sandra. Er suggerierte dem Entführer fast einen Plan. Unter Umständen könnte der Geiselnehmer das als Provokation auslegen und wütend werden. Was dann passieren könnte, wollte sie sich lieber nicht vorstellen.

„Die Geldübergabe wird hier auf dem Platz ablaufen. Danach werden wir mit den Schülerinnen nach Bremen fahren. Zum Flugplatz. Ihr habt uns bis zu diesem Zeitpunkt einen leeren LightJet bereitzustellen. Und jetzt schreib mit: eine Cessna Citation. Hast du das? Ich buchstabiere: C-I-T-A-T-I-O-N. Die Maschine hat vollgetankt außerhalb des Platzes auf einer freien Stellfläche mit laufenden Turbinen zu stehen. Die Einreisemodalitäten in die Ukraine sowie die Überfluggenehmigungen habt ihr bis dahin einzuholen. Alles verstanden?"

Schimick hatte alles über die Tastatur in den Computer geschrieben. Sandra Holz schielte kurz auf das Display. Cessna Citation in die Ukraine. Die Entführer hatten genaue Pläne. Das bedeutete noch einiges an Vorbereitung, bis die in der Luft wären. Falls es so weit kommen würde.

„Und wer fliegt den Jet? Benötigen Sie einen Piloten?"

„Nein. Der Pilot wird in Bremen zu uns dreien stoßen." Die Kommissarin stutzte. Hatte der „drei" gesagt? Zum ersten Mal war vielleicht die Anzahl der Entführer im Bus genannt worden. Das würde zwar gegen die Aussage der Schüler sprechen, die nach dem Verlassen des Busses vernommen worden waren. Doch wer danach eingestiegen war, dazu gab es bisher keinerlei Informationen.

„Michael", sagte Schimi, und vergewisserte sich: „So möchten Sie doch genannt werden?"

„Ja, Michael ist gut."

„Michael, wir werden alles genau so in die Wege leiten, wie sie wünschen. Wir möchten nicht, dass es zu Blutvergießen kommt. Bitte bewahren Sie und Ihre Männer Ruhe. Keiner der Schülerinnen darf etwas geschehen. In Ordnung?"

„Natürlich. So sehen wir das auch. Wir sind keine Kinderkiller. Doch wenn ihr uns in die Ecke drängt …"

„Wie sieht es mit einigen Annehmlichkeiten für die Jugendlichen aus? Ich werde einen Toiletteneimer bringen lassen und gerne auch eine Ladung Pizza und Wasserflaschen."

„Nichts wirst du bringen. Die werden das aushalten müssen. Unsere Kinder in Osteuropa haben auch viel durchgemacht. Hör zu, wenn sich einer dem Bus nähert, erschießen wir die erste Geisel. Und ihr habt ab jetzt genau fünf Minuten Zeit, das Flutlicht einzuschalten. Komplett und auf höchster Stufe. Und es bleibt an, bis ich etwas anderes anordne. Jetzt fangt endlich an, unsere Forderungen umzusetzen."

Ein Knacken verriet: Der Entführer hatte abgeschaltet.

Für einige Minuten herrschte absolute Ruhe im Vereinsheim. Alle mussten das Gehörte erst einmal sacken lassen und sich sammeln.

Der Polizeioberrat begann als Erster zu reden. „Was stellen sich diese Typen vor? Kommen aus Russland, kidnappen unsere Kinder, erpressen Lösegeld und verschwinden dann?"

Es war nicht das, was die anderen hören wollten. Es spiegelte zwar irgendwie das wider, was alle dachten, nur brachten solche Aussagen sie nicht weiter.

„Lasst uns die Forderungen abarbeiten." Es war die Kommissarin, die nüchtern alle wieder auf den Boden der Tatsachen brachte. „Was haben wir eingeleitet? Gibt es neue Infos vom LKA beziehungsweise von der Bundesregierung?"

Petermann schüttelte den Kopf. „Ich weiß nichts Neues. Wenn ich etwas höre, gebe ich es auch bekannt."

„Was ist mit dem Lösegeld?"

Oberkommissar Hiltmar konnte Auskunft geben: „Die Anforderung der Summe wurde nach Rücksprache mit dem LKA an die Zweigstelle der Bundesbank hier Am Stau weitergegeben. Dort hat man mir versprochen, die Anfrage nach Klärung mit dem Hauptsitz in Frankfurt umzusetzen. Etwas Kopfzerbrechen machen denen die Krügerrand-Münzen. Ich denke aber, dass man bis zum Morgengrauen alles bereitgestellt hat."

„Danke, Kollege Hiltmar. Bleiben die Freilassung der Dame und der Flug zur Ukraine. Hat jemand eine Idee, warum die Männer diesen speziellen Flugzeugtyp fordern?"

Alle schwiegen.

„Wie dem auch sei, Kollegen", sagte Schimick, „was also schlagen Sie bezüglich der Freipressung vor?"

„Müssen wir das überhaupt ernst nehmen?", fragte der junge Kommissar Argenberg. „Ich meine das mit der Tymoschenko? Und dem Flugzeug?" Als keiner etwas entgegnete, fuhr er voller Eifer fort: „Wichtig ist doch allein, dass die Entführer ihre Geiseln spätestens in Bremen freilassen. Gesund."

„Nur sollten sie es bis dorthin schaffen", sagte Schimick, „und bisher haben sie sich ja als recht einfallsreich gezeigt – da können wir am Airport Bremen nicht kommen und sagen: *Isch 'abe gar keine Flugezeug.*" Schimick hatte eine alte Kaffeewerbung nachgemacht und die anderen lachten erleichtert. „Nein, Spaß beiseite: Wir werden diese Cessna beschaffen und dort bereitstellen. Ob mit laufendem Motor oder ohne. Zumindest wird sie da stehen. Und der Kollege Argenberg wird das in die Hand nehmen."

Argenberg nickte und schnappte sich ein Telefon.

„Sandra, du hast die Aktion mit dem Stadtrat Bruns mitbekommen", sagte Schimick. „Wie ich hörte, ist Herr Bruns immer noch da draußen und führt sich auf. Auch die anderen Eltern sollten wir mal informieren. Eine Frau kann da nichts schaden. Bist du so nett? Sie sind gegenüber im *Frisbee*. Ach ja, eins noch: Der Psychologe hat sich gemeldet, er wartet draußen." Schimick bewegte den Kopf Richtung Ausgangstür.

Sandra Holz hatte wohl etwas verwundert geschaut, denn Schimick ergänzte: „Sorry, ich bekam gerade erst Bescheid darüber. Ein Doktor Welstein."

„Werde mal rübergehen." Die Kommissarin verschwand nach draußen.

„Sollten wir nicht die Flutlichtanlage anmachen?" Schimick fasste sich an den Kopf. „Fast hätte ich es vergessen. Wo ist dieser Vereinswart? Der soll die Lampen schleunigst einschalten."

Draußen war es schon etwas dunkler geworden, und Sandra Holz fiel siedendheiß die Anweisung des Entführers zur Flutlichtanlage ein. Sie wollte schon ins Gebäude zurücklaufen, als es seitlich von ihr gleißend hell wurde. Die großen Leuchten an den hohen Masten begannen zu glimmen. Nach einigen Sekunden schienen sie die volle Leuchtkraft erreicht zu haben.

Sandra trat an der Seite des Vereinsheims an den Zaun. Jetzt konnte man erst richtig verstehen, warum die Entführer sich diesen Platz ausgesucht hatten. Der Bus stand in voller Beleuchtung auf dem Grün des Sportplatzes. Wie auf einem OP-Tisch, fand die Kommissarin. Jeder Versuch, sich dem Fahrzeug unbemerkt zu nähern, schien damit von vornherein zum Scheitern verurteilt. Von ihrer Position sah es zwar aus, als habe man den Bus komplett blickdicht gemacht, die zugezogenen Rollos und dazu die dicht an dicht verklebten Zeitschriften und Blätter aus Kladden und Heften ließen keine Sicht nach innen zu. Doch sie war sich darüber im Klaren, dass das im Fahrzeug selbst anders aussah: Durch kleine Schlitze würden der oder die Entführer einen gut ausgeleuchteten Rundumblick aus dem Geiselbus haben. Die ganze Nacht hindurch, bis zum Morgengrauen und in alle Richtungen. Der Kommissarin lief es kalt den Rücken runter.

Doktor Welstein war leicht zu erkennen. Er war die einzige Person, die nicht uniformiert, sondern im schwarzen Anzug vor der Tür des Gebäudes stand. Welstein war groß und hager und trug eine übergroße Hornbrille. Er sah in seinem Anzug eher wie ein Leichenbestatter aus und die Kommissarin versuchte sofort, diesen Gedanken wieder auszublenden. Sie schritt auf ihn zu, begrüßte den Psychologen freundlich und stellte sich vor. Welstein schien kein großer Redner zu sein. Für einen Psychologen ungewöhnlich, fand die Kommissarin. Nachdem aber auch er sich kurz vorgestellt hatte, spazierten sie gemeinsam über die Straße, hinüber zum Freizeitheim.

„Wie sehen Sie die Situation der Eltern, Dr. Welstein?", fragte die Kommissarin, während sie liefen.

„Es ist nicht alltäglich, dass man als Eltern sein geliebtes Kind in den Händen skrupelloser Geiselnehmer wiederfindet. Insofern müssen wir behutsam vorgehen. Die Menschen müssen erst Vertrauen zu mir entwickeln, erst dann werde ich ihnen helfen können. Mit beruhigenden Worten und natürlich auch guten Nachrichten."

Sandra Holz war beruhigt und sicher, der Psychologe war dieser Sache gewachsen.

Nortbrook hatte die Konversation zwischen dem Entführer und dem Polizisten natürlich mitbekommen. Schon beim ersten Gespräch hatte er so seine Zweifel gehabt. Speziell als das Wort „Kämpfer" gefallen war. Der Entführer sah nach allem anderen als nach einem Widerstandskämpfer aus. Er war kleingewachsen und hatte dünne Oberarme. Auch sein markiges Auftreten, fand Nortbrook, schien eher gespielt. Entweder er selbst täuschte sich, oder dieser Typ versuchte die Polizei zu täuschen. Aber was sollte dann die Sache mit der ukrainischen Politikerin und dem Flugzeug? Nortbrook war klar, irgendwann musste der Mann den Bus verlassen. Aber dann in einen Jet und ab in die Ukraine …?

Doch sicher machte er sich zu viele Gedanken. Hauptsache, alle im Bus kamen gesund aus der Sache heraus. Er schaute kurz zur Tankanzeige. Heute in der Früh hatte er das Fahrzeug voll getankt übernommen. Doch nun, nach etlichen Kilometern und der stetig laufenden Klimaanlage, war die Gasfüllung bis knapp vor Reserve geschrumpft. Nortbrook wandte sich an den Entführer, der das eingeschaltete Flutlicht intensiv betrachtete.

„Michael? – Ich darf Sie doch auch so nennen …?"

Der Russe drehte sich leicht erschrocken zum Fahrer um. „Was gibt es?"

„Der Gastank, er ist fast leer. Wenn Sie damit morgen noch nach Bremen wollen …?"

Der Entführer nickte überrascht, so heftig, dass ihm die Mütze über die Nase rutschte. Er schob sie etwas aus dem Gesicht. „Danke, dass du mich drauf hinweist. Schalte den Motor ab."

Nortbrook gehorchte. Sofort war absolute Ruhe im Fahrzeug. Seit Stunden hatten Motor und Klimagerät gebrummt. Jetzt durchzog Totenstille den Bus und der Fahrer sah, wie sich selbst die Schüler hinten im Fond entgeistert umschauten.

Das Flutlicht überraschte zunächst alle, die sich in unmittelbarer Nähe aufhielten, ob Absperrposten, Eltern oder Zuschauer. Auch Journalisten und Anwohner. Der voll im Licht stehende Bus war für alle Beteiligten ein Anblick, der irreal wirkte. Eine unvorstellbare Situation. Was geschah dort? Es sah eher nach den Vorbereitungen zu einem Kinofilm aus. Und war doch gefährlich echt.

Kapitel 9

Dr. Welstein und Sandra hatten das Freizeitheim fast erreicht, als ihnen die Eltern schon entgegenkamen. Den Leuten war das Einschalten des Flutlichts nicht entgangen und aufgeregt diskutierend versuchten sie, Richtung Sportplatz zu gelangen.

„Halt, meine Damen und Herren. Warten Sie, Sie können nicht weiter!" Einige Beamte der Bereitschaftspolizei waren von der Straße zur Kommissarin geeilt und standen nun an ihrer Seite.

„Ich möchte mich kurz vorstellen", sagte sie laut. „Mein Name ist Sandra Holz, ich bin Kommissarin und gehöre dem Einsatzteam an. Ich möchte gerne Ihre Fragen beantworten und Sie über die augenblickliche Situation informieren. Anschließend wird Sie unser Polizeipsychologe Dr. Welstein betreuen – das heißt, sofern Sie daran interessiert sind." Sie zeigte mit der ausgestreckten Hand auf Welstein. Der machte einen Bückling.

Auch einige Reporter hatten es geschafft, in die Nähe des Vereinsheims zu gelangen, und ein Fernsehteam hatte sofort eine Kamera postiert. Die Kommissarin war sich nicht sicher, ob die Infos auch pressegeeignet waren. Doch die jetzige Situation war außergewöhnlich und erforderte somit außergewöhnliche Maßnahmen. Sie wies die Kollegen an, die Eltern wieder in das Gebäude zu geleiten, und versprach der Presse, wieder zurückzukehren.

Drinnen versuchte sie die Eltern zu beruhigen. „Die Entführer haben kein Interesse daran, Ihren Kindern etwas anzutun. Und wir werden uns bemühen, die Forderungen der Entführer zu erfüllen. Erst danach werden die Kriminellen zur Rechenschaft gezogen." Sandra Holz wunderte sich, wie alle diese Worte so aus ihr heraussprudelten, und sie sah die Angst in den Augen der Angehörigen schon etwas schwinden.

Ein besorgter Vater mit tiefen dunklen Augenringen kam ganz nah zu ihr. „Was genau beabsichtigen die Männer?"

„Es geht um Lösegeldforderungen. Also Geld ist das erklärte Ziel der Männer. Das Ganze hat aber, wie es scheint, auch einen politischen Hintergrund. Mehr möchte ich dazu nicht sagen."

„Man spricht von einem Toten, gibt es weitere Verletzte? Sind unsere Kinder betroffen?"

„Tut mir leid, aus polizeitaktischen Gründen kann ich dazu leider nichts sagen. Nur so viel: Ihren Kindern – also den Schülerinnen im Bus – geht es gut. Keine, ich wiederhole: keine wurde bisher verletzt." Wie oft hatte sie solche lapidaren, nichtssagenden Erklärungen von Fernsehkommissaren gehört und sie als dummes Gewäsch abgetan. Nun musste sie diese zum ersten Mal selbst gebrauchen und es schüttelte sie innerlich.

Sandra Holz verabschiedete sich von den Eltern und Dr. Welstein und lief um das Gebäude, Richtung Straße. Was sollte sie der Presse erzählen? Hätte sie doch vorher den Polizeioberrat gefragt! Doch zu ihrer Freude waren die Vertreter der Presse nicht mehr zu sehen.

„Ein Pressesprecher der Polizeidirektion ist eingetroffen", berichtete ihr ein uniformierter Kollege, „der redet nun mit ihnen – außerhalb der Anlage." Die Kommissarin war froh und beruhigt zugleich.

Rechts neben dem Vereinsgebäude des BWB stand ein längliches, einem Wohnhaus ähnelndes Gebäude. Die Kommissarin hatte sich schon beim Platzwart über dessen Nutzung informiert. Seiner Aussage nach befanden sich darin zwei privat vermietete Wohnungen. Darunter lagen ebenerdig einige Garagen. Wohnhaus und Vereinsheim waren durch einen Zaun verbunden, dessen breite Toröffnung das Betreten des Sportplatzes ermöglichte. Die Kommissarin war vor dem Zaun stehengeblieben. Sie betrachtete eingehend das Hindernis. Hier musste der Bus auf das Gelände gefahren sein. Die Durchfahrt war nicht sehr groß und die Kommissarin vermutete, dass es für den Fahrer des Schülerbusses eine Herausforderung gewesen war, die enge Passage zu bewältigen, ohne größere Schäden zu verursachen.

Sie selbst war keine große Autofahrerin. Am liebsten nahm sie den Zug und ließ dafür ihren knallroten Mini One in der Garage an der Siebenbürger Straße stehen.

Etwas seitlich des Gebäudes standen rauchend zwei vermummte, in dunkle Overalls gekleidete Männer.

Der Kommissarin war sofort klar, es handelte sich um SEK-Beamte. Sandra änderte ihre Absicht, zurück zur Einsatzzentrale zu gehen, und begrüßte erst einmal die Kollegen. „Moin! Sandra Holz. Ich bin Kommissarin und stellvertretende Leiterin dieses Einsatzes."

„Grüße Sie, Frau Holz. Das ist Tobi, ich bin Matthias. Entschuldigen Sie die Vermummung, Aber hier draußen möchten wir nicht erkannt werden."

Die Polizeibeamtin nickte verständnisvoll und reichte den beiden die Hand. Es war üblich, das sich die Männer des Spezialeinsatzkommandos nicht mit Nachnamen und Dienstgrad vorstellten. Ebenso vermieden sie es, im Einsatz ohne Gesichtsmasken aufzutreten.

„Haben Sie sich schon häuslich eingerichtet?" Die Kommissarin hatte das Gespräch zwischen Schimick und dem Leiter des SEK verfolgt und wusste vom Aufenthaltsort der Truppe.

„Ja, ist perfekt hier. Sonst sind wir ganz andere Umstände gewohnt."

„Ist sogar Bier im Kühlschrank", lachte der zweite durch den Gesichtsschutz. Sandra Holz konnte sich gut vorstellen, dass bei dieser reinen Männertruppe nach dem Einsatz so manches Fass aufgemacht wurde.

„Kann ich ins Haus? Würde Ihren Kollegen gerne mal Hallo sagen."

„Klar, kommen Sie mit!" Der Polizist trat die Zigarette aus und lief mit ihr ums Haus. Mittig war der Haupteingang und so wie es schien, gab es unten und oben eine kleine Wohneinheit.

„Wir müssen nach oben", wies der Mann an, der sich als Matthias vorgestellt hatte. Sie kletterte die Treppe hinauf. „Warten Sie einen Moment. Ich werde den Einsatzleiter holen."

Nach wenigen Sekunden erschien der Leiter des SEK. Er trug den gleichen Overall wie seine Kollegen, war aber nicht maskiert. „Hallo, Frau Holz. Wir hatten ja in der Einsatzzentrale schon kurz das Vergnügen. Zur Vervollständigung: Mein Name ist Wulff. Weder verwandt noch verschwägert mit dem Herrn, der ehemals im Schloss Bellevue wohnhaft war. Bin auch ganz froh darüber. Obwohl, so ein Ehrensold …"

Sandra Holz grinste. „Ich würde gerne mal die Sicht von oben genießen. Hier, nicht in Bellevue."

„Sehr gerne, kommen Sie bitte rein." Galant öffnete er ihr die Tür und bedeutete ihr mit einer Handbewegung, vor ihm einzutreten. „Sie müssen entschuldigen, dass meine Männer vermummt bleiben. Sie wissen, wir müssen uns schützen."

Sandra nickte. Sie betrat einen kleinen Flur. Seitlich hingen Bekleidungsstücke, vom Kindermantel bis zu den Jacken Erwachsener. Auf dem Boden standen Schuhe unterschiedlicher Größe. Die gehörten definitiv nicht der Spezialeinheit, dachte Sandra und konnte sich ein Grinsen nicht verkneifen.

Die nächste Tür, die der Kollege öffnete, führte in ein kleines Wohnzimmer. Es war etwas unordentlich, was nicht nur an den Ausrüstungsgegenständen des SEK lag.

Zwei Männer hatten es sich auf der Couch bequem gemacht. Sie hatten die Gesichtsmasken etwas hochgeschoben. Es war wohl nicht unbedingt angenehm unter diesen Dingern. Gegenüber der Eingangstür befanden sich in einer Dachgaube zwei Fenster. Sandra hatte von außen drei gezählt. Also musste das dritte im Nachbarzimmer sein. Vor den Fenstern hier im Raum saßen zwei Einsatzkräfte. Vor sich hatten sie auf Spezialvorrichtungen Gewehre aufgebaut. Wulff stellte die Kollegin vor und die Männer nickten ihr zu. Ihre Augen blitzten dabei freundlich durch die Masken. Sandra Holz rechnete kurz nach: Inklusive des Leiters bestand die Truppe also wie angekündigt aus sieben Männern.

Interessiert trat die Kommissarin auf die Fenster zu und sprach einen der Schützen an: „Wie ist die Sicht zum Bus? Konnten Sie die Entführer schon identifizieren?"

„Negativ, Kollegin", antwortete der. „Der oder die Entführer haben gute Arbeit geleistet, wenn ich das mal so sagen darf. Zunächst die Maskierung. Hatten wir bisher auch noch nicht. Alle in Grün-Weiß bis zum Bauch. Dann die Größe. Alle sind nicht besonders groß. Also auch die Entführer dürften nicht über ein Meter fünfundsiebzig sein."

Die Kommissarin war an eines der beiden Fenster getreten. Wie im Rampenlicht stand dort unten der Schülerbus. Exakt abgestellt zwischen den vier Masten, die mit je zwei Halogenstrahlern bestückt waren.

„Sie benötigen hundertzwanzig Lux, um eine vernünftige Platzausstrahlung zu gewährleisten", erklärte Wulff.

„Die Messung erfolgt knapp über dem Boden. Nur so ist gewährleistet, dass die Zuschauer das nächtliche Fußballspiel verfolgen können. Die großen Stadien haben mit dieser Lichtausbeute kein Problem. Aber hier? Nur vier Masten? Ich denke, dass die nicht über achtzig Lux kommen. Ist aber auch eher ein Amateurplatz. Da ist man froh, überhaupt Trainingslicht zu besitzen."

Sandra Holz nickte. Sie staunte, was Wulff so wusste.

„Wollen Sie mal durch unsere Sniperbüchse schauen?" Natürlich wollte sie. Einer der vermummten Schützen entlud in Windeseile seine Waffe und räumte den Fensterplatz. Die Kommissarin setzte sich umständlich auf den Metallschemel. Sie war dienstlich den Umgang mit Waffen gewohnt. Doch überwiegend den mit ihrer eigenen Pistole, einer Heckler&Koch P2000. Bei einem internationalen Polizeitreffen vor zwei Jahren in Prag hatte sie auch mit anderen Waffen – unter anderem einem Gewehr – geschossen.

„Dies ist ein Scharfschützengewehr, ein Modell TPG1 mit leistungsstarkem Kaliber Punkt 300, Winchester Magnum", übernahm SEK-Leiter Wulff die Einweisung. Sein Kollege hatte sich auf die Couch zurückgezogen. „Über Details wie gefluteten Lauf, Mündungsbremse, CrossTech-Schaft wollen Sie sicher nichts wissen?"

Sandra winkte ab, während sie durch das Okular der Zieleinheit blickte. Ihr fiel ein, sie hatten noch keinerlei

Informationen über das Projektil aus der Waffe des Entführers, das im Mauerwerk steckte.

„Eins ist noch interessant, Frau Kollegin", meinte Wulff, „Später werden wir ein Hensoldt NV80 Nachtsichtgerät aufrüsten." Der Beamte zeigte auf einige dunkle Kunststoffbehälter, die seitlich standen. „Wir können damit auch in der Nacht taghell sehen. Wobei die Forderung der Entführer uns die Arbeit heute Nacht sicher erleichtert."

Sandra Holz verstand nicht sofort und auf ihren fragenden Blick meinte Wulff: „Die Flutlichtanlage."

„Richtig …"

Inzwischen hatte Wulff der Kommissarin das Zielfernrohr eingestellt und ein nahezu perfekter Blick auf den Schülerbus eröffnete sich ihr. Sie zoomte hin und her und konnte durch einige undichte Stellen in den abgeklebten Fenstern Bewegungen erkennen. Was ging dort unten vor?

Sie versuchte, sich in die Situation der Jugendlichen zu versetzen, die dort auf dreißig Quadratmetern festsaßen, umgeben von Sprengfallen. Sandra schickte ein Stoßgebet zum Himmel.

Sie schwenkte auf den vorderen Bereich des Busses. Den Mann auf dem Fahrersitz konnte sie genauer sehen. In diesem Bereich hatten die Klebekünste der Entführer etwas versagt. Er war ein etwas dicklicher älterer Herr, der zurückgelehnt dort saß. Mehr konnte sie nicht sehen, da die Scheiben spiegelten. Doch … hin und wieder grünweißen Stoff.

„Unsere Probleme sind generell die Reflexionen der Scheiben", begann der Leiter des SEK, als ob er ihre Gedanken gelesen hätte. „In der Fertigung moderner Fahrzeuge, ob PKWs oder Busse, verarbeitet man heute fast ausnahmslos getöntes Glas. Das hat natürlich – speziell für uns – erhebliche Nachteile. Fahrzeuglichter oder Straßenlaternen spiegeln dermaßen stark, dass ein gezielter Schuss schon unser ganzes Können verlangt. Sogar der Mond kommt uns hin und wieder in die Quere. Hinzu kommt in diesem Fall natürlich die großflächige Banken-Werbung über einen Teil des Busses. Und überhaupt, die abgeklebten Fenster … So schwindet unsere Sicht ins Fahrzeug auf ein Minimum."

Die Kommissarin hatte interessiert zugehört. Nun begann sie, mit Blick durch das Zielfernrohr intensiv die Umgebung abzusuchen. Die Bereitschaftspolizei hatte alle Zäune in Sichtrichtung Sprung- und Dwaschweg so weit wie möglich großflächig mit Matten abgedeckt. Ihr war klar, man wollte die Sicht von außen auf den Bus unbedingt verhindern – vielleicht aber auch den Blick der Entführer Richtung Zufahrtsstraßen einschränken.

Die Rasenfläche vor dem Bus war riesig. Erst von dieser exponierten Aussicht konnte Sandra die Größe der Sportanlage ausmachen. Das muss mehr sein als nur ein Spielfeld, schätzte sie. Am rechten Ende des Platzes, Richtung Bundeswehrgelände, waren ebenfalls Bereitschaftspolizisten aufgezogen. Dort war das Sportplatzgelände nicht durch einen hohen Zaun geschützt und hier hatte man die Kollegen verstärkt zur Sicherung eingesetzt.

Sandra richtete den Blick wieder auf den Bus. Sie war kein Freund des finalen Schusses, hatte sich bisher in ihrer Laufbahn bei der Kriminalpolizei auch noch nicht damit auseinandersetzen müssen. Doch jetzt schien diese Mitverantwortung auf sie zuzukommen, auf ihr zu lasten.

„Sehen Sie eine Chance, die Entführer kampfunfähig zu machen?", fragte sie Wulff.

„Unwahrscheinlich. Das Leben der Geiseln geht immer vor. Und wir greifen nur ein, wenn das Risiko kalkulierbar ist. Ansonsten hat der Täter gewonnen. Doch damit hört ja die Polizeiarbeit nicht auf."

„Was schlagen Sie also vor?"

„Wir müssen abwarten. Die Entführer haben sich genauestens auf diesen Tag vorbereitet. Sie haben wohl versucht, sich in unsere Lage zu versetzen, und bemühen sich, uns immer einen Schritt voraus zu sein."

„Was hat die Auswertung der technischen Zeichnungen des Busses ergeben? Soviel ich weiß, war der Werkstattleiter bei Ihnen?"

„Das ist richtig. Es handelt sich um einen gasbetriebenen Standardbus Typ Mercedes Citaro O530K. Es gibt zweiunddreißig Sitzplätze und zwei Zugänge. Einmal vorne die kleine Tür. Dann mittig die Doppeltür."

„Gibt es Notausgänge?"

„Negativ. Die modernen Busse sind voller Elektronik und Technik. Da bleibt kein Platz für zusätzliche Öffnungen. Abgesehen von kleinen Kippfenstern, durch die etwas Luft in den Bus eindringen kann. Für meine dicken Männer sind die leider zu schmal." Wulff lächelte seinen Leuten zu, die über den Witz lautstark lachten.

„Also auch keine Dachluke oder sonstige Möglichkeiten, einzudringen?"

Wulff schüttelte den Kopf. „Unserer Einschätzung nach wäre ein Stürmen des Busses das sichere Todesurteil für die Insassen. Womöglich auch für meine Kameraden. Denken Sie nur an den Gastank auf dem Dach des Fahrzeugs!"

Der Polizist hatte seine Meinung klar dargelegt. Und die Kommissarin war aufgestanden.

„Aber keine Angst, Kollegin. Die Männer im Bus werden einen Fehler machen. Sei es bei der Geldübergabe oder aber beim Airport Bremen. Wir werden Geduld haben müssen. Und die haben wir. Das ist unsere Stärke und unser Vorteil."

„Danke, Kollege Wulff. Wir werden uns sicher in der nächsten Stunde unten zusammensetzen. Zunächst aber werde ich dem Einsatzleiter von Ihren Ausführungen berichten. Er wird sicher weitere Fragen haben."

Sandra Holz warf den Vermummten ein freundliches „Tschüss" zu und verließ das Gebäude.

Draußen war es fast dunkel geworden. Sandra schaute auf die Uhr: Zwanzig Uhr fünfundvierzig. Diese surreale Glocke der Helligkeit leuchtete das Geschehen bis hin zum Zifferblatt ihrer Armbanduhr aus. Sandra fröstelte es. Trotz des vorangegangenen heißen Sommertages kühlte der Abend ab. Sie dachte an die Schülerinnen im Bus. Ob es da drinnen auch kühler wurde? Warme Decken wurden ihnen vermutlich genauso verweigert wie Essen und eine anständige Möglichkeit, ihre Notdurft zu verrichten.Hoffentlich hatten die Jugendlichen heute Morgen warme Jacken eingepackt.

Im Bus breitete sich inzwischen ein übler Gestank aus. Die Mädchen hatten die Angst vor dem Eimer verloren und dort alle nach und nach ihre Notdurft verrichtet. Vorne beim Fahrer war der Geruch noch nicht so stark. Trotzdem bat Nortbrook den Entführer darum, im Bus einige der oberen Kippfenster zu öffnen.

Der schüttelte energisch den Kopf. „Nein, die Fenster bleiben zu. Keine Annehmlichkeiten. Das hier ist kein Schulausflug."

Nortbrook schüttelte ebenfalls den Kopf. Der Mann hatte mit Sicherheit keine eigenen Kinder. Traurig dachte der Busfahrer an seinen Sohn zurück. Inzwischen war es über zwanzig Jahre her, dass Henning durch einen Motorradunfall ums Leben gekommen war. Er war ihr einziges Kind gewesen, und seine Frau war bis heute nicht darüber weg. Er auch nicht, doch zeigte er seine Gefühle nicht gerne offen. Aber Nortbrook fuhr fast täglich gegen Abend mit dem Fahrrad zum Sandkruger Friedhof und redete am Grab mit seinem toten Jungen.

Damals hatten sie einen gutgehenden Drogeriemarkt in Sandkrug gehabt. Das Sortiment hatte aus Haushaltsprodukten, Hygieneartikeln und Körperpflegemitteln bestanden, bis hin zu Parfums. Sogar eine kleine Fotoabteilung hatte Nortbrook eingerichtet. Doch der Tod des Jungen hatte sie so mitgenommen, dass der Laden schließlich öfter geschlossen als geöffnet gewesen war. Sechs Monate später waren sie pleite gewesen. Nortbrook hatte zum Glück diesen Job als Busfahrer gefunden. Und jetzt nahm er sich fest vor, diese jungen Menschen hinter ihm nicht kampflos aufzugeben.

Nur wie er ihnen helfen konnte, das wusste er noch nicht.

Sebastian und Anna-Lena hatten sich auf der Rückbank zusammengekuschelt. Schlagartig drang mit der Abenddämmerung die Kälte in den bisher aufgeheizten Bus. Röcke, kurze Hosen, kurzarmige T-Shirts und Kleider sorgten nicht für die benötigte Wärme. Alle begannen zu frieren.

„Meinst du, die besorgen uns Decken und etwas zu essen?", fragte Anna-Lena. „Durst habe ich auch."

Er strich seiner Freundin über das Haar. „Auf jeden Fall, das werden die sicher machen."

Der Entführer kam in den hinteren Busteil und Sebastian machte sich klein.

„Hört zu! Ihr werdet euch nun im Bus verteilen. Ich möchte, dass auf jeder Sitzbank ein Mädchen am Fenster Platz nimmt. Verstanden?"

Aufgeschreckt hatten die Jugendlichen zugehört. Einige Mädchen begannen zu schluchzen, verstummten aber schnell wieder, als der Entführer ihnen einen verärgerten Blick zuwarf.

„Also, die Erste setzt sich vorne rechts gegenüber den Fahrer." Der Mann zeigte auf Sebastians Freundin: „Du, du bist doch die Anna-Lena?"

Das Mädchen erschrak. Hitze durchlief ihren Körper. Woher kannte er ihren Namen? Hatte er in den Schultaschen nachgeschaut? Ihr fiel sonst keine plausible Erklärung ein.

„Also los, Fräulein Bruns. Auf geht's. Setz dich vorne zum Fahrer. Aber ganz rechts ans Fenster."

Sebastian schubste sie leicht an. „Mach, was er sagt."

Sie stand auf und lief nach vorne. Dabei drehte sie sich ständig nach ihrem Freund um und stolperte prompt über die Taschen im Gang. Anna-Lena konnte sich gerade noch an einer Bank festhalten. Endlich war sie vorne angekommen und setzte sich auf den zugewiesenen Fensterplatz. Der Fahrer schaute freundlich zu ihr herüber. Er versuchte ein Lächeln und zwinkerte mit einem Auge. Doch das Mädchen war zu keinerlei Regung imstande.

Der Entführer hatte etwas aus einer der Taschen geholt und kam hinter der Jugendlichen her. „Hier, leg den Kabelbinder um die rechte Hand und mach ihn hinter dir am Haltegriff fest. Und keine Tricks, ich werde es überprüfen."

Anna-Lena nahm unsicher den durchsichtigen Plastikstreifen entgegen. Sie schaute den Kabelbinder an. Dann ging ihr fragender Blick zum Entführer.

„Was könnt ihr deutschen Mädchen überhaupt?" Er riss ihr das Plastik aus der Hand, formte ungeduldig eine Schlaufe durch den Haltegriff hinter ihr und steckte dann den einen Teil durch die Kunststofföffnung. „Und jetzt die rechte Hand durch, aber schnell!"

Vorsichtig schob sie die Hand durch die kleine Schlinge. Dem Entführer ging das zu langsam und er half nach. Dann zog er mit einem Ruck am Kabelbinder. Anna-Lenas Hand wurde an den Griff gepresst. Der scharfe Kunststoff schnitt in ihr Handgelenk. „Aua!", schrie sie so laut, dass es Nortbrook aus dem Fahrersitz riss.

„Was machen Sie da? Lassen sie das Mädchen in Ruhe!"

Der Entführer schaute ruhig zu ihm rüber. „Es passiert ihr nichts. Nur ein wenig Schmerzen am Handgelenk."

Nach und nach wies der Mann alle Schülerinnen an, ihre Plätze zu wechseln. Jedes Mal vergewisserte er sich anschließend, dass die Handfessel auch verschlossen war. Nach etwa einer halben Stunde waren alle Bänke im Bus bis auf den Sitz hinter dem Fahrer mit je einer Person besetzt. Und alle saßen festgezurrt fensterseitig.

Sebastian hatte erneut Glück. Er saß ja hinten in der letzten Reihe auf der Dreier-Bank, und durfte dort bleiben. Als er an der Reihe war mit Festbinden, hatte die Aufmerksamkeit des grün-weiß gekleideten Mannes schon etwas nachgelassen. So nahm der Junge allen Mut zusammen und schob die Lasche falsch herum in den Kabelbinder. Die Verzahnung griff nicht und Sebastian hatte nun jederzeit die Möglichkeit, die Fessel abzustreifen. Wegen der verklebten Fenster war es im Bus nicht sonderlich hell, und der Entführer hatte nichts bemerkt. Der Mann setzte sich, anscheinend zufrieden, auf den leeren Platz hinter den Fahrer.

„Mach das Radio an. Einen Nachrichtensender!", hörte Sebastian den Entführer sagen. Er konnte sehen, wie Nortbrook sich nach vorne beugte, und sofort erklang Musik durch den Innenraum des Busses. Sebastian erschrak. Er kannte den Song. Sein Vater war großer Musikfreund und seine Lieblingsgruppe war eine Rockband aus den Achtzigern: Dire Straits. Den Song, den sie im Radio spielten, hatte der Junge zu Hause schon bestimmt tausendmal hören müssen: *Private Investigation*. Sebastian empfand das als ein Zeichen und griff vorsichtig sein Handy.

„Die Insassen im Bus haben eben komplett ihre Positionen gewechselt, meldet das SEK gerade", erklärte Schimick, als Sandra Holz in die Einsatzzentrale im Vereinsheim zurückkehrte. „Die Geiseln sitzen nun alle an den Fenstern."

„Und was bezwecken die Männer damit?"

„Ich denke, das ist ein Täuschungsmanöver. So stellen sie sicher, dass wir keinen der Grün-Weißen exakt als Entführer identifizieren können. Wie war es draußen?"

Die Kommissarin berichtet von ihrem Auftritt vor den Eltern und dass sie mit den Journalisten nicht hatte reden müssen, weil der Pressesprecher eingetroffen war. Schimick musste grinsen. „Hölzchen, womöglich wäre dein Talent noch fürs Fernsehen entdeckt worden!"

Die Kollegen lachten, doch Sandra Holz fand das nicht lustig.

„Nein, Spaß beiseite", sagte Schimi. „Was gibt es sonst an Neuigkeiten?"

Sandra erzählte von ihrem Besuch beim SEK. Von der Erkenntnis, das Fahrzeug nicht stürmen zu können, und der Mitteilung, dass ein finaler Schuss derzeit unmöglich sei.

Der Hauptkommissar schien über diese Informationen extrem erleichtert. Ihr war klar, auch Schimi wollte keinen Toten bei diesem Einsatz.

„Hat sich der Junge aus dem Bus wieder gemeldet?", fragte Sandra.

Schimick verneinte. „Das gestaltet sich bestimmt sehr schwierig. Er tut gut daran, es zu unterlassen."

„Wie sieht es mit Geld und Flugzeug aus?"

„Das Geld ist wohl unterwegs. So lauten zumindest die Informationen vom Landeskriminalamt", erklärte Schimick. „Die tausend Münzen zu beschaffen, erweist sich als schwieriger. Man verlangt bankseitig, die Entführer aufzufordern, eher Goldbarren zu nehmen."

„Und wirst du nachfragen?", erkundigte sich Sandra.

„Nein, sicher nicht. Die Bank soll genau das heranschaffen, was verlangt wird. Ich möchte kein Blutvergießen verantworten."

„Und der Flieger?"

Schimick zuckte die Schultern. „Das kann erst morgen früh geklärt werden. Alle Maschinen dieses Typs sind wohl in der Luft. Aber Bremen hat uns versprochen, die Verfügbarkeit einer dieser Cessnas sicherzustellen."

„Wie sieht es mit Verpflegung aus? Decken, Wasser für die Jugendlichen?"

„Du weißt, was der Mann gesagt hat, Sandra. ›Da müssen sie durch‹, waren seine Worte."

Sie wollte etwas entgegen, als das Handy von Herrn Frohnau klingelte. „Der Junge! Der Junge meldet sich", rief Sandra laut durch den Raum. „Bitte um Ruhe!"

KAPITEL 10

Hauptkommissar Schimick hatte, gespannt beobachtet von seinen Kollegen, sofort nach dem Handy gegriffen und den Anruf entgegengenommen. „Hallo? Nein, Sebastian, nicht dein Vater. Hier ist die Polizei. Du kannst Schimi zu mir sagen."

„Stell auf Mithören, Schimi", bat Sandra Holz, doch er ignorierte sie. „Schimick, auf Mithören!", wiederholte sie mit Nachdruck. Er drückte eine Taste am Mobiltelefon und schon erklang die Stimme des Jungen. „... was passiert mit uns?"

„Sebastian, sei bitte vorsichtig. Wenn dich die Entführer mit dem Handy erwischen, bekommst du sicher Ärger!"

„Wieso *die* Entführer? Hier im Bus ist nur einer."

Schimick und die Kommissarin schauten sich erstaunt an. „Frag ihn, wo genau der sitzt", flüsterte Sandra.

„Und du bist sicher, dass es nur einen Entführer gibt? Wo sitzt der Mann, Sebastian?"

„Im Moment genau hinter dem Fahrer auf dem Einzelsitz."

Sandra Holz wies Argenberg leise an, Kontakt mit dem SEK aufzunehmen. „Sagen Sie ihnen, es ist nur einer und er sitzt direkt hinter dem Fahrer." Argenberg nickte und flüsterte in das vor ihm stehende Funkgerät.

„Niemand schießt hier. Nur auf meinen Befehl", schrie ihn plötzlich der Polizeioberrat an. Argenberg zuckte zurück. Die Kollegen schauten erschrocken ihren Chef an.

Nur Schimi ließ sich nicht ablenken. „Sebastian, kannst du etwas zu den Entführern sagen?"

„Ich denke, der Typ ist Russe. Klein und schmächtig. Hat zwei große Taschen dabei."

„Und der zweite?"

„Der von heute morgen? Der hatte bestimmt einen Sprachfehler. Er lispelte etwas. Ansonsten war er völlig vermummt. Ach ja, HONDA stand auf seinem Overall."

„Was ist mit Handgranaten und Bomben?"

„An den Türen hängen Handgranaten und ich glaube, es gibt eine Bombe über dem Fahrer. Der Typ hat uns einen Schalter gezeigt. Den hat er umhängen. Aber ich habe nur noch wenig Akkuleistung. Muss aufhören. Schicken Sie mal was zu essen."

Dann brach die Verbindung ab.

„Was sagt das SEK?", fragte Petermann.

„Die melden sich gleich", berichtete Argenberg

„Schimi, was meinen Sie?", fragte der Polizeioberrat.

„Verfahrene Situation. Auch wenn wir jetzt wissen, wo der Entführer sitzt ... Ihn vor den Jugendlichen zu erschießen, ist sehr gewagt."

„Wie meinen Sie das?"

„Die würden ihr Leben lang dieses Bild vor Augen haben. Wenn der Entführer es nicht noch schafft, diesen Auslöser zu drücken. Und das ist ja nicht ausgeschlossen."

„Es kommt Bewegung auf im Bus", meldete Hilmar hastig. Alle schauten nach draußen. Unschwer war zu erkennen, dass die Insassen die Plätze tauschten.

„Ich hoffe bloß, der Junge ist nicht aufgefallen", sagte Schimi nachdenklich.

„Hallo Einsatz, hier SEK!" Wulff meldete, sie hätten zwar Sicht auf den Kopf der Person hinter dem Fahrer gehabt, doch nur kurz. Nun hätten die Schüler zum Teil ihre Sitzposition geändert, und die Position des Entführers sei nicht mehr sicher auszumachen.

Die Beamten in der Einsatzzentrale setzen sich wieder.

„Lasst uns alles zusammenfassen", begann Polizeioberrat Petermann. „Mindestens zwei Russen, wahrscheinlich Ukrainer, entführen einen Bus. Sie verlangen die Freilassung einer inhaftierten Politikerin sowie Geld und Goldmünzen. Einer ist klein, schmächtig. Der andere lispelt. Womöglich Sprachfehler. Vielleicht HONDA-Techniker. Einer der Entführer befindet sich im Bus. Der zweite und gegebenenfalls noch andere außerhalb. Bereiten gerade die Flucht der Bande in die Ukraine vor. Womöglich besitzt einer den Pilotenschein. Habe ich etwas vergessen?"

„Was ist aus dem Projektil geworden, Kollege Hiltmar?", fragte Sandra.

Dessen Kopf rötete sich leicht. „Mist, habe vergessen, es euch mitzuteilen. Vor lauter Aufregung. Also: Es handelt sich bei dem Geschoss um die Größe Punkt 22 LR Magnum. LR steht für Long Rifle, also für Büchsen. Das Format Kleinkaliber – wie man es auch bezeichnet – wird überwiegend in Sportpistolen und in Langwaffen verwendet. Somit ist das kleine Projektil mit großer Wahrscheinlichkeit einer bestimmten automatischen Waffe zuzuordnen. Und zwar einer Walter TPH .22."

Man sah den anderen an, dass sie diese Informationen nicht sonderlich beeindruckte.

„Die Walther-Taschen-Pistole Hahn ist eine halbautomatische Handfeuerwaffe der Carl Walther GmbH Sportwaffen", fuhr Hiltmar fort. „Sie zeichnet sich durch einen sehr kompakten Aufbau aus und wird seit 1968 in Deutschland und von der Firma Interarms in den USA hergestellt. Die Durchschlagskraft ist gering, die Schussenergie wird bei etwas über hundert Joule angesetzt."

„Das heißt, keine geeignete Waffe für Terroristen und Mörder?", unterbrach ihn Petermann.

„Genau, eher für Hausfrauen!" Hiltmar lachte, unterbrach es aber sofort, als er in das ernste Gesicht der Kommissarin blickte.

„Das heißt", fragte Sandra nach, „der Täter hat wahrscheinlich gar nicht die Absicht, damit jemanden zu töten?"

„Richtig, und er konnte sicher leicht an diesen Typ Waffe gelangen. Einfacher zum Beispiel als an eine NeunMillimeter."

„Hatten wir im letzten Jahr in der Direktion nicht einen Fall, bei dem solch eine Waffe auftauchte?" Der Polizeioberrat hatte seine Hände hinter dem Kopf verschränkt und lehnte sich etwas auf dem Stuhl zurück.

Petermann, so wusste die Kommissarin, war recht versiert, was Waffen anging. Seine zweite Leidenschaft war das Segeln. Da auch die Kommissarin diesem Hobby frönte, hatten Petermann, Schimick und sie in den letzten Monaten öfters zusammengestanden und über ihre Segelerlebnisse geplaudert. Den Erzählungen im Kollegenkreis nach waren der Bootsbegeisterte Petermann und der Erste Hauptkommissar schon einige Male gemeinsam mit Schimicks Yacht unterwegs gewesen. Petermann hatte die *Goldstück* auch schon für Ausflüge vom Kollegen ausgeliehen. Gegen gute Bezahlung, wie Schimi mal erzählt hatte.

Petermann kratzte sich nun an seinem spärlichen Kopfhaar. „Ich bin mir sicher, so eine Walter TPH liegt noch in der Asservatenkammer beim Friedhofsweg, nicht wahr, Schimi? Hatten Sie den Fall nicht bearbeitet?"

Der zuckte mit den Schultern und wandte sich an Hiltmar. „Danke für diese wichtigen Infos." Dann schaute er in die Runde. „Ich würde vorschlagen, wir kümmern uns nun um den zweiten Mann. Sandra, geh bitte mal die Akten durch: Vorbestrafte Ukrainer, Söldner, politische Kämpfer, Sprachfehler und so weiter. Vielleicht findest du ja was in der Datenbank. Und bitte recherchiere auch über diese Walther-Pistole. Vielleicht ergibt sich ein Zusammenhang zu irgendwelchen Verdächtigen."

Die Kommissarin machte sich sofort über die Computertastatur her.

„Und ich werde Kontakt aufnehmen mit dem Entführer", meinte Schimick.

Nortbrooks Arm schmerzte. Sicher hatte sich das Handgelenk entzündet. Er drehte den Arm etwas in der Handschelle, um es zu betrachten. Es leuchtete rot und war dick angeschwollen.

Nachdem er alle Jugendlichen gefesselt hatte, hatte Michael sich erneut hinter den Fahrer gesetzt. „Wir werden, wie es aussieht, die Nacht im Bus verbringen …", versuchte Nortbrook eine Unterhaltung, doch der Entführer gab keine Antwort. Der Fahrer konnte ihn im Monitor nicht sehen. Dafür hatte er einen guten Blick zur letzten Sitzreihe. Nortbrook erschrak. Der Junge hinten bewegte seine Lippen. Dabei saß der doch allein auf der Bank. Ob Sebastian sein Handy nicht abgegeben hatte? Schweiß bildete sich auf der Stirn des Busfahrers. Der Schmerz am Handgelenk war sofort vergessen. Was, wenn der Entführer sich plötzlich umdrehte? Womöglich konnte der das Gespräch des Jungen sogar hören. Irgendetwas musste geschehen.

„Aua!", stöhnte Nortbrook laut.

Der Entführer beugte den Oberkörper etwas nach vorn.

„Was ist los?"

„Diese Handfesseln drücken mir ins Fleisch. Können wir nicht mal die Hand wechseln? Ich muss ja nicht mehr fahren. Zumindest nicht in der nächsten Zeit."

Der Entführer war zum Erstaunen Nortbrooks sofort aufgesprungen, hatte einen Schlüssel aus seiner Tasche geholt und war im Begriff aufzuschließen. Plötzlich hielt er inne. „Nicht, dass dies ein Versuch wird, mich zu überwältigen?" Er zog die Pistole aus der Jacke und hielt sie vor Nortbrooks Gesicht. „Du kannst die Fesseln selbst tauschen. Hier ist der Schlüssel. Aber ich passe auf."

Umständlich löste der Busfahrer die Handfessel und schloss den rechten Arm sofort wieder am Lenkrad fest. Dieses Mal ließ er allerdings die Fessel etwas lockerer. Der Entführer hatte keinerlei Einwände – oder es war ihm nicht aufgefallen. Ein schneller Blick in den Monitor zeigte Nortbrook, dass der Junge nicht mehr redete. Erleichtert gab der Busfahrer dem Entführer den Schlüssel zurück und schüttelte das wunde Handgelenk. Blut schoss in die Hand, und Nortbrook wurde es schwindelig. Nach einem Moment war das aber vorüber.

Der Entführer trat zu den Jugendlichen im vorderen Teil, zerschnitt die Kabelbinder mit einer kleinen Zange und forderte sie auf, ihre Plätze zu tauschen. Schon kurz darauf waren alle wieder mit neuen Kabelbindern gefesselt. Nortbrook war klar, dass der Mann durch dieses Wechselspiel verschleiern wollte, wo er selbst jeweils saß. Der Busfahrer empfand etwas Anerkennung den Entführern gegenüber. Zumindest was deren scheinbar ausgefeilten Plan anging.

Das Funkgerät sprang an: „Hallo, hier ist Hauptkommissar Schimick."

„Frag, was er will", raunte der Entführer dem Busfahrer zu.

„Ja … Hier ist Nortbrook, wie kann ich helfen?"

„Ich würde den Jugendlichen im Bus gerne für die Nacht Decken, Pizza und ausreichend Mineralwasser schicken lassen."

Der Entführer schüttelte den Kopf.

„Tut mir leid, Herr Kommissar. Der Entführer lehnt ab."

„Auflegen", befahl Michael, und Nortbrook gehorchte.

Sandra Holz durchstöberte die Datenbank des Bundeskriminalamtes. Sie hatte alle Suchoptionen eingegeben und die Maschine war am Arbeiten. Nach einer Weile hatte der PC drei digitale Akten vor ihr auf dem Display ausgespuckt.

„Ich habe drei Männer gefunden, zu denen unsere Beschreibung passt", rief sie.

Die Kollegen schauten interessiert zu ihr rüber.

„Mist, der eine sitzt seit drei Monaten im Gefängnis und wartet auf die Abschiebung." Die Kommissarin scrollte nach unten. „Der zweite … ja … nein … Der kommt wohl auch nicht in Frage."

„Warum nicht?", wollte Schimi wissen.

„Der ist nur einen Meter zweiundsechzig groß und das mit dem Sprachfehler ist nicht aufgeführt. Der dritte, ein Sergej Kospolow, ist … warte … ein Meter dreiundachtzig. Lebt seit dem Absitzen einer Gefängnisstrafe in Bremen. Adresse ist bekannt. Besondere Merkmale …", sie scrollte weiter nach unten, „…nach einem Unfall fehlt ihm ein Teil der Zunge."

„Sprachfehler!" Argenberg schlug begeistert mit der Faust auf den Tisch.

„Bingo, das könnte er sein", rief Petermann erfreut.

„Sofort Haftbefehl beantragen und Einsatz einleiten!" Hiltmar stolperte fast zum Telefon.

„Den kriegen wir", meinte Schimi. „Gut gemacht, Hölzchen."

Sandra grinste und der Spitzname machte ihr im Moment gar nichts aus.

Die Gedanken von Eiken Bruns kreisten auf der Rückfahrt nach Sandkrug ununterbrochen um seine Tochter. Nach drei Fehlgeburten hatte es Isolde Bruns damals endlich geschafft, wenn auch nur knapp. Mit sieben Monaten hatte Anna-Lena als Frühchen, doch gesund, das Licht der Welt erblickt. Danach hatte die ganze Sorge der Eltern der Sicherheit des Kindes gegolten. Alle Gefährdungen hatte man stets genauesten kalkuliert und es bis heute geschafft, das Liebste im Leben des Fabrikantenehepaares gut behütet aufwachsen zu sehen. Und jetzt diese Entführung.

Was dachte sich Gott dabei, sie so zu prüfen?

Der gläubige Bruns überlegte angestrengt, wie er die Situation seiner Frau erklären sollte. Sie litt ohnehin unter Depressionen, und er würde es behutsam angehen müssen. Ganz ohne Informationen ging es jedoch nicht. Er hoffte inständig, dass sie von dieser Sache inzwischen nichts im Fernsehen gesehen oder im Radio gehört hatte. Wegen ihrer Krankheit lebte Isolde eher zurückgezogen, sie sollte also über die Entführung noch nichts wissen.

Bruns griff nach dem Handy: „Gabriele, ist meine Frau im Haus? Noch bis neunzehn Uhr in der Sauna und beim Masseur? Gut, also müsste sie in den nächsten Minuten eintreffen. Bitte rufen Sie Doktor Rethmeier an. Er möchte sofort kommen. Sagen sie ihm, mit ›sofort‹ meine ich auch sofort. Ich werde in Kürze zu Hause sein." Bruns unterbrach das Gespräch mit der Haushaltshilfe und legte auf.

Den Verlust des einzigen Kindes würde Isolde nicht verkraften. Er sicher auch nicht. Doch was konnte er momentan tun? Er hatte gute Kontakte zur Oldenburger Polizeiführung. Polizeipräsident Dreling, der Leiter der Direktion, war sogar ein Duzfreund. Aber Rik Jan Dreling war in Kur. Bruns hatte es zufällig beim monatlichen Treffen im Rotary-Club gehört. Vielleicht hatte es Sinn, Rik trotzdem anzurufen und ihn zu bitten, auf die Situation einzuwirken? Auch von der Kur aus?

Bruns versuchte das Bild der weinenden Tochter im Bus aus dem Kopf zu verdrängen. Nie war der harte Geschäftsmann der Verzweiflung so nahe gewesen wie in diesem Moment. Verlegen wischte er sich mit seinem Seidentaschentuch Tränen von der Wange. Hoffentlich hatte sein Fahrer das nicht mitbekommen?

Aber warum musste er das überhaupt verbergen? Konnte ein Vater, dessen einziges Kind in großer Gefahr war, seinen Gefühlen nicht freien Lauf lassen?

Eltern hatten eine große Verantwortung. Ihm fiel dieser Betriebsunfall im letzten Herbst ein. Dieser dumme Zwischenfall an der Laderampe seiner Schlachterei. Ein Student hatte sich durch die herunterschnellende Schleusenklappe eines Schweinetransporters schwere Verletzungen der Halswirbelsäule und des Rückenmarks zugezogen. Der Junge hatte damals nur in den Semesterferien gejobbt, und im Personalbüro der Großschlachterei hatten Bruns' Angestellte vergessen, den Studenten bei der Krankenkasse anzumelden. Prompt hatte es Probleme mit der Kostenübernahme gegeben. Er erinnerte sich, kurz die verzweifelten Eltern gesehen zu haben. Sie hatten vor seinem Büro gesessen und weinend auf ein Gespräch mit ihm gewartet. Ein Großauftrag nach Polen hatte dies aber verhindert, und Bruns wusste noch, dass er ganz froh gewesen war, dieses Gespräch nicht führen zu müssen.

Was mochte aus dem Jungen geworden sein? Dessen Eltern hatten sicher auch sehr gelitten. Er nahm sich vor, wenn diese Sache ausgestanden war, einmal nachfragen zu lassen. Gegebenenfalls könnte man die Eltern finanziell etwas unterstützen. Ja, das war eine gute Idee. Die Ablenkung hatte Bruns gut getan.

Nach einer Weile zerrte der Entführer Anna-Lena wieder zu einer anderen Sitzbank und zurrte sie fest. Der Mann wechselte in unregelmäßigen Abständen die Sitzplätze aller Schülerinnen. Das Mädchen verstand nicht, warum. Ihr Handgelenk schmerzte von dem Plastikband und so bemühte sie sich, keine unnötige Bewegung mit dem Arm zu machen. Doch nach und nach schlief der Arm ein. Das unangenehme Kribbeln der gestörten Durchblutung machte sich von der Schulter abwärts immer stärker bemerkbar. Anna-Lena drehte den Kopf nach hinten. Sebastian hatte die Augen geschlossen und schien ein wenig zu schlafen.

Sechs Monate waren die beiden nun ein Paar und er fehlte ihr, obwohl er nur wenige Meter entfernt saß. Sie schaute nach draußen, in die Freiheit. Nur eine kurze Distanz trennte sie vom Vereinsgebäude, vielleicht fünfundzwanzig Meter. Sie konnte durch Lamellenvorhänge Bewegungen ausmachen. Sicher waren es Polizeibeamte, die sich beratschlagten. Es mussten Polizisten sein! Sie betete zu Gott, dass die Beamten einen Plan hatten, alle hier im Bus zu retten. Sie versuchte, fest an ein gutes Ende zu glauben und dass dieses Erlebnis bald der Vergangenheit angehören würde.

Anna-Lena zog den Schal fester um den Hals und schob die Enden vorne in die grüne Weste. Es war gut,

Mütze, Schal und Warnweste zu haben. In ihren sommerlichen Schulklamotten hätte sie noch mehr gefroren.

Der Gestank der Fäkalien hatte inzwischen etwas nachgelassen. Nachdem die Nachmittagshitze in Abendkühle umgeschlagen war, war die Luft wieder angenehmer.

Das Mädchen hatte viel nachgedacht in den letzten Stunden. Bislang hatte sich die Sechzehnjährige wenig Gedanken um ihre Zukunft machen müssen. Seit heute Nachmittag war das anders. Ihr war jetzt klar, dass sie dank des Wohlstands ihrer Eltern in Luxus und Sicherheit aufgewachsen war, und sie hätte das wohl auch weiterhin nicht missen wollen. Doch nun änderte sie ihre Pläne. Sie hatte sogar wieder zu beten angefangen. Erst zögerlich, aus Scham, und mit der Befürchtung, Gott könnte verstimmt sein, wenn sie ihn nach Monaten fehlenden Kirchgangs in dieser brenzligen Situation um Hilfe bat. Dann waren ihr nach und nach wieder die Gebete ihrer Konfirmation eingefallen.

Lieber Gott – wenn wir alle diesen schlimmen Tag überleben, werde ich nach Abschluss der Schule mein Leben in den Dienst der Menschheit stellen.

Der Schwur kam ihr dann allerdings doch etwas übertrieben vor. Aber andererseits wäre doch ein Medizinstudium auch etwas in dieser Richtung. Ihre Leistungen auf dem Gymnasium waren sehr gut – wenn alles so weiterlief, wären die Abiturnoten entsprechend und es könnte klappen. Ihr Herz hüpfte bei dieser guten Idee und das lenkte sie von der derzeitigen Situation ab.

Dann knurrte wieder ihr Magen. Warum beschaffte ihnen der Mann nichts zu essen? Das war doch sonst üblich bei Entführungen, oder jedenfalls nahm sie das an – warum hätte es auch anders ein sollen?

Ihr fiel ein, dass sie heute Morgen das Pausenbrot nicht gegessen hatte. Stattdessen hatte sie sich lieber mit Sebastian zusammen etwas am Kiosk gekauft. Auch die von der Haushaltshilfe eingepackte Banane musste noch in ihrem Schulranzen sein.

„Hallo, entschuldigen Sie bitte?" Sie sprach den wenige Meter vor ihr sitzenden Entführer an.

Er drehte sich etwas zu ihr um und fragte barsch: „Was willst du?"

„In meiner Schultasche sind noch ein Brot und eine Banane. Vielleicht haben andere Schülerinnen auch noch Frühstücksreste in ihren Taschen. Erlauben Sie, dass wir das Essen aufteilen? Wir haben alle großen Hunger."

Der Mann überlegte kurz. „Gut." Er stand auf und schnitt ihre Fessel durch. „Durchsuche alle Taschen nach Essen und Getränken. Aber keine Mätzchen! Sobald du etwas anderes herausziehst, gibt es Ärger. Und leg erst mal alles sichtbar vor mir auf den Boden."

Den Gesichtern der anderen war trotz aller Angst und Erschöpfung anzusehen, wie sehr sie sich über Anna-Lenas Idee freuten, und über deren Mut, dem Entführer den Vorschlag überhaupt gemacht zu haben.

Und Sebastian lächelte ihr zu, den Daumen seiner freien Hand nach oben gestreckt.

Anna-Lena setzte sich vorsichtig auf den Kunststoffboden. Ein Kribbeln wie von Ameisen durchlief ihre Oberschenkel, und sie merkte sofort, dass sich zusätzlich ein Wadenkrampf ankündigte. Rasch streckte sie das linke Bein aus und drückte den Fuß fest gegen die Fahrzeugwand.

Ihr fiel auf, dass die Scheinwerfer der Flutlichtanlage allem hier drin einen gelblichen Farbton verliehen. Es war, als blicke sie durch einen Gelbfilter.

Nach einigen Sekunden ging es ihren Beinen schon besser, und so rutschte sie auf dem PVC etwas nach vorne. Die Taschen ihrer Mitschüler waren nur wenige Zentimeter vom zur Toilette umfunktionierten Kunststoffeimer entfernt, und ihr wurde fast schwindelig von dem Gestank. Sie schob schnell den Schal über den Mund und durchsuchte nach und nach die etwa dreißig Taschen und Schulranzen. Die Beute war übersichtlich, doch ihr war klar, jeder Bissen zählte. So zog sie, zu ihrer eigenen Banane und dem Brot, noch einiges an Obst und sieben Stullen hervor, eine davon angebissen. Außerdem stapelten sich nach und nach vier Joghurtbecher, sechs Müsli- und drei Schokoriegel sowie eine große Tafel Schokolade vor dem Entführer. Fünf Dosen Cola und Sprite, drei kleine Flaschen Wasser und zwei Dosen Red Bull ergänzten den Fund.

Der Entführer griff sofort zu den Energy Drinks und steckte sie in die Taschen seiner Warnweste. „Den Rest kannst du verteilen." Scheinbar gelangweilt drehte er sich wieder zur Seite.

Anna-Lena ging zu ihren Mitschülerinnen und bemühte sich, alles gerecht aufzuteilen. Von den Getränken nahm jede der Schülerinnen nur einen bis zwei Schlucke. Sie war wohl nicht die Einzige, die an den peinlichen Toilettengang dachte – vielleicht war es wirklich besser, wenn sie nicht viel aßen und tranken.

Kommissar Hiltmar hatte gute Nachrichten: „Die Kollegen aus Bremen haben den mutmaßlichen Mittäter eben in seiner Wohnung festgenommen." Der Beamte grinste über beide Ohren. „Und was, meint ihr, haben sie bei dem Russen gefunden?"

Die Kollegen waren neugierig, gönnten Hiltmar aber seine Freude.

„Heraus damit, Hiltmar!", meinte Schimick gutmütig.

„Sie haben einen schwarzen Overall sichergestellt, mit HONDA-Aufdruck!"

Die anderen jubelten.

„Langsam", wiegelte Hiltmar ab, „der Ukrainer bestreitet natürlich, dass es seiner ist. Und ob er ihn getragen hat, muss nun ein Fasertest und gegebenenfalls eine Genanalyse beweisen."

„Aber so viele Zufälle?", mischte sich Petermann ein.

„Lispeln, der Anzug, Ukrainer? Ich bin mir sicher, wir haben den Richtigen."

Auch Hauptkommissar Schimick nickte zuversichtlich.

„Dann haben wir dem Entführer im Bus vielleicht einen Strich durch seine Rechnung gemacht – die Flucht wird ja ohne den zweiten Mann vielleicht gar nicht klappen. Hat dieser … dieser Koslowski …"

„Kospolow", warf die Kommissarin ein.

„Na gut, Kospolow. Hat dieser Mann einen Flugschein? Vielleicht sollte der ja die Maschine fliegen."

„Eher nicht", sagte Sandra Holz. „Seinem Lebenslauf nach zu urteilen, ist der Ukrainer wenig gebildet und kann eher mit Faust und Knüppel umgehen. Und dabei ist, wohlgemerkt, nicht der Steuerknüppel eines Fliegers gemeint." Sie grinste.

„Lass es trotzdem noch überprüfen, manchmal haben die dümmsten Bauern die dicksten Kartoffeln", wies Schimi sie an. „Und Hölzchen, ruf mir bitte den Kollegen Wulff herunter. Wir sollten mal alle Informationen bündeln."

KAPITEL 11

Den Jugendlichen im Bus ging es nach den aufreibenden Erlebnissen inzwischen ein wenig besser. Nachdem sie eine Kleinigkeit im Magen hatten, versuchten sie etwas zu schlafen. Draußen war es dunkel geworden und obwohl ihre innere Uhr schon fast Schlafenszeit signalisierte, animierte das trotz abgeklebter Fenster vom Flutlicht erzeugte gelbe Dämmerlicht im Bus eher zum Wachbleiben.

Wieder war der Entführer dabei, die Jugendlichen umzusetzen.

„Was soll dieses dämliche Hin und Her?", fuhr ihn eine Schülerin lautstark an, als Michael gerade dabei war, ihre Fessel zu durchschneiden. Nicht nur der Entführer schien im Moment sprachlos über ihre Reaktion – das Mädchen mit dem langen, blonden Zopf war bisher nicht negativ in Erscheinung getreten. „Lassen Sie uns raus, wir haben Ihnen doch nichts getan!", brüllte sie ihn an, das Gesicht verzerrt. Der Kabelbinder fiel zu Boden, sie schnellte von ihrem Sitz hoch und prallte dabei mit voller Wucht gegen den Entführer. Der Stoß kam unerwartet und der Mann verlor sofort das Gleichgewicht. Vergebens suchte er nach einer Haltemöglichkeit. Dann taumelte er auf den gegenüberliegenden Sitz und stieß mit Wucht gegen die Fensterscheibe.

„Ich will sofort raus!" Das Mädchen rannte kreischend auf die vordere Bustür zu. Sie stolperte über die am Boden liegenden Schultaschen, konnte sich jedoch im letzten Moment abfangen. Währenddessen saß der Entführer benommen auf dem Sitz. Wie von Sinnen begann das schluchzende Mädchen, sich an der Tür zu schaffen zu machen.

„Sie wird uns alle in die Luft jagen!", schrie Nortbrook voller Panik. Er versuchte, die Schülerin mit dem freien linken Arm zu packen, aber er schaffte es nicht, seiner Hand fehlten einige wenige Zentimeter bis zu ihren Körper. Der Entschluss, die Handschellen wegen seines schmerzenden Handgelenks an die andere Hand zu tauschen, erwies sich jetzt als fataler Fehler, und die Jugendlichen hinten im Bus schrien und kreischten vor Angst. Nortbrook schob mit einem Ruck seinen ganzen Körper Richtung Tür, ohne Rücksicht auf die angekettete Hand. Erst der stechende Schmerz, der ihn fast ohnmächtig machte, brachte ihn dazu, aufzugeben.

Der Entführer war wieder zu sich gekommen und griff sich an den Kopf. Er versuchte aufzustehen. Erst fiel es ihm schwer und er torkelte, dann richtete er sich auf und stürzte, immer noch leicht schwankend, die wenigen Schritte nach vorn. Das Mädchen an der Tür zerrte hysterisch schreiend an der Kette. Der Mann hatte seine Waffe gezogen, und Nortbrook befürchtete schon das Allerschlimmste und schloss die Augen.

Der Entführer griff nach der Jugendlichen und bekam ihren langen Zopf zu fassen. Er riss so fest daran, wie er konnte. Der Kopf des Mädchens wurde ruckartig nach hinten gerissen, und sie schleuderte von der Tür weg. Sie begann mit den Armen zu rudern und griff vergebens nach der seitlichen Haltestange.

Nortbrook hatte inzwischen seine Augen wieder geöffnet. Er sah in die Augen des stürzenden Mädchens, sah in ihr schmerzverzerrtes Gesicht, das ihn flehend ansah. Vor Schmerz und Schock wie erstarrt, konnte er nicht reagieren. Dann schlug sie hart mit dem Kopf an den Tresen des Busses, und fiel rückwärts auf den Kunststoffboden. Sie schrie noch einmal laut auf, dann war sie still.

„Jetzt haben Sie womöglich schon zwei Tote", sagte Nortbrook leise und schaute auf das Mädchen hinunter. Tränen liefen an seinen Wangen herab und mit der freien Hand wischte er sie ab, zornig über sich selbst.

Der Entführer hatte kurz zu Nortbrook geschaut, dann beugte er sich fassungslos über die verletzte Schülerin. Das laute Schreien im hinteren Teil des Busses war in ein Wimmern übergegangen.

„Sie ... sie scheint schwer verletzt zu sein ..." stammelte der Russe. „Was musste die auch hysterisch werden ..."

Der Mann nahm mit zittrigen Händen einen der auf dem Boden liegenden Verbandskästen und versuchte ihn zu öffnen. Nur mit Mühe schaffte er es, den Plastikdeckel zu entfernen. Verzweifelt starrte er auf den geordneten Inhalt des Erste-Hilfe-Kastens. Damit schien er nichts anfangen zu können, vielleicht lag es aber noch an seinem Sturz. Er schloss er den Deckel wieder. Wie mechanisch bettete der Geiselnehmer den Kopf der Verletzten, eher verlegen als bewusst, auf den grünen Plastikkasten.

„Was soll ich tun?" Hilflos schaute er zum Fahrer hoch.

„Sie muss sofort zum Arzt", drängte Nortbrook. „Die Verletzte muss hier raus!"

Der Blick des Entführers ging an Nortbrook vorbei. So, als ob er ihn nicht verstanden hätte.

„Hören Sie nicht? Sie müssen einen Arzt rufen. Michael! Bitte!" Der Fahrer hatte das letzte Wort nur noch verzweifelt geflüstert.

Endlich reagierte der Mann. „Geben Sie mir diesen Polizisten."

SEK-Leiter Wulff war inzwischen zur Lagebesprechung in der Einsatzzentrale eingetroffen. Die Männer hatten dort zwei Tische zusammengeschoben und man hatte Platz genommen.

„Ich werde alles einmal zusammenfassen", begann Hauptkommissar Schimick. „Mindestens zwei Männer entführen den Schülerbus. Sie kommen mit fast bewiesener Sicherheit aus der Ukraine und fordern Geld und Freilassung einer Politikerin. Der Bus wird von ihnen mittels Handgranaten und einer Bombe gegen Eindringen gesichert. Im Fahrzeug befinden sich achtzehn

Jugendliche. Die Entführer planen morgen mit einem genau definierten Flugzeugtyp in die Ukraine zu flüchten. Einer der mutmaßlichen Entführer wird dingfest gemacht. Er sitzt schon in Bremen bei der Vernehmung …"

„… hat aber bisher nichts zugegeben", warf Hiltmar ein. Schimi warf ihm einen strengen Blick zu, nickte aber dann. „Doch es scheint, die Beweise erhärten seine Teilnahme an dem Verbrechen. Welche Möglichkeiten gibt es also, die Sache vorzeitig abzuschließen? Erstens, wir warten bis morgen. Bis zu dem Zeitpunkt, an dem die Entführer – sollten wir nicht den Richtigen haben – Deutschland mit dem Geld verlassen wollen. Wenn also nichts schiefgeht – und es darf nichts schiefgehen – wird alles ohne Blutvergießen ablaufen."

„Was ist mit dieser Politikerin?", fragte Petermann.

„Das würde ich so lange hinauszögern, wie es geht. Gegebenenfalls können wir über das Radio eine falsche Information herausgeben."

Die anderen nickten.

„Zweitens, wir beenden das Ganze frühzeitig. Kollege Wulff, wie sehen Sie das?"

Wulff hatte sich seinen Stuhl zurechtgerückt und den Körper aufgerichtet. „Es scheint ja im Bus nur einen Entführer zu geben. Ein gezielter Schuss und der Mann ist gefechtsunfähig. Doch diese kindische Verkleidung macht es uns verdammt schwer. Es gibt keine hundertprozentige Sicherheit, den Richtigen zu treffen. Er wechselt sehr geschickt mit den Jugendlichen die

Position. Das Fahrzeug selbst gibt, was das Eindringen angeht, keinerlei Spielraum. Die Türen sind wegen der Handgranaten tabu und sicher zusätzlich von innen verriegelt. Über sonstige Einstiege verfügt das Fahrzeug nicht. Der Bus hat auch keinen Gepäckraum. Es handelt sich um eine Niederflurbus, also unter dem Boden befindet sich direkt der Rasen. Es gibt keine Luke oben und auch keine unten. Wir könnten die Scheiben zertrümmern, Nebel einbringen und in das Fahrzeug eindringen. Doch auch wenn der Entführer innerhalb weniger Augenblicke von meinen Männern erkannt werden sollte, so hätte er ja immer noch die Möglichkeit, diesen Knopf zu drücken. Sie wissen, was das heißt."

„Glauben Sie denn an diese Bombe?", fragte Schimick.

„Wir haben, bis auf die Aussage des Jungen, keinerlei gesicherten Informationen darüber."

„Warum sollte Sebastian lügen? In unserer Lage müssen wir den Worten des Jungen unbedingt Glauben schenken."

„Und wie sehen Sie die Zugriffs-Chancen bei der Geldübergabe, respektive der Fahrt nach Bremen?", wollte Schimick wissen.

„Besser – eindeutig besser", sagte Wulff. „Es wird wieder heller Tag sein, der Entführer ist müde, abgelenkt. Der Bus ist in Bewegung und einige Fenster werden zwangsläufig von der bisherigen Beklebung, beziehungsweise Verdunkelung, befreit sein müssen.

Alternativ besteht noch die Möglichkeit, am Airport zuzugreifen. Die Schwachstelle ist oft der Weg aus dem Geiselfahrzeug zum Fluchtfahrzeug. Also in dem Fall vom Bus zur Cessna."

„Das klingt danach, als sei es besser, heute Nacht nichts mehr zu …"

„Polizei, kommen!", unterbrach eine Stimme aus dem Funkgerät.

Sandra Holz sprang als Erste auf und rannte zum Mikrofon. Sie schaute fragend zu Hauptkommissar Schimick. Als der nickte, sagte sie: „Ja, was gibt es?"

Es war der Entführer selber. Er zögerte, war wohl erst etwas erstaunt, die weibliche Stimme zu hören, dann: „Ich musste eine Schülerin bestrafen. Sie hat meine Befehle ignoriert und das kann ich nicht zulassen. Ich musste sie hart bestrafen. Auch, um den anderen Geiseln begreiflich zu machen, dass hier bedingungsloser Gehorsam herrscht. Die Verletzte kann den Bus verlassen."

Man hörte an der Stimme, dass der Sprecher seine Aufregung verbergen wollte. Doch sein schneller Atem und die zittrig hervorgepressten Worte verrieten, dass er die Situation nicht so locker nahm, wie er vorgab.

„Wie schwer ist das Mädchen verletzt?"

„Ich denke, schwer. Sie hat eine Verletzung am Kopf und ist nicht ansprechbar. Doch wie gesagt, sie hat es nicht anders gewollt und so wird es allen ergehen, die nicht gehorchen." Der Entführer hatte sich wieder gefangen, man hörte es ihm an.

„Soll ich einen Arzt in den Bus schicken?", fragte die Kommissarin.

„Nein, natürlich nicht! Sie können die Verletzte am Beifahrerfenster in Empfang nehmen. Sie alleine werden kommen. Keine Waffen, nur Sie alleine. Wenn die Kleine auf dem Rasen liegt, kann Ihnen noch ein Mann tragen helfen. Aber unbekleidet bis auf die Unterhose. Und Sie auch."

„Was? Ich soll nur mit einer Unterhose bekleidet über das ganze Spielfeld zum Bus laufen? Unter Flutlicht?!"

„Büstenhalter und kurze Hose", gab der Entführer nach. „Oder auch Badeanzug, ist mir egal. Sie haben fünf Minuten. Dann ist die Kleine draußen. Oder sie bleibt bis Bremen. Wie ist Ihr Name?"

„Sandra Holz."

„Gut, Sandra, ich sehe Sie beide gleich über das Spielfeld laufen."

Die Kommissarin haderte noch mit der peinlichen Situation, die ihr da bevorstand. Wo sollte sie hier auf die Schnelle einen Badeanzug herbekommen? Vielleicht Trikots und Fußballschuhe, aber einen Bikini? Aber egal. Jetzt waren Scham und Verlegenheit fehl am Platz. Die Gesundheit der Schülerin stand im Vordergrund. Sie blickte zu Argenberg rüber. „Ausziehen, Kollege – wir haben wenig Zeit."

Als auch Schimick zustimmend nickte, schälte sich Argenberg unverzüglich aus Hose und Shirt. Sandra entkleidete sich unter den Blicken der Männer bis auf String-Tanga und Bluse. Darunter trug sie einen Büstenhalter. Ihr Herz schlug heftig. Sandra Holz mochte es nicht, fast unbekleidet in der Öffentlichkeit herumzulaufen. FKK lehnte sie generell ab. Gegen Sauna hatte sie eigentlich keine Einwände, aber nur zusammen mit Frauen. Gemischte Sauna ging gar nicht. Und nun hier so ein Strip vor den Kollegen ... Obwohl, figürlich gab es sicher keine Beanstandungen. Sie musste lachen – eher verlegen – und die ebenfalls etwas verlegen dreinschauenden Kollegen entspannten die Mienen zu einem erleichterten Grinsen. Die Kommissarin trat aus der Tür auf die Terrasse. Sie schaute kurz zu ihrem fast nackten Kollegen, der ihr gefolgt war. Sandra knöpfte die Bluse auf und warf das Kleidungsstück hinter sich.

Anna-Lena saß relativ weit vorne im Bus und hatte aus nächster Nähe miterlebt, wie ihre Mitschülerin plötzlich ausrastete. Sie hatte vor Schreck das Weiteratmen vergessen und erst als das Mädchen auf dem Boden lag, meldete sich der Reflex wieder bei der Sechzehnjährigen. Mit einem lauten Seufzer nahm sie die fehlende Atemluft wieder in ihre Lungen auf. Die Blonde aus der Parallelklasse musste nach dem Kampf mit dem Entführer schwer verletzt sein. Zumindest lag sie regungslos auf dem Gang. Wie Sonnkamp vor wenigen Stunden, erinnerte sich Anna-Lena. Ihr schossen Tränen in die Augen, aber sie versuchte, sich wieder in den Griff zu bekommen.

Das Gespräch zwischen der Einsatzzentrale und dem Entführer konnte sie von ihrem Platz aus relativ gut verstehen. Sie begann für die Mitschülerin zu beten. Insgeheim hoffte Anna-Lena, dass es nach diesem Unglücksfall eine positive Wende in der verfahrenen Sache geben würde.

Plötzlich stand der Entführer vor ihr. So schnell, dass sie ihn nicht bemerkt hatte. „Du wirst deiner verletzten Freundin helfen und sie nach draußen schieben."

Reflexartig wollte Anna-Lena sagen: Das ist nicht meine Freundin. Dann ließ sie es. Der Entführer löste bereits ihre Handfessel. Vorne, durch den Spalt unterhalb der Frontscheibe, sah Anna-Lena eine Frau in BH und Tanga und in geringem Abstand dahinter einen nur mit Unterhose bekleideten Mann über den Platz rennen. Das Flutlicht rund um den Bus ließ die Beamten aussehen wie laufende Schaufensterpuppen. Die beiden machten einen großen Schlenker um die Front des Busses herum, und die Frau kam beim verdunkelten Fahrerfenster zum Stehen. Der halbnackte Mann verharrte einige Meter dahinter. Ein Anblick wie in einer Comedy-Show, dachte Anna-Lena. Doch ihr war nicht zum Lachen zumute.

„Rollo hoch, und das Fenster runter!", fauchte der Entführer den Fahrer an. Nortbrook schob sofort den Sonnenschutz nach oben. Dann drückte er einen seitlichen Knopf, und langsam senkte sich die Scheibe, bis sie nur noch wenige Zentimeter aus dem Rahmen stand.

„Und nun schieb das Mädchen zum Fahrer." Der Russe hatte erneut zu Anna-Lena gesprochen.

Anna-Lena hatte in einem Rot-Kreuz-Kurs das Tragen von Verletzten einmal geübt, aber wie man es anstellte, war ihr längst entfallen. Instinktiv griff sie die bewegungslose Schülerin bei den Schultern und versuchte sie anzuheben. Es gelang ein wenig, und voller Ehrgeiz begann sie zu ziehen. Doch der Körper bewegte sich keinen Zentimeter. Es war, als sei er am Boden angeklebt. Ihr Atem ging schnell und verzweifelt schaute sie nach oben zum Entführer. Der sprang auf sie zu, und sie erschrak und ließ die Blonde los. Doch der Mann stoppte in seiner Bewegung, drehte sich um und schnitt zwei Mädchen die Kabelbinder auf. „Helft ihr, aber schnell!", zischte er böse. Gemeinsam schafften sie es, die Verletzte bis ganz nach vorne zu ziehen. Aber das Hochheben machte ihnen große Probleme. Erst als der Entführer von hinten an den Beinen half, gelang es ihnen irgendwie, die Schultern der Blonden auf den Fahrertresen zu wuchten. Die Augen der Verletzten waren geschlossen und hinten fühlte Anna-Lena etwas Feuchtes am Kopf des Mädchens. Ihr war sofort klar, es musste sich um Blut handeln. Sie schauderte, ließ sich jedoch nicht beirren, und da nun auch der Busfahrer sie mit seiner freien Hand so gut es ging unterstützte, bekamen sie den Körper in die Horizontale. So vorsichtig wie möglich schoben sie die Verletzte gemeinsam über das Lenkrad Richtung Fenster. Nortbrook hatte seinen gefesselten Arm etwas gekrümmt, so dass die Schülerin bequemer darauf lag. Zentimeter für Zentimeter schoben sie den Körper Richtung Fensteröffnung.

Der Entführer ließ nun die Beine des Mädchens los und hieß eine der Jugendlichen, dort anzupacken. Dann trat er zurück und schaute sich die Aktion aus sicherer Entfernung an. Nortbrook registrierte, dass der Russe noch immer am ganzen Körper zitterte.

Endlich hatten Nortbrook und die Schülerinnen es gemeinsam geschafft, den Körper des Mädchens ein wenig nach draußen zu bewegen. Die halbnackte Frau am Fenster konnte die Verletzte nun an den Schultern greifen. Sie schützte deren Kopf durch ihre Oberarme und half, das Mädchen aus dem Bus zu befördern.

„Argenberg, hilf!", schrie Sandra Holz, als das gesamte Gewicht des Mädchens auf ihre Unterarme sackte. Der Kollege sprang sofort herbei und packte mit an. Zu zweit zogen sie die Schülerin vollständig aus dem Fenster und legten sie sanft auf dem Rasen ab.

„Fenster zu, Rollo sofort runter. Und alle wieder hinsetzten." Der Entführer hatte sich wieder gefangen. Auch sein Zittern war abgeklungen. Er gab lautstark seine Anweisungen.

Der Busfahrer und die Mädchen gehorchten. Durch einen Spalt sahen sie noch, wie sich die beiden halbnackten Kriminalpolizisten abmühten, die Verletzte zum Vereinsgebäude zu schleppen. Dort war inzwischen ein Rettungsteam mit einer Trage aufgetaucht.

KAPITEL 12

Anna-Lenas Vater hatte seine Frau nicht zu Hause angetroffen. Isolde Bruns hatte ihm eine SMS geschrieben, sie sei noch mit einer Freundin eine Kleinigkeit essen. Ihr Ehemann sprach sich mit dem wartenden Arzt ab und der hatte zur Sicherheit ein leichtes Beruhigungsmittel dagelassen. Dann hatte Bruns ihn wieder weggeschickt. Bruns suchte unter seinen Visitenkarten die des Polizeipräsidenten Dreling. Schließlich fand er sie in der Schublade eines Beistelltisches. Zum Glück war auch die Handynummer des Beamten angegeben. Und tatsächlich meldete sich nach dem vierten Klingeln eine Stimme.

„Ja, hallo?"

„Rik, bist du das?"

„Ja, hier Rik Dreling, wer ist da?"

Erleichtert, ihn erreicht zu haben, erklärte Bruns dem Bekannten die missliche Lage.

„Ich bin im Bilde, was die Entführung angeht, Eiken", sagte Dreling. „Meine Kollegen haben es mir mitgeteilt und das ist gut so. Ich muss zwar noch bis Sonntag hier in Bad Wörrishofen bleiben, trotzdem war es richtig von ihnen, mich zu informieren. Ich kann deine Ängste um die Tochter nur zu gut verstehen. Aber deine Gattin

163

und auch du, ihr solltet meinen Mitarbeitern vertrauen. Hauptkommissar Schimick ist ein erfahrener Kriminalbeamter. Ich würde meine Kinder jederzeit seiner Obhut überlassen." Diese Aussage beruhigte Bruns etwas. Genau so wollte er es dann auch seiner Ehefrau erklären. „Danke, Rik, ich weiß das zu schätzen."

„Kein Problem. Es wird alles gut gehen." Damit beendeten die Männer das Gespräch.

Völlig außer Atem und schweißgebadet waren Sandra Holz und ihr Kollege Kommissar Argenberg mit dem Mädchen beim Vereinsheim angekommen. Der Notarzt und die Rettungssanitäter hatten ihnen die Verletzte sofort abgenommen und die entsprechenden Maßnahmen eingeleitet.

Die Kommissarin hatte sich sofort die Bluse wieder übergestreift. Mit hochrotem Kopf und prustend stand sie an die Wand des Vereinsgebäudes gelehnt. Nach einigen Minuten trat sie ins Innere und vervollständigte ihre Bekleidung.

Auch Kommissar Wulff war hinzugekommen. Die Stimmung in der Einsatzzentrale war gedrückt.

Petermann fand als Erster wieder Worte: „Ich gehe davon aus, die Kleine kommt durch. Hat schon jemand ihre Eltern informiert?" Alle schüttelten die Köpfe. „Dann werde ich das übernehmen. Sie sind sicher drüben." Petermann ging zur Tür.

„Wir sollten etwas tun, Kollege Schimick", meinte der Leiter des SEK erregt.

Der Hauptkommissar schüttelte den Kopf. „Ruhig bleiben. Ich glaube nicht, dass die Sache mit diesem Mädchen vom Entführer beabsichtigt war."

„Aber er sprach von Bestrafung", meinte Wulff trotzig. Schimick schüttelte den Kopf. „Der Arzt vermutet, dass die Verletzung des Mädchens von einem Sturz herrührt.

Also könnte es auch ein Unfall gewesen sein."

„Oder der Schlag mit einer Pistole." Kommissar Wulff war resigniert aufgestanden.

Der Hauptkommissar machte dem Gespräch ein Ende:

„Also kein Zugriff. Haben Sie verstanden? Wir warten bis zur Geldübergabe morgen früh und entscheiden dann neu."

Wulff zuckte mit den Schultern und verschwand mit gerötetem Gesicht durch die Tür. Er wäre fast mit dem Notarzt zusammengestoßen, der im selben Moment die Einsatzzentrale betrat.

„Es handelt sich tatsächlich um einen offenen Schädelbasisbruch. Das Mädchen wird nach Kreyenbrück gebracht und muss sofort operiert werden."

„Wird sie durchkommen?" Sandra Holz wollte das wissen.

„Kann man nicht sagen. Die Verletzung ist sehr schwer. Um Traumata oder Hirnverletzungen zu vermeiden, wird man sie ins Koma versetzten. Danach muss man hoffen. Spätfolgen gibt es, wenn es sich um eine einfache Schädelfraktur handelt, eigentlich nicht.

Aber da müssen wir abwarten, was die Kollegen im Klinikum feststellen."

Die Beamten waren etwas erleichtert. Es schien, dass die Verletzte gute Überlebenschancen hatte.

Der Entführer war nach diesem Zwischenfall entkräftet hinter Nortbrook auf den Sitz gefallen. Er atmete schwer und stöhnte hin und wieder. Der Fahrer bekam langsam Angst. Ihrer aller Schicksal war von diesem Mann abhängig, und Nortbrook war durchaus nicht sicher, ob dessen momentaner Zustand für sie nachteilige Folgen haben würde. Er drehte den Kopf und schaute durch die getönte Glasscheibe, die sie trennte. „Geht es Ihnen gut, Michael?" Erst nach einer Weile kam die Antwort. „Ja, alles in Ordnung. Es geht schon wieder. Was meinen Sie, wird das Mädchen überleben?"

Der Busfahrer hatte keine Ahnung. „Bestimmt!", flüsterte er und legte so viel Zuversicht in das Wort, wie er nur konnte.

Der Entführer setzte sich etwas quer, um besser mit Nortbrook reden zu können. „Haben Sie auch Kinder?"

„Wir haben …", der Busfahrer korrigierte sich, „… wir hatten einen Sohn."

„Was ist denn mit ihm passiert?"

Nortbrook nahm alle Kräfte zusammen und antwortete: „Er starb vor zwanzig Jahren bei einem Verkehrsunfall." Eine Weile war Schweigen. Hinten schluchzte leise ein Mädchen. Ein anderes hustete leicht hysterisch.

„Das tut mir leid", sagte der Russe schließlich. „Wie alt ist er geworden?"

„Neunzehn."

„Das ist schlimm. Ich habe auch ein Kind verloren. Eine Tochter. Sie starb bei einem Flugzeugabsturz."

„In Russland? Sie sind doch aus Russland?"

„Ja, ich bin aus Russland. Aber sie starb hier in Deutschland."

Nortbrook schwieg. Er wollte mit seiner Fragerei nicht übertreiben.

„Ich habe das nicht gewollt …", hörte Nortbrook Michael hinter sich flüstern. Es klang fast weinerlich, aber das konnte doch eigentlich nicht sein.

„Wie bitte …?"

„Anastasia war fünfzehn, als sie vor zehn Jahren starb. Meine kleine Nastjenka. Unser Sonnenschein."

„Das tut mir leid." Der Fahrer hatte sich so weit wie möglich aus seiner Kabine zum Entführer gebeugt. „Unsere Kinder hatten noch ihr ganzes Leben vor sich."

„War der Sohn Ihr einziges Kind?", fragte der Russe.

„Ja. Danach war nichts mehr wie vorher." Der Busfahrer dachte an seine trauernde Frau und vergaß völlig, in welcher Situation er sich befand. „Ist Ihre Anastasia hier in Deutschland beerdigt?"

„Nein, in Ufa."

„Aber Sie haben noch weitere Kinder?"

„Ja, noch drei, zwei Mädchen und …" Der Entführer machte eine lange Pause. „Und Eduard."

„Dann sind Sie und ihre Frau sicher stolz auf ihre Kinder?"

„Meine Frau ist gesundheitlich am Ende. Aber was erzähle ich da … Halten Sie … Halte den Mund." Die Freundlichkeit des Entführers war wieder in eisige Kälte umgeschlagen. „Das geht dich doch gar nichts an. Du sitzt hier in diesem reichen Land und eure Kinder sterben an Motorradunfällen, während unsere in Armut fast verhungern. Du machst dir Gedanken, in welchen Kontinent dein nächster Urlaub geht. Während wir nicht wissen …" Er brach den Satz plötzlich ab.

Nortbrook schwieg. Er traute sich nicht mehr, dem Mann etwas zu entgegnen. Der Fahrer drehte sich vorsichtig wieder zurück in die bequemere Sitzposition. Beide Handgelenke schmerzten inzwischen.

Der Entführer war aufgestanden und begann – ohne weiteren Kommentar – die Jugendlichen umzusetzen.

Anna-Lena hatte während des kurzen und emotionalen Gesprächs zwischen Entführer und Fahrer seitlich versetzt von ihnen gesessen. Sie hatte sich schlafend gestellt. Wollte nicht, dass der Mann mitbekam, dass sie lauschte. Nun war sie wieder an der Reihe, eine neue Sitzposition einzunehmen. Der Russe löste ihre Fessel und setzte sie dieses Mal nach hinten. Auf den Fensterplatz links von Sebastian. Endlich konnte sie wieder ihren Freund sehen. Der Entführer saß nun wieder vorne. Seitlich vom Fahrer und den Blick aus zum Fenster, Richtung Vereinsgebäude gewandt.

Sebastian ihr flüsterte zu: „Ich bin stolz auf dich."

„Was? Warum das?"

„Wahrscheinlich hast du dem Mädchen das Leben gerettet."

„Quatsch." Davon wollte Anna-Lena lieber nichts wissen. „Basti, der Entführer hat erzählt, dass er eine Tochter verloren hat. Sie hieß Anastasia."

„Echt? Wie das?"

„Bei einem Flugzeugabsturz. Irgendwo an einem Ufer."

„Der meinte sicher bei einem Absturz im Meer? Achtung, er schaut in unsere Richtung."

Der Kopf des Mannes war in Bewegung und sie warteten ab, bis er sich wieder abwandte. Dann flüsterte Sebastian: „Bist du sicher, dass er von einem Ufer geredet hat?"

„Natürlich! Und er hat dem Fahrer bestätigt, dass er aus Russland stammt."

Sebastian schwieg und dachte nach. Ob diese neuen Erkenntnisse den Kriminalbeamten etwas nutzen würden? Vielleicht konnten die daraus etwas kombinieren.

Sein Handy hatte nur noch wenig Akkuleistung, aber die wollte der Junge sinnvoll nutzen.

Polizeioberrat Petermann hatte eine Presseerklärung vorbereitet. „Schimi, Sie gehen mit. Wir haben um dreiundzwanzig Uhr einen Termin mit der Presse."

Schimick schaute auf die Uhr. Das war schon in zehn Minuten. „Sandra, Sie übernehmen hier. Wir werden nur kurz weg sein." Die beiden Männer verließen das Vereinsheim.

Die Kommissarin war total übermüdet. Sie hatte gehofft, in Schichten schlafen zu können. Zumindest zwei oder drei Stunden. Der morgige Tag würde sie extrem fordern. Da sollten alle hier ausgeschlafen sein. „Argenberg, was halten Sie davon, wenn Sie sich oben ein wenig hinlegen? Dann können Sie vielleicht in der Nacht den Kollegen Hiltmar ablösen."

Erfreut nickte der Beamte, zog seine Jacke über und verabschiedete sich von den beiden Kollegen. „Werde so gegen drei Uhr zurück sein."

Die Kommissarin winkte ihm nach.

Was war das für ein Geräusch? Es klang wie ein Surren. Sandra Holz schaute sich um. Ein Handy? Richtig, das Mobilfunkgerät von Herrn Frohnau vor ihr auf dem Tisch vibrierte. Wieso klingelte es nicht? Hatte es Schimi lautlos gestellt? Aber warum? Das Handy war doch die einzige Verbindung zu den Geiseln im Bus. Sie drückte schnell den Knopf, um das Gespräch anzunehmen. „Hallo, Sebastian, ich bin Sandra Holz von der Kripo."

Leise kam es aus dem Lautsprecher des Mobilfunkgeräts: „Sind Sie die im String?"

Die Kommissarin musste kurz überlegen, was er meinte. Dann errötete sie. „Ja", sagte sie und lachte. „Ich war die Frau, die halbnackt über den Platz rannte."

„Coole Nummer!"

„Danke, Sebastian. Gibt es etwas Neues? Aber bitte bring dich nicht in Gefahr."

„Anna-Lena hat gehört, dass der Entführer eine Tochter hatte, Anastasia. Sie muss bei einem Flugzeugabsturz ums Leben gekommen sein. An irgendeinem Ufer. Und der Typ ist definitiv aus Russland."

„Prima, das sind Informationen, die wir gut brauchen können. Wenn es sonst nichts gibt, hör besser auf zu sprechen."

„Wird eh das letzte Gespräch sein, der Akku ..." Die Verbindung war wieder abgebrochen.

„Nichts, was die Sache gefährdet, soll nach außen dringen", wies Petermann den Hauptkommissar schon auf dem Weg zur Pressekonferenz im *Frisbee* ein. „Schimi, das Landeskriminalamt hat mir genaue Vorgaben über den Ablauf der Geiselnahme gemacht. Ich wollte dies nicht drinnen ..." Er wies mit dem Kopf zurück zum Vereinsgebäude, „... erzählen. Also: Die Ukraine scheint kurz davor, einen Antrag auf EU-Mitgliedschaft in Brüssel zu stellen. Das Land sei, so der Staatssekretär, weit davon entfernt, die Beitrittskriterien zu erfüllen. Aber es befindet sich unzweifelhaft in der Mitte Europas und könnte sich auf den Artikel 49 des EU-Vertrages beziehen. Und was die Achtung der Menschenwürde, Demokratie, Freiheit, Gleichheit, Rechtsstaatlichkeit und die Wahrung der Menschenrechte, einschließlich der Rechte der Personen, die Minderheiten angehören, angeht ..." Petermann war stehen geblieben und machte eine Atempause. „... also, da ist die Ukraine noch nicht so weit. Laut Staatssekretär ist der Transformationsprozess ins Stocken geraten. Und seit Wiktor Janukowitsch 2010 Präsident wurde, ist eher von Rückschritten die Rede als von Fortschritten. Das Verhältnis zwischen der Ukraine und Europa ist, salopp gesagt, etwas angespannt und soll nicht durch unsere Regierung noch mehr beeinträchtigt werden. – Doch vielleicht führt das zu weit, Kollege", unterbrach er sich.

„Also, Fakt ist: Die Bundesregierung wird die Ukraine über das Geschehen hier überhaupt nicht informieren."

Hauptkommissar Schimick stemmte die Fäuste in die Hüften. „Das heißt, man lässt uns hier im Stich?!"

„Diese Aussage ist zu hart, Kollege. Nennen wir es politisches Roulette. Doch hier wurde von vornherein die Möglichkeit eines Gewinnes ausgeschlossen." Petermann fand den Vergleich lustig und musste lachen.

„Ich finde nicht, Chef, dass die Situation zum Lachen ist."

„Nun bleiben Sie mal locker, Hauptkommissar Schimick!"

Der Hauptkommissar schwieg, wandte sich ab und ging weiter. Polizeioberrat Petermann beeilte sich, zu ihm aufzuschließen.

Vor der Presse bemühten sie sich, nur Belangloses zu erzählen. Den Fragen der Journalisten wichen sie geschickt aus.

Die Kommissarin hatte die Infos aufgeschrieben: *Tochter Anastasia, Flugzeugabsturz. Am Ufer oder am Meer. Entführer ist Russe.* Brachte sie das weiter?

Die Pressekonferenz war inzwischen zu Ende. Schimi und sein Chef betraten wieder die Einsatzzentrale.

„Schimi, der Junge aus dem Bus hat angerufen!", rief Sandra, froh, eine gute Nachricht überbringen zu können. Doch der Hauptkommissar schaute nicht gerade begeistert. „Ich wollte doch nicht, dass jemand an das Handy geht." Er klang verärgert.

Sandra Holz war etwas perplex. So kannte sie Schimi gar nicht. Ob das mit der Pressekonferenz zu tun hatte? Sie versuchte seine miese Laune zu ignorieren.

Und Schimick zeigte sich auch gleich wieder weniger schlecht gestimmt: „Wollte nur nicht, dass der Junge sich selbst gefährdet." Er schaute auf den Zettel vor sich:

„Tochter Anastasia, Flugzeugabsturz am Ufer. Das bringt uns ja nicht wirklich weiter. Und dass der Mann Russe ist, wissen wir längst."

Die Kommissarin war nun doch sauer auf den Kollegen. Warum war er so geladen? Auch eher unkooperativ. Machte irgendwie sein eigenes Ding. Andererseits hatte sie keinerlei Erfahrungen mit derartigen Kapitalverbrechen. Wahrscheinlich setzte ihn das Ganze hier sehr unter Druck.

Und außerdem schlief sie auch schon fast ein.

„Hölzchen?" Schimick schien wieder der Alte. Ihm war der müde Blick der Kollegin nicht entgangen. „Du fährst jetzt nach Hause und bist um sechs Uhr in der Früh wieder da. Oben ist, was Schlafplätze angeht, alles belegt. Und du willst ja nicht auf dem Spielfeld schlafen. Also bis morgen. Das ist ein Befehl."

Der Einsatzleiter musste es nicht zweimal sagen. Die Kommissarin stand auf, verabschiedete sich von den Kollegen und ließ sich von einem Streifenwagen zur Siebenbürger Straße bringen.

Ihre Mutter war noch wach, als die Tochter kurz vor Mitternacht zu Hause eintraf. „Meine Sandra mitten in einer Geiselnahme. Ich bin so stolz."

Sandra glaubte nicht so recht an diesen Stolz. Sie kannte ihre Mutter, die hatte sicherlich eine Riesenangst um ihr einziges Kind, wollte Sandra aber nicht damit belasten

„Mama, übertreib nicht. Das ist keine Ein-Mann-Show, sondern Teamwork. Jeder von den Kollegen bemüht sich, das zu tun, was man ihm für solche Situationen beigebracht hat."

Sandra Holz wurde exakt um vier Uhr dreißig durch die Titelmelodie von *Mission Impossible* geweckt. Den US-Agententhriller von Regisseur Brian De Palma aus dem Jahre 1996 fand sie toll und so hatte sie sich den Klingelton vor einiger Zeit heruntergeladen.

Geschlafen hatte Sandra in den vergangenen vier Stunden wenig. Zumindest kam es ihr so vor. Irgendwann in der Nacht hatte sie von einem Flugzeugabsturz geträumt. Eine Maschine war in einen See gestürzt und Jugendliche schwammen im Wasser. Sie drohten zu ertrinken, riefen in deutscher und russischer Sprache um Hilfe und rissen ihre Arme hoch. Die Kommissarin schwamm im Traum mittendrin, verzweifelt, weil sie sich nicht entscheiden konnte, wen sie zuerst retten sollte.

Sandra Holz duschte schnell, aß ihr Lieblingsmüsli und bemühte sich, leise zu sein. Die gut gemeinten, aber oft nervigen Kommentare ihrer Mutter konnte sie um diese Zeit noch nicht brauchen. Sie hatte Glück, Charlotte Holz wachte nicht auf. Sicher hatte sie, um nach der Aufregung einschlafen zu können, eine Schlaftablette eingenommen. Um vier Uhr fünfundfünfzig nahm Sandra einen letzten Schluck Kaffee und zog ihre Jacke an. Draußen war es noch dunkel, aber der Beginn der Dämmerung war zu erkennen. Die Kommissarin genoss den frühen Spaziergang an den kleinen Reihenhäusern der Nachbarn und den Garagen vorbei bis zur Siebenbürger Straße. Kein Mensch begegnete ihr. Das war auch gut so. Ihr war klar, jeder hier kannte sie und würde sofort nach Informationen
über die Busentführung fragen.

An der Siebenbürger Straße stand wie abgesprochen der Polizeiwagen, und der uniformierte Kollege begrüßte sie freundlich.

„Danke, dass Sie mich abholen. Nicht, dass ich faul bin, aber am Dwaschweg ist, was Fahrzeuge angeht, schon genug los. Da muss mein Mini nicht auch noch in erster Reihe stehen."

Der Kollege nickte verständnisvoll und fuhr los.

Kapitel 13

Auch die Jugendlichen im Bus hatten in der Nacht wenig Schlaf bekommen. Der ständige Plätzetausch hatte es verhindert, ebenso wie ihre angebundenen Handgelenke. Auch Sebastian hatte zweimal den Platz wechseln müssen. Dem Entführer war dabei immer noch nicht aufgefallen, dass Sebastian kein Mädchen war. Das war auch Sebastians Schauspielerei zu verdanken. Der Junge hatte einmal, als ihn der Entführer nach seinem Alter gefragt hatte, mit weiblich verstellter Stimme „Sechzehn" gesagt. Außerdem hatte er Mütze und Schal im Gesicht fast zusammengeschoben.

„Wie ein Beduine siehst du aus", hatte Anna-Lena gefrotzelt.

Es hatte bislang keine weiteren Zwischenfälle gegeben. Die Schülerinnen hatten sich zusammengerollt und die kalte Nacht mehr oder weniger gut überstanden. Nur hier und da war ein Wimmern oder ein Stöhnen zu hören.

Inzwischen war es kurz vor sechs Uhr morgens. Der Entführer saß nun ganz hinten auf der Bank. Er hatte in der Nacht die beiden Dosen des Energy-Drinks geleert. Sebastian hatte es beobachtet. Der Mann schien aber bisher nichts gegessen zu haben. Ansonsten hatte der Russe sich wenig gerührt und auch kein Wort gesprochen.

Auch Nortbrook hatte wenig geschlafen. Die starre Sitzposition und die stetigen Geräusche beim Tausch der Plätze hinter ihm hatten ihn wach gehalten. Gegen zwei Uhr morgens hatte er sich ein Putztuch zwischen das Metall der Fessel und das schmerzende Handgelenk geschoben und so hatte er es dann fertiggebracht, doch etwas zu ruhen. Überhaupt brauchte man in seinem Alter nicht mehr so viel Schlaf. Zu Hause ging er meist erst gegen ein Uhr nachts ins Bett und vor sechs in der Früh schlug er schon wieder die Augen auf.

Nortbrook hatte in den letzten Stunden viel nachgedacht. Überwiegend über seine Ehefrau. Sie litt jetzt sicher sehr unter der Ungewissheit, ob ihr Mann gesund zurückkam. Seit dem Tod des Jungen waren sie zusammengewachsen. Zwar eher wie Bruder und Schwester, aber doch im Kummer vereint.

Außerdem hatte Josef Nortbrook gebetet heute Nacht. Er hatte das Gefühl, dass hier im Bus sehr viel gebetet worden war in den letzten Stunden.

Eiken Bruns hatte seiner Frau inzwischen reinen Wein eingeschenkt. Das war schon am Abend kurz nach einundzwanzig Uhr geschehen, als sie nach Hause gekommen und als Erstes in die kleine Wohnung der Tochter gelaufen war, um Anna-Lena zu begrüßen. Er hatte sie gebeten, sich auf das Bett von Anna-Lena zu setzen. Und dann hatte Bruns ihr, so sachlich es ging und stets bemüht, ihr dabei seine Ängste zu verbergen, von der Entführung berichtet. Noch bevor er vom beruhigenden Gespräch mit dem Polizeipräsidenten erzählen konnte, war Isolde ohnmächtig zusammengesunken. Bruns hatte sofort den Notarzt angerufen. Er hatte Dr. Rethmeier nicht schon wieder belästigen wollen. Wer wusste schon, wann er ihn wieder brauchte. Der Notarzt hatte Isolde Bruns ein starkes Mittel gespritzt, und sie war daraufhin sofort eingeschlafen.

Im Gegensatz zu ihrem Ehemann. Der hatte die Nacht am Schreibtisch verbracht. Gegen drei Uhr hatte er seinen Personalchef aus dem Bett geholt und ihn um die Unterlagen dieses verunglückten jungen Studenten gebeten. Der Angestellte von Bruns war allerhand gewohnt und schlaftrunken, doch ohne Nachfrage sofort mit den Akten erschienen.

Der Ordner war nicht besonders dick. Kein Wunder, der junge Mann war ja auch kaum zwei Wochen bei ihnen gewesen bis zu diesem bedauerlichen Unglücksfall.

Der Student, so las Bruns in den Papieren, hieß Eduard Timofejew. Er hatte damals Sportwissenschaften in Oldenburg studiert, dem Namen nach schien er aber Russe zu sein. Sicher ein Deutsch-Russe, dachte Bruns. Seit dem Mauerfall waren ja Hunderttausende in der Bundesrepublik aufgetaucht.

Die Vernehmungsprotokolle der Polizei vom 16. November 2011 waren auch in der Akte. Bruns hatte sie über Beziehungen bekommen. Sicher ist sicher, hatte er damals gedacht. In den Protokollen wurde technisches

Versagen als Unfallursache angegeben. Der dreiundzwanzigjährige Timofejew war in dieser Nacht alleine auf der obersten Ebene eines Tiertransporters mit dem Entladen von Schweinen beschäftigt gewesen. Der zweite Mann, der laut Sicherheitsbestimmungen bei solchen Arbeiten dabei sein sollte, war zu dieser Zeit mit den Fahrzeugpapieren im Büro gewesen, um den Papierkram abzuwickeln. So hatte man es im Betrieb immer gehandhabt.

Zu Lüftungszwecken konnte man Schleusenklappen in der Fahrzeugdecke hydraulisch öffnen. Aus ungeklärter Ursache war eine dieser Klappen nach unten gefallen und hatte den jungen Studenten eingequetscht. Es hatte einige Minuten gedauert, bis man ihn gefunden und aus dieser misslichen Lage befreit hatte. So las es Bruns im Unfallbericht.

Er erinnerte sich, die regionalen Medien hatten über Missachtung von Sicherheitsbestimmungen im Schlachtbetrieb berichtet. Doch Bruns' Leute hatten, um ihre Firma aus der Schusslinie zu bringen, dem Studenten Manipulation am Fahrzeug zu unterstellen versucht. Sie stellten die Sache so dar, als habe der junge Mann versucht, die Klappe festzulegen, um so die Tiere schneller nach draußen befördern zu können. Man war damit aber nicht durchgekommen. Auch die Vernehmung des Fahrers, der zum Unfallzeitpunkt nicht dabei gewesen war, hatte schließlich keinerlei Mitschuld ergeben. Der Schlachtbetrieb war voll entlastet worden und die Sache zum Glück im Sande verlaufen.

Unterschrieben war das Vernehmungsprotokoll mit HK Schimick und gegengezeichnet von Polizeioberrat Petermann. Welch ein Zufall, dachte Bruns. Und nun sitzt dieser Schimick am Dwaschweg und sichert hoffentlich die Gesundheit unserer Kinder.

Er zog das nächste Papier aus dem Ordner. Es war der notärztliche Bericht von damals. Man hatte Verletzungen der Halswirbelsäule vermutet. Um den Studenten zu schonen, hatte der Arzt einen Rettungshubschrauber angefordert. Der hatte aber aufgrund der schlechten Sicht nicht auf dem Grundstück der Großschlachterei landen können. Bruns erinnerte sich: Wie jede Nacht waren auch damals die im Betrieb geschlachteten Schweine heiß abgebrüht worden. Das verursachte einen dichten, grauen Dunst, wusste Bruns. Der stand dann je nach Wind undurchdringlich über der Gemeinde Sandkrug. Man hatte damals gebeten, den Nachtbetrieb der Schlachterei einzustellen, um dem Hubschrauber die Landung zu ermöglichen. Bruns hatte abgelehnt. Keiner hätte ihm den Ausfall bezahlt.

Jetzt las er das alles mit schlechtem Gewissen. Auf einem Blatt einer Spezialklinik aus Baden-Württemberg war der Abschlußbericht verfasst: *Komplexe Verletzung des Rückenmarks der Halswirbelsäule. Mehrere Wirbelkörper gebrochen, Rückenmark geschwollen, Innenwand der Halsschlagader beschädigt. Aufgrund der verspäteten Anlieferung trotz zweimaliger Operation wenig Chance auf vollständige Heilung. Dauerhafte Querschnittslähmung.*

Bruns las nicht weiter. Er legte den Ordner zur Seite. Ob das mit Anna-Lena vielleicht eine Art Strafe Gottes war? Bruns begann zu beten: „Vater unser im Himmel …"

Oberkommissar Hiltmar saß allein am Schreibtisch, als Sandra Holz am Morgen wieder im Vereinsgebäude eintraf. „Wo ist Schimi?"

„Der hat sich vor einer Stunde oben hingelegt." Hiltmar zeigte mit dem Zeigefinger zum oberen Stockwerk.

„Gibt es etwas Neues?"

„Unverändert. Die spielten die ganze Nacht *Reise nach Jerusalem* im Bus. Ansonsten: kein Kontakt zum Entführer."

„Und der Junge?"

„Auch keine Nachricht. Dachte, sein Handy sei leer?"

„Stimmt!" Die Kommissarin zuckte mit den Schultern.

„Gibt es Nachricht vom Lösegeld und von der Bundesregierung, was die Freilassung dieser Politikerin angeht?"

„Das Geld scheint kein Problem zu sein. Soll gegen acht Uhr hier sein. Aber diese Frau Tymo …Tymoirgendwas …"

„Egal … Was ist mit ihr?"

„Petermann hatte heute Nacht noch ein langes Gespräch mit den Verantwortlichen im Landeskriminalamt. Die erklärten, man sehe im Außenministerium wohl keinerlei Chance, irgendetwas zu erreichen. Ich meine, was die Freilassung der Politikerin angeht."

Sandra Holz hatte es befürchtet. Der Versuch des Freipressens von politisch Inhaftierten war schon in den Siebzigern gängige Praxis gewesen. Aber wenn man sich die Zahlen derjenigen anschaute, die tatsächlich freigekommen waren, sah das recht trostlos aus. Sie hatte während des Studiums einiges darüber erfahren und erinnerte sich. „Vielleicht sind die Geiselnehmer ja auch nur mit dem Lösegeld zufrieden?"

Der Entführer war kurz vor sechs Uhr zu Nortbrook gekommen und hatte ihm gegenüber Platz genommen. Er hatte sich tief in der Bank versteckt und den Busfahrer aufgefordert, das Radio einzuschalten.

„Irgendeinen Musikwunsch?", fragte Nortbrook flapsig, bereute es jedoch sofort.

„Ich möchte die Nachrichten hören."

Nach kurzer Zeit wechselte der Radiosender von Popmusik zu den regionalen Nachrichten: *„Oldenburg. Bei einer Busentführung, die seit gestern im niedersächsischen Oldenburg andauert, wurde eine unbekannte Zahl von Schülerinnen von mehreren Männern als Geisel genommen. Die Geiselnehmer verlangen eine hohe Summe an Bargeld sowie die Freilassung einer in Haft befindlichen ukrainischen Politikerin. Genauere Informationen über Fluchtfahrzeuge und Aufenthaltsort liegen uns nicht vor.*

– Athen. Die griechische Regierung hat die Staatspleite …"

„Ausmachen!", herrschte der Entführer Nortbrook an. Der schaltete das Gerät ab. „Gib mir sofort die Polizei!"

Schimick war wieder unten in der Einsatzzentrale aufgetaucht. Er konnte nicht lange geschlafen haben. Trotzdem funkelten seine Augen wach und er roch schon wieder nach seinem Lieblingsduft. Er reckte sich und machte einige Kniebeugen. „Wie im *Vier Jahreszeiten* schläft es sich dort oben nicht", grinste er.

Letzten Monat hatte Schimi von einem Wochenende mit einer Freundin in Hamburg von einem Hotel dieser Kette geschwärmt. Knapp dreihundert Euro die Übernachtung. Etwas neidisch hatte Sandra seinen Erzählungen gelauscht.

„Gleich muss sich der Entführer melden", meinte sie.

„Was wollen wir ihm sagen?"

„Lass mich mal machen, Hölzchen. Kannst du mir einen Kaffee holen, sei so nett."

Die Kommissarin ging zur Theke, wo die Kollegen in zwei Thermoskannen Kaffee und Tee deponiert hatten, und schenkte Schimi eine Tasse ein.

„Schwarz wie die Nacht dunkel", rief er nach hinten.

„Ja, ich weiß!", rief sie etwas bockig zurück.

„Hallo, Polizei!" Der Entführer meldete sich.

„Ja, hier Schimick."

„Wie sieht es aus? Was ist mit dem Geld, den Münzen, und vor allem: Was ist mit der Freilassung von Frau Tymoschenko?"

„Also, eigentlich läuft alles gut", sagte Schimick. „Wir hatten heute Nacht Kontakt mit der Bundesbank, und die …"

„Rede nicht so viel – wann kommt das Geld und was ist mit der Freilassung von Frau Tymoschenko? Im Radio eben hat man nichts davon gewusst."

Schimick grinste etwas verlegen zu seinen Kollegen hinüber und meinte: „Das Geld, also die Scheine, werden in knapp zwei Stunden geliefert, so gegen acht Uhr. Die Münzen machen mehr Probleme. Wenn Sie auf Krügerrand bestehen, kann sich die Beschaffung etwas hinziehen. Die Bundesbank hat solche Goldmünzen nicht vorrätig und muss sie heute früh auf dem freien Markt kaufen."

Der Entführer schien das wider Erwarten gelassen entgegenzunehmen.

„Und über die Freilassung von Julija Tymoschenko erwarte ich jeden Moment positive Nachrichten."

„Gut, dann melde dich, wenn das Geld da ist. Und macht Druck. Sollte die Genossin nicht freikommen, werden eure Kinder den Heldentod sterben."

Der Entführer hatte aufgelegt.

Der SEK-Leiter Wulff war hereinkommen und hatte sich hinter Schimick gestellt. „Gibt es neue Anweisungen, Kollege?"

„Im Moment nicht."

„Was ist mit der geplanten Fahrt des Busses nach Bremen?"

Schimick überlegte.

„In Kürze stößt aus Bremen ein mit Entführungen erfahrenes Team unter Leitung des Kollegen Hauptkommissar Ralf Jensen dazu. Jensen wird uns über die Örtlichkeiten am Airport unterrichten und später mit seinen Männern die weitere Leitung des Einsatzes übernehmen. Zusammen mit dem SEK. Das wurde mit den LKAs Niedersachsen und Bremen abgeklärt. Denke, es ist sicher besser, wenn ausgeschlafene Kollegen weitermachen."

Wulff nickte und ging wieder nach draußen. Sandra Holz lief hinterher. „Kollege Wulff, was meinen Sie?"

„Ich meine, das Ganze zieht sich schon viel zu lange hin. Entweder wir schlagen bald zu, oder ..."

„Oder was?"

„Oder der Entführer wird verdammt unter Druck kommen. Er hat nicht geschlafen. Geschweige denn gegessen. Auch Duschen und Notdurft waren sicher nicht angesagt. Der ist also im wahrsten Sinne des Wortes angepisst. Und wenn wir dem von der ablehnenden Haltung der Bundesregierung erzählen ... Ich meine, was die Freilassung betrifft ...!" Wulff schüttelte den Kopf. „Ich denke nicht, dass denen das Geld alleine ausreicht. Wenn ich politischer Geiselnehmer wäre, würde es mir jedenfalls ganz bestimmt nicht reichen." Er grüßte und verschwand Richtung Nebengebäude.

Sandra stand noch eine Weile im Licht der aufgehenden Sonne und wünschte, dieser Samstag wäre schon um. Und die Jugendlichen gesund bei ihren Familien.

„Wollen Sie den Schülerinnen nicht mal etwas zum Essen besorgen?" Nortbrook hatte in der Nacht mitbekommen, dass einige der Mädchen vor Hunger und Durst inzwischen Bauchkrämpfe bekamen, und mit ihnen gelitten. Da musste etwas geschehen. Der Entführer hatte gerade das Gespräch mit der Polizei beendet, und Nortbrook riskierte es zum ersten Mal seit ihrer emotionalen Unterhaltung in der Nacht, ihn von sich aus anzusprechen. „Die Mädchen leiden unter den fehlenden Mahlzeiten. Und sie müssen dringend Flüssigkeit zu sich nehmen." Der Fahrer beließ es zur Sicherheit bei vorsichtigen Formulierungen.

Der Russe schaute ihn ablehnend an. „Sagte ich nicht deutlich, sie müssen leiden?"

„Aber sie haben doch schon genug durchgemacht. Etwas Wasser und vielleicht für jede ein Brötchen, das würde doch schon reichen, und es würde hier im Bus deutlich die Stimmung heben. Die Jugendlichen beruhigen, wissen Sie? Die haben ja gesehen, wie das Mädchen gestern ..." Er sprach den Satz nicht zu Ende.

Der Entführer hatte seine Stirn in Falten gelegt und schaute nun nachdenklich. „Gut. Sag denen, sie sollen zwanzig Brötchen und zwanzig kleine Flaschen Wasser besorgen."

„Es wäre sicher auch praktisch, wenn die das Zeug in einem Eimer liefern würden", raunte Nortbrook ihm zu und versuchte absichtlich nicht, seine Verlegenheit zu verbergen. „Sie wissen schon ... den würden wir dringend brauchen ... Am besten mit Deckel."

Der Entführer zuckte die Schultern. „Gut. Die Frau von gestern soll das alles zum Fenster bringen. Und die Bekleidung der Polizistin – auch wie gestern."

Der Fahrer drückte den Sprechknopf. „Hallo, Polizei, hier ist Nortbrook!"

„Ja, hier Schimick!"

„Der Entführer erlaubt zwanzig Brötchen und zwanzig kleine Flaschen Wasser für die Businsassen. Und diese Frau von gestern soll alles bringen. Wieder nur … knapp bekleidet."

„Alles klar!"

„Und wenn Sie es einrichten könnten", fügte Nortbrook hinzu, „dann bringen Sie bitte alles in einem großen Eimer mit verschließbarem Deckel."

Die Kommissarin war gerade wieder in das Gebäude getreten und hatte die Sätze des Busfahrers gehört. „Nein, nicht schon wieder! Ich werde noch zum Gespött der Kollegen, wenn ich ständig halbnackt über den Platz laufe. Das macht diesem Russen wohl Spaß?"

Keiner der Kollegen entgegnete etwas. Das hätte sich Sandra auch verbeten. Ihr war klar, dass die Jugendlichen im Bus ohne Toilette Höllenqualen durchleben mussten. Die Kommissarin hatte den letzten Satz Nortbrooks richtig gedeutet und schaute sich im Raum um. Neben der Theke stand ein Kunststoffeimer mit einem Deckel, der durch zwei Metallbügel verriegelt werden konnte. Eine grüne Plastiktüte quoll seitlich heraus. Der schien ihr geeignet.

„Wir könnten dem Wasser irgendetwas beimischen. Etwas, das alle, die davon trinken, einschlafen lässt."

Kollege Argenberg hatte diese außergewöhnliche Idee und sie kam nicht gut bei den anderen an.

„Und wenn eine der Jugendlichen darauf reagiert?", fragte Schimi. „Zum Beispiel mit einem allergischen Schock? Das könnte alles Mögliche auslösen. Sicher keine gute Idee, Herr Kollege."

Dreißig Minuten später waren die angeforderten Brötchen und Wasserflaschen im Bus und die Kommissarin zurück im Einsatzzentrum. Nortbrook hatte den geforderten Eimer freudig in Empfang genommen. Der Entführer hatte dann von einer Schülerin verlangt, den Inhalt erst einmal auf dem Boden auszukippen.

„Ich habe bei der Übergabe ein bisschen in den Bus hineinschauen können", berichtete Sandra Holz nach ihrer Rückkehr von der Rasenfläche. „Soweit ich es sehen konnte, waren die Jugendlichen mit Kabelbindern an die Haltegriffe gebunden. Aber es scheint wohl allen gut zu gehen. Zumindest den Schülerinnen auf den Plätzen, die ich überblicken konnte."

„Dann lassen wir die Mädels jetzt mal in Ruhe frühstücken", entgegnete Polizeioberrat Petermann, der inzwischen ebenfalls wieder eingetroffen war.

Kurz vor acht Uhr brachte ein Polizeihubschrauber das Lösegeld. Jedoch, so die Aussage der Überbringer, nur die Scheine. Von Krügerrand-Münzen wusste man nichts. Die beiden Polizisten in Fliegerkombi trugen die fünf Millionen Euro in die Einsatzzentrale. Sechs Taschen mit Scheinen zählte die Kommissarin.

„Sind die Nummern der Geldscheine fortlaufend und registriert?", fragte Schimick die Kollegen neugierig.

„Ich bin ja nicht befugt, irgendwelche Auskünfte zu erteilen", sagte der Blonde der beiden Flieger, „aber unseren Informationen nach hatten die Geiselnehmer doch gefordert, dass es bei den Scheinen keine fortlaufenden Nummern geben darf, oder?"

„Ja, genau."

„Dann hat man das sicher berücksichtigt. Macht es gut und schnappt die Kerle."

Die beiden Männer verschwanden.

Sechs prall gefüllte Sporttaschen mit fünf Millionen Euro machten ihre bisherige Verantwortung nicht leichter, dachte die Kommissarin. Sie setzte sich etwas schräg, um das Geld bei der Theke besser im Auge zu haben.

Bei Petermann klingelte ein Handy. „Muss mal schnell telefonieren. Privat!" Der Polizeioberrat verschwand mit hochrotem Kopf und sportlichem Schritt aus dem Vereinsgebäude. Sandra Holz schaute ihm nachdenklich hinterher. Wahrscheinlich rief die Exfrau des Beamten an. Die hatte schon öfters bei wichtigen Besprechungen für eine störende Unterbrechung gesorgt.

Im Bus war man glücklich über die Verpflegung. Auch der neue Eimer baute die Jugendlichen etwas auf. Der andere war inzwischen schon fast voll mit Fäkalien und stank bei den wieder steigenden Temperaturen erbärmlich.

Der Entführer hatte Brötchen und Wasserflaschen eigenhändig an die Schülerinnen verteilt. Ein Brötchen hatte er behalten, in Hälften gerissen und einer Schülerin hingehalten. Sie zögerte erst, schaute ängstlich auf den Mann und die hingehaltene Hand mit dem Essen. Endlich ergriff sie die Brötchenhälfte, den Kontakt mit der Hand des Mannes vermeidend, und begann, sie mit nach unten gerichtetem Blick aufzuessen. Der Entführer beobachtete sie bei dem Kauvorgang ununterbrochen, als erwarte er jeden Moment etwas Besonderes. Als sie den letzten Bissen geschluckt hatte, stand er noch einige Sekunden still da, den Blick weiterhin auf das Mädchen gerichtet. Und als dann nichts geschah, biss auch Michael ausgehungert in die andere Hälfte. Er hatte auch Nortbrook erlaubt, ein Brötchen zu nehmen. Genüsslich kaute der Busfahrer auf Schinken und Käse.

„Hier, trink einen Schluck." Der Entführer hielt Nortbrook eine der Wasserflaschen hin. Er hatte sie geöffnet und den Verschluss achtlos auf den Boden geworfen.

Nortbrook nahm einen langen Zug und wischte sich mit der linken Hand die Lippen ab. Der Mann nahm nun Nortbrook die Flasche ab und wartete eine ganze Weile. Plötzlich setzte er sie an seine Lippen und trank sie leer. Jetzt erst verstand der Fahrer. Der Entführer ließ zuerst andere essen und trinken, um sicherzustellen, dass die Polizei nichts beigefügt hatte, was ihn außer Gefecht setzen könnte. Dumm war der Mann nicht.

Nortbrook wollte den Russen eigentlich bitten, den vollen Fäkalieneimer irgendwie zu entsorgen, ließ es dann aber. Stattdessen bat er darum, die Plastiktüte, in der sich die angelieferten Brötchen befunden hatten, zur Abdeckung des vollen Toiletteneimers zu nutzen. Der Mann stimmte sofort zu. Auch ihn schien der Gestank zu stören. Der Entführer war nach hinten gegangen und wie Nortbrook in seinem Spiegel und dem Monitor erkennen konnte, wühlte er in der Tasche mit den abgelegten Mobilfunkgeräten der Schüler. Er zog eins nach dem anderen heraus. Nortbrook schien es, als überprüfe der Mann die Geräte auf Funktion. Dann sah er, wie der Geiselnehmer – ein Handy vor sich – auf einer Bank Platz nahm und eine Nummer wählte. Der Entführer telefonierte. Mit viel Gestik flüsterte er in das Telefon. Nortbrook konnte nichts verstehen. Michael sprach wohl mit seinem Kollegen, mutmaßte Nortbrook. Wahrscheinlich teilte er ihm gerade mit, dass das Lösegeld noch immer nicht eingetroffen sei. Der Entführer beendete das Gespräch, und seine Miene zeigte deutlich, dass es wohl nicht wie gewünscht verlaufen war. Plötzlich schleuderte er das Handy mit solcher Kraft auf den Boden, dass es sich mit lautem Getöse in sämtliche Einzelteile zerlegte. Das Gesicht des Mannes war wutverzerrt und er murmelte undeutliche Worte. Augenblicklich war die Ruhe im Bus dahin.

Das Landeskriminalamt hatte inzwischen die Einsatzzentrale darüber informiert, dass die Münzen nicht vor Mittag eintreffen würden. Die Krügerrand mussten zum großen Teil von Münzhändlern eingekauft werden, was Freitagabend und Samstagmorgen wohl nicht ganz einfach war. Man bat darum, den Geiselnehmer davon zu unterrichten. Das Einsatzteam hatte Bedenken, der Mann würde dies als Verzögerungstaktik sehen und ausrasten. Eine Alternative gab es allerdings auch nicht, also entschloss man sich, ihm die Wahrheit zu sagen.

Seltsamerweise nahm der Russe diese Information eher gelassen hin.

KAPITEL 14

Ralf Jensen, der Kollege aus Bremen, war eingetroffen und hatte sich und sein Team vorgestellt. Jensen war ein junger Mann, nur knapp über dreißig. Die Kommissarin bewunderte zunächst die schnelle Karriere des jungen Hauptkommissars. Der Bremer war eher das Gegenteil vom Kollegen Schimick. Ruhig und zurückhaltend, während Schimick ständig am Reden war.

Doch irgendetwas an dem Mann störte sie. Seine Augen hatten etwas Spöttisches. Auch grinste er unentwegt. Schimick wies den Kollegen in das Geschehen ein und die Kommissarin lauschte eine Weile dem Dialog. Sie hörte heraus, dass Jensen an der bisherigen Vorgehensweise des Einsatzteams einiges auszusetzen hatte. Schimick war sichtlich bemüht, sich zu rechtfertigen. Sein Kopf glühte vor Eifer. Sandras anfängliche Bewunderung machte langsam einer gewissen Abneigung gegenüber Jensen Platz. Er schien sich ja sehr wichtig zu nehmen.

Aber vielleicht täuschte sie sich auch in ihm. Um nicht weiter zuhören zu müssen, setzte sie sich etwas entfernt von den beiden an einen Computer. Sie wollte noch weiter recherchieren. Speziell dieser Flugzeugabsturz „am Ufer" machte ihr Kopfzerbrechen.

Sie gab die Worte „Flugzeugabsturz am Ufer" in die Suchmaschine ein.

Eishockeywelt in tiefer Trauer, kam sofort die Überschrift. Sie erinnerte sich. Da waren vor einiger Zeit Eishockeyspieler in einer russischen Maschine verunglückt. Auch ein Deutscher war unter den Toten. Doch waren das ausschließlich Männer gewesen und der Unfall knapp neun Monate her.

Eine andere Überschrift erzählte von einem Flugzeugabsturz am Ufer des Saubaches. Das war 1944 im saarländischen Lebach gewesen, und dabei hatte es sich um eine amerikanische Militärmaschine gehandelt. Auch kein Treffer. Knapp eine halbe Stunde verbrachte sie damit, die gefundenen Links einzusehen. Doch zumeist wiederholten sich nur die Berichte über den Absturz des russischen Erstligisten Lokomotive Jaroslawl.

Die Kommissarin wechselte die Taktik: Statt „Flugzeugabsturz am Ufer" gab sie den mutmaßlichen Zeitpunkt des Unglücks ein: „Flugzeugabsturz 2002". Sofort erschien die Flugzeugkollision von Überlingen. Interessiert las sie den Bericht. Auch dieses schwere Flugunglück war der Kommissarin in Erinnerung geblieben: Am Abend des 1. Juli 2002 war eine russische Maschine auf dem Weg von Moskau ins spanische Barcelona in Süddeutschland mit einem Frachtflugzeug zusammengestoßen. Dabei waren einundsiebzig Menschen ums Leben gekommen, darunter neunundvierzig russische Kinder. Die Trümmer der zerbrochenen Maschinen hatten verstreut in der Nähe der Bodenseestadt Überlingen sowie der Luftlinie entlang bis hin zur etwa sieben Kilometer entfernten Gemeinde Owingen gelegen.

Sandra Holz war unsicher. Bei den Toten handelte es sich um Schulkinder, insofern stellte dies eine Verbindung zur Geschichte des Entführers dar. Aber „am Ufer?" Die Tragödie hatte sich zwar in der Nähe des Bodensees abgespielt, aber von „Ufer" konnte eigentlich keine Rede sein. Zu Schimick und Jensen hatte sich inzwischen wieder der Leiter des SEK gesellt. Die drei diskutierten so laut, dass es der Kommissarin schwerfiel, sich zu konzentrieren. Sie machte eine Pause und holte sich einen Kaffee. Die Tasse in der Hand, trat sie vor die Tür. Sie spazierte einige Meter am Gebäude entlang. Die Hundertschaft der Bereitschaftspolizei schien gerade abgelöst zu werden und gegenüber auf der anderen Straßenseite verhinderte nur eine Polizeiblockade, dass die Menschenmassen bis zum Vereinsgebäude vordrangen.

Sandra Holz wusste, die Kollegen hatten rund um den Sportplatz alles gut abgesperrt und zum Glück war das Areal dafür bestens geeignet. Trotz der spärlichen Informationen an die Presse und deren Einverständnis, den genauen Standort des Busses geheimzuhalten, hatte es sich in der Stadt und der näheren Umgebung herumgesprochen, und inzwischen war hier eine Art Tourismus entstanden. Zwar harrten die Schaulustigen nicht lange aus, doch kamen immer wieder neue nach.

Die Flutlichtanlage war schon seit Stunden abgeschaltet. Der weiße Bus lag unter einer Glocke von

Dunst. Sonnenlicht brach sich in den getönten Fensterscheiben. Wie es wohl den Insassen ging? Die Kommissarin schaute auf die Armbanduhr. Fast zehn Uhr. Die Jugendlichen waren nun schon achtzehn Stunden in den Händen der Entführer. Achtzehn lange Stunden.

Der Gedanke erinnerte Sandra daran, wie müde sie schon wieder war. Sie unterdrückte ein Gähnen und trat zurück ins Gebäude.

Der Geiselnehmer hatte für das Frühstück die Fesseln aller Jugendlichen gelöst und sie in den hinteren Teil des Busses geschickt. Dann hatte er sich in ihre Nähe gesetzt, und so konnten Anna-Lena und Sebastian nicht miteinander reden, obwohl sie nebeneinander saßen.

Still schauten sie sich an. Sie verstanden sich auch ohne Worte.

Die Taktik des Entführers war seit Anbruch des Tages eine andere. Wenn er in den vorderen Teil des Busses lief, nahm er immer zwei der Mädchen mit. Es waren immer dieselben, zwei kleine, schmächtige Schülerinnen in seiner Größe, die ihm, so dachte er sich wohl, Schutz vor den Einsatzkräften der Polizei boten, ihn aber auch nicht angreifen würden. Trotzdem hatte er die Handgelenke der beiden Schülerinnen mit einem weiteren Paar Handfesseln aus seiner Tasche zusammengebunden.

Nortbrook hatte die Augen geschlossen. Die Sonnenwärme, die sich im Bus verbreitete, tat nach der kalten Nacht gut. Etwas Wind zog durch das Seitenfenster. Der

Fahrer hatte nach der Aktion mit dem Frühstück darauf geachtet, dass beim Schließen der Scheibe ein kleiner Spalt offen blieb. Der Entführer hatte es nicht bemerkt, und so genoss Nortbrook die frische Luft.

Er glaubte plötzlich, Geräusche und sogar leise Stimmen zu hören. Sie kamen von außerhalb des Fahrzeugs, da war er sich absolut sicher. Nortbrook versuchte die kleinen Spalten zwischen den Blättern, mit denen die Frontscheibe verklebt war, unauffällig dafür zu nutzen, dort draußen etwas zu erkennen. Doch er sah niemanden, und jetzt war es – bis auf das Wimmern eines Mädchens hinten im Bus – auch wieder ruhig geworden.

Doch nach einer Weile waren da wieder diese Geräusche. Jetzt auf jeden Fall verbunden mit Stimmen. Es musste von der Seite kommen. Durch das heruntergelassene Rollo konnte der Fahrer nichts erkennen. Der schmale verbliebene Schlitz ließ nur die Sicht nach unten zu.

Der Entführer saß währenddessen zusammengesunken bei den Schülerinnen im hinteren Fahrzeugteil. Doch er schlief nicht. Seine Augen blitzten, Nortbrook konnte es genau im Monitor sehen. Der Busfahrer zögerte erst, doch dann schob er den Kunststoffvorhang des Sonnenrollos vorsichtig etwas beiseite. Nur so viel, das er seitlich auf das Spielfeld schauen konnte. Nortbrook erschrak.

Einige Männer machten sich am Außenzaun zu schaffen. So, als wollten sie ein Loch in das Hindernis schneiden. Die Männer waren dunkel gekleidet und sie hatten ihre Arbeit inzwischen schon fast vollendet, erkannte Nortbrook. Was lief da? Der Fahrer war unsicher, wie er sich verhalten sollte. Doch eins war ihm sofort klar: dass man vom Vereinsheim aus diese Aktion nicht sehen konnte. Der Bus stand ja genau dazwischen. Oder war die Sache womöglich von den Polizeikräften geplant? Wenn ja, schien ihm das aber ein plumper Versuch, den Schülerbus zu stürmen. In der Nacht hatten die Spezialisten jede Menge guter Gelegenheiten zuzuschlagen verstreichen lassen. Wollten die vielleicht jetzt, im Hellen …?

Nein, so viel Dummheit traute er denen nicht zu. Fieberhaft suchte er einen anderen Grund für diese Störung. Nortbrook vergewisserte sich, dass hinten alles ruhig war, und spitzelte erneut nach draußen. Drei Männer hatte er am Zaun ausgemacht. Sie hatten sich, nachdem das Loch im Zaun vielleicht einen Quadratmeter groß war, für einen Moment zurückgezogen. Ob sie aufgaben? Nein, gerade kletterte einer durch die entstandene Zaunöffnung. Vermummt war er nicht, das konnte Nortbrook erkennen. Das SEK war doch immer vermummt?

Was sollte er bloß tun? Den Entführer warnen? Der würde sicher sofort auf die Männer schießen und er, Nortbrook, schuld sein am Tod oder der Verletzung eines Menschen. Damit wollte er nichts zu tun haben. Doch andererseits ging es auch um sein Leben. Auch wenn das vielleicht nicht so wichtig war wie das der jungen Mädchen.

Hinten war noch immer alles ruhig und Nortbrook fiel beim erneuten Hinausschauen auf, dass der Mann, den er sah, auch keine Schutzweste trug. Nun drehte sich dieser Kerl zur Zaunöffnung um. Der Busfahrer vergewisserte sich durch einen Blick in seinen Monitor, dass der Entführer noch hinten war. Der Eindringling am Zaun übernahm indessen irgendeinen dunklen Gegenstand von einem zweiten. Nortbrook musste zweimal hinschauen und war sich nicht absolut sicher, aber es konnte sich um eine Filmkamera handeln. Richtig, der Mann trug eine große Kamera bei sich und bewegte sich vorsichtig Richtung Bus.

Jetzt war Nortbrook alles klar. Es musste sich um eine Truppe von sensationslustigen Reportern handeln. Und die hatten sie gerade so nötig wie Hochwasser. Schreckten diese Typen denn vor gar nichts zurück? Er rief laut nach hinten. „Michael!"

Die offensichtliche Angst in seiner Stimme brachte den Entführer sofort in Bewegung, er sprang auf, und sprintete – seine beiden Schutzschilde vor sich herschiebend – regelrecht nach vorne. „Was ist los?", fragte er außer Atem. und die beiden Schülerinnen standen mit aufgerissenen Augen neben ihm.

Nortbrook schob das Sonnenschutzrollo etwas beiseite. Die Öffnung gab den Blick auf den Außenzaun frei.

Er spürte förmlich, wie der Entführer zusammenzuckte und fieberhaft nach einer Erklärung für das Geschehen suchte. „Das sind Reporter mit Kameras. Keine Polizei", versuchte der Fahrer den Denkprozess des Mannes zu beschleunigen.

„Schalte sofort das Mikrofon ein." Der Busfahrer tat, wie ihm befohlen.

„Es nähern sich Männer seitlich von uns dem Bus", sagte der Russe ins Mikrofon. „Man greift uns an. Ihr habe euer Wort nicht gehalten. Eines der Mädchen wird jetzt sterben."

Dann fielen kurz nacheinander zwei Schüsse.

Die laute Diskussion in der Einsatzzentrale hatte ein Ende gefunden. Sandra Holz hatte gehört, wie Schimick sich bemüht hatte, dem Bremer Beamten seinen Plan für die am Nachmittag angesagte Flucht aufzupressen. Jensen hatte eine Weile ruhig zugehört und dann geantwortet:

„Überlassen Sie die Sache einfach Ihren erfahrenen Bremer Kollegen." Die Kommissarin hatte grinsen müssen. Der Hauptkommissar hatte sich gegen Jensen nicht durchsetzen können. Nicht immer ging es nach Schimis Kopf. Aber Jensen wurde ihr dadurch nicht sympathischer.

Sandra Holz hatte wieder begonnen, im Internet zu recherchieren. Diese Sache mit der Flugzeugkollision ging ihr nicht aus dem Kopf, obwohl das mit dem „Ufer" nicht passen wollte. Sie rief einen Online-Zeitungsbericht aus dem Jahr 2002 auf und las ihn sorgfältig. Die sterblichen Überreste von einunddreißig Opfern waren mit einem russischen Frachtflugzeug in ihre Heimat gebracht worden, und dort hatten hunderte von Einwohnern der Stadt Ufa ... Ufa? Das war der Name einer Stadt! Wie gehetzt googelte die Kommissarin danach und wurde bei Wikipedia fündig: *Ufa ist die Hauptstadt der Republik Baschkortostan, Russland. Sie liegt an der Mündung der Flüsse Ufa und Djoma in die Belaja (Agidel) etwa 100 Kilometer westlich des Ural und hat 1.062.300 Einwohner (Stand 14. Oktober 2010)[1]; davon sind 54,2 % Russen, 27 % Tataren, 11,3 % Baschkiren, 2,6 % Ukrainer, 1,1 % Tschuwaschen, 1 % Mari und der Rest Angehörige vieler weiterer kleiner Minderheiten (Stand 2002). Die Stadt zieht sich in einer Länge von ca. 50 km von Südwest nach Nordost und nimmt eine Fläche von 753,7 km² ein. Die Zeitzone Ufas ist...* Die Kommissarin hörte auf zu lesen. Hauptstadt der Republik Baschkortostan? Von dieser Republik hatte die Oldenburgerin noch nie gehört. Gut, das hieß nichts – nach der Wende hatte es etliche Reformationen in der ehemaligen UdSSR gegeben, und die ehemaligen Sowjetrepubliken hatten jetzt zum Teil andere Namen. Wenn Sebastian oder das Mädchen sich verhört und der Entführer mit Ufa seine Heimatstadt preisgegeben hatte ... Die Spur war heiß. Die Kommissarin loggte sie sich in den Zentralcomputer des Bundeskriminalamtes ein. Hier fand sie weitere Informationen über den Flugzeugabsturz am Bodensee im Jahre 2002. Und eine Passagierliste beider Flugzeuge.

Ausgerechnet Anastasia war als Vorname natürlich sehr bekannt und sicher in Russland weit verbreitet.

Wenn es unter den Toten mehrere Mädchen mit diesem Namen gab, war sie wieder am Anfang ihrer Recherche. Oder besser noch, mit ihrem Latein am Ende. Während sie die Liste durchlas, betete sie, dass der Name nur ein einziges Mal auftauchte.

Da war er: Anastasia. Die Kommissarin scrollte in der Tabelle weiter nach unten. Da, eine weitere Anastasia. Sie atmete tief ein. Sandra Holz schaute nach dem Geburtsdatum der Mädchen, die rechts in einer Spalte aufgeführt waren. Die erste Anastasia war am 5. Mai 1987 geboren. Die zweite fast vierzig Jahre früher, 1951. Die konnte es nicht sein. Blieb also nur das obere Mädchen, eine Anastasia Timofejew. Timofejew, den Namen hatte sie schon einmal gelesen. Oder verwechselte sie ihn nur mit dem Namen Tymoschenko, der heute mehrfach gefallen war? Doch das tat jetzt nichts zur Sache. Sandra schaute sich das Geburtsdatum des Mädchens noch einmal genau an, und dann hielt sie den Atem an: Die bei dem Absturz getötete Russin wäre heute, genau auf den Tag, fünfundzwanzig Jahre alt geworden.

„Was soll das", schallte die Stimme des Entführers plötzlich lautstark aus dem Lautsprecher der Einsatzzentrale. „Es nähern sich Männer seitlich von uns dem Bus. Wir werden angegriffen. Ihr habt euer Wort nicht gehalten. Eines der Mädchen wird jetzt sterben!" Dann fielen zwei Schüsse.

„Was ist passiert?", rief Hauptkommissar Schimick.

„Die Schüsse kamen vom Bus", brüllte der Polizeioberrat, und seine Stimme überschlug sich fast vor Erregung. Er hatte recht. Die Knallgeräusche waren durch die schräg gestellten Fenster in das Vereinsheim gedrungen. Die Männer rannten nach draußen. Nur Schimick war im Gebäude geblieben und rief in das Mikrofon: „Hallo, Bus, kommen. Was ist dort bei euch los?!"

Die Kommissarin war wie versteinert sitzengeblieben. Sie betete, dass es nicht so war, wie sie vermutete. Keines der Mädchen durfte mehr zu Schaden kommen.

Schimick schrie noch einmal in das Mikrofon: „Was ist dort los, ich erwarte eine Antwort!" Auch ihm sah man nun die Panik an.

Einige der Polizisten vom Parkplatz waren auf die Terrasse geeilt, und gemeinsam starrten sie auf den Bus, der mitten auf dem Rasen stand. Dort rührte sich eigenartigerweise nichts. Und das war es, was der Kommissarin absolut nicht gefiel.

Sebastian und Anna-Lena waren glücklich, nach dieser Nacht der Trennung endlich wieder beieinander zu sitzen, auch wenn zwischen ihnen eine weitere Schülerin saß. Als der Busfahrer den Russen rief und der Entführer nach vor sprang, die beiden Mädchen vor sich her treibend, schob Sebastian sich vorsichtig über die Mädchen hinweg zum verklebten Fenster und riss die Ecke einer Klassenarbeit ab. Auch er erschrak. Da draußen machten sich Personen am Außenzaun zu schaffen und sie hatten es schon bis auf den Rasen geschafft. Dann hallten die lauten Schüsse durch den Bus. Sebastian war sofort klar, der Entführer selbst hatte geschossen.

Er kniff die Augen zusammen und schaute angestrengt zu den inzwischen drei Personen dort am Zaun – jetzt musste sich doch mindestens einer von denen an den Körper greifen und zusammenbrechen? Zumindest war es immer so in den Kinofilmen …

Doch Sebastian sah nur, dass einer der Männer etwas Schwarzes fallen ließen. Er vermutete, dass es sich um eine Kamera handelte. Dann flüchteten die drei Männer zurück zur Zaunöffnung und zwängten sich hindurch. Jetzt begriff auch der Schüler: Das mussten Reporter gewesen sein. Er wandte sich der sprachlosen und entgeistert dreinblickenden Anna-Lena zu.

„Was ist mit den Mädchen? Wurde jemand verletzt?" Noch immer schrie Schimick in das schwarze Plastik.

„Hallo, so geben Sie doch Antwort! Sonst sende ich das Sondereinsatzkommando!"

Das verhalf ihm endlich zu einer Reaktion.

„Das war eine Warnung. Wenn das nächste Mal jemand dem Fahrzeug zu nahe kommt, ist wirklich eines der Mädchen tot. Glaubt es mir."

Etwas erleichtert, doch noch immer nicht zufrieden setzte sich Schimick zurück auf den Stuhl. Er atmete schwer. „Was ist da abgelaufen? Was meinte der mit ›Da haben sich Männer dem Bus genähert‹?" Er sprang wieder auf und wedelte mit den Armen. „Ich möchte sofort Informationen!"

Erst ein uniformierter Polizeibeamter, der schnellen Schrittes den Raum betrat, konnte aufklären. „Dem Team eines privaten Fernsehsenders ist es gelungen, mittels Tarnbekleidung irgendwie unerkannt an den Kollegen vorbeizukommen. Sie haben sich seitlich am Zaun entlang bis zur Höhe des Busses geschlichen und dort ein Loch in den Maschendraht geschnitten. Beim Versuch, über den Platz zu laufen und Filmaufnahmen des Fahrzeugs aus nächster Nähe zu machen, hat der Entführer sie kommen sehen und aus dem Bus heraus auf sie geschossen."

„Ich hoffe, sie haben was abbekommen?", meinte Petermann zynisch.

„Nein, es wurde niemand verletzt." Der Polizist wartete einen Moment, aber als weitere Fragen oder Anweisungen ausblieben, drehte er auf der Stelle um und ging nach draußen.

Sandra Holz war noch Minuten später starr vor Angst. Erst langsam beruhigte sie sich. Noch eine schwer verletzte oder gar tote Schülerin, das durfte einfach nicht sein.

Hauptkommissar Schimick ging es offenbar nicht besser, er hing in seinem Stuhl wie nach einem Marathonlauf. Der fehlende Schlaf, wenig Essen und viel Kaffee hatten ihn anfällig gemacht für nervenaufreibende Zwischenfälle wie diesen eben. Erst der Ruf des Entführers, jetzt würde ein Mädchen sterben, unmittelbar darauf die beiden Schüsse … Das hatte dem Beamten alles abverlangt, was noch übrig war von seiner Energie. Nun war er in sich zusammengesunken und atmete schwer. Sandra sah ihm an, wie er versuchte, wieder Herr seiner selbst zu werden.

Sie bemühte sich, diesen Gedanken auszublenden, erinnerte sich an ihre Recherche und setzte sich vor den Monitor. Wie war der ermittelte Name des Entführers noch …? Sie fand ihn und rief ihn laut in den Raum:

„Michail Timofejew!"

Alle, auch Schimick, drehten sich zu ihr um und schauten sie verdutzt an.

„Der Mann im Bus heißt, mit großer Wahrscheinlichkeit jedenfalls, Michail Timofejew."

Petermann und Jensen waren neugierig zu Sandra Holz getreten.

„Ich habe nach den Informationen von Sebastian über die bei dem Flugzeugunglück gestorbene Tochter des Entführers recherchiert", erklärte Sandra. „Dabei bin ich auf Folgendes gestoßen: Der Entführer meinte wahrscheinlich gar nicht das Ufer eines Sees oder des Meeres, sondern eine russische Großstadt namens Ufa. Und von dort stammten die Jugendlichen, die 2002 bei einer Flugzeugkollision am Bodensee zu Tode kamen." Die Männer hörten gespannt zu, und Sandras Kopf glühte vor Eifer.

„Und du meinst, das stimmt?", fragte Schimick kritisch.

„Also, hundert Prozent sicher bin ich mir natürlich nicht …"

„Dann sollten wir diese Spur erst mal nicht weiter verfolgen", meinte Schimick. „Es gibt jetzt anderes zu tun. Wie ich sehe, sind die Münzen angekommen."

Auch Petermann war dieser Meinung. „Ihre Recherche in Ehren, Frau Kollegin. Aber wir haben ja schon einen der Entführer identifiziert und in Verwahrung. Über diesen werden wir sicher die Namen aller Beteiligten herausfinden. Und wenn es sich dann um den eben von Ihnen genannten Mann handelt, umso besser. Doch jetzt gibt es sicher Wichtigeres zu tun. Auch für Sie."

Gerade hatten zwei nahezu identisch aussehende Männer in dunklen Kombis den Raum betreten, jeder mit einem silberfarbenen Koffer in der Hand. Diese stellten sie, als ob sie Bescheid wüssten, neben die Taschen mit dem Geld. „Wer quittiert die Münzen?", fragte der eine. Der Polizeioberrat stand auf. „Nicht, dass Sie mich falsch verstehen, Frau Holz", sagte er, während er unterschrieb. „Recherchieren Sie später ruhig weiter. Ich denke, Sie sind auf einem guten Weg. Wobei für mich die Verbindung zu der russischen Stadt etwas weit hergeholt klingt. Verrennen Sie sich da bitte nicht …!" Petermann klopfte ihr leicht auf die Schultern und wandte sich dem Einsatzleiter zu.

Etwas in seiner Stimme missfiel der Kommissarin.

„Wollen wir im Bus Bescheid geben, dass Lösegeld und Münzen komplett sind?", fragte er.

Schimick nickte, noch etwas weggetreten. Er griff zum Mikrofon, aber dann hielt er inne. „Aber was ist mit den Taschen? Der Entführer hat zehn gleiche schwarze Taschen verlangt."

Einer der Männer, die die Goldmünzen überbracht hatten, verließ das Gebäude. Nach weniger als einer Minute war er zurück und legte vier schwarze Sporttaschen vor die silbernen Koffer.

KAPITEL 15

Nortbrook war froh, dass die Sache mit den Reportern so glimpflich verlaufen war. Niemand schien zu Schaden gekommen zu sein. Der Entführer wirkte ziemlich durcheinander. Sicher hatte der so etwas nicht eingeplant. Aber auch die Schülerinnen hatten nach den Schüssen wieder zu weinen und zu schreien angefangen. Doch wenigstens war kein Blut geflossen.

Jetzt endlich war, trotz der ansteigende Hitze, wieder etwas Ruhe im Bus eingekehrt. Doch die wurde schnell wieder unterbrochen, denn die Einsatzzentrale meldete die komplette Bereitstellung des Lösegeldes. Nun würde der Geiselnehmer sicher verlangen, dass man Geld und Münzen zum Bus brachte. Der Busfahrer hatte kein gutes Gefühl dabei. Solche Lösegeldübergaben, das wusste er aus Filmen und Kriminalromanen, wurden oft für polizeiliche Zugriffe genutzt. Und nicht immer verliefen diese Einsätze nach Plan.

Der Entführer übernahm das Mikrofon: „Ihr bringt die Taschen mit dem Geld und den Münzen sofort zum Fahrerfenster. So wie schon mehrfach praktiziert. Und dieses Mal möchte ich zusätzlich zur Polizistin diesen Schimick sehen. Die beiden bringen, bis auf die Unterwäsche entkleidet, die Taschen hierher. Und, ich muss es nicht erwähnen: keinen Ärger …!"

Es dauerte eine Weile, bis sich beim Vereinsheim etwas bewegte. Dann sah Nortbrook die Kommissarin zusammen mit einem dunkelhaarigen Mann in Unterhose auf sie zulaufen. Beide trugen eine schwarze Sporttasche in jeder Hand und sprinteten regelrecht über das Spielfeld. Am Busfenster angekommen, reichten sie ihm die Taschen. Erst die Frau, danach der Mann. Es schien Nortbrook, als schaue ihn der große, muskulöse Beamte beim ersten Kontakt etwas skeptisch an, er lief aber sofort zurück.

Womöglich glaubten die Beamten, er sei ein Mittäter, schoss es ihm durch den Kopf. Schnell verdrängte er diesen dummen Gedanken. Die Frau kannte Nortbrook ja inzwischen. Diese Kommissarin Sandra Holz war nun schon zum dritten Mal an seinem Fenster, doch in der Nacht und heute Morgen hatte er es nicht geschafft, sie genauer zu betrachten. Das holte er nun nach.

Die knapp Dreißigjährige war mittelgroß, schlank und hatte blonde Haare. Dieses Blond war voller Glanz und leuchtete in der Morgensonne wie Gold. Er fand diese Kommissarin Sandra Holz hübsch, wie sie da freundlich grüßend vor ihm stand. Sie hat schöne weiße Zähne, fiel Nortbrook auf. Wahrscheinlich keine Raucherin. Er musste innerlich grinsen. Über was er so nachdachte in dieser unmöglichen Situation …! Der Körper der jungen Beamtin war muskulös, aber doch weiblich und wohlproportioniert. Sie betrieb sicher regelmäßig Sport, sie sah durchtrainiert aus. Und sie hatte einen ehrlichen, festen Blick, erkannte der Fahrer. Er übernahm von ihr die nächste Tasche.

Plötzlich fielen ihm die Hautveränderungen am fast nackten Oberkörper der Frau auf. Gerade als er mit seiner linken Hand der Kommissarin eine Geldtasche abnahm. Es schien ihm, als habe die Kommissarin seine Blicke gedeutet, denn ihre freie Hand schnellte sofort zu ihrem Dekolleté. Doch Nortbrook hatte die Narben etwas unterhalb ihres schmalen Halses gesehen. Es musste sich um mehrere handeln, da war er sich sicher. Sein Blick darauf war zwar nur kurz gewesen, doch er fand, die Anordnung der Narben war sonderbar. Sie begannen unterhalb des Schlüsselbeins und liefen senkrecht fast bis zum Ansatz ihrer durch den Büstenhalter halb verhüllten Brüste. Er erstarrte für einen Moment. Darunter befand sich doch das Herz? Die ganze Hautverletzung, so schätzte er, war nicht größer als fünf Zentimeter. Ob sie von einer Operation herstammte? Aber dafür waren die Narben nicht ordentlich genug. Welcher Chirurg hinterließ solche Schnitte auf dem Körper einer jungen Frau?

Nortbrooks Gedankengang wurde abrupt durch den Geiselnehmer unterbrochen, der barsch die Übergabe der nächsten Tasche forderte.

Die Kriminalbeamten liefen ein weiteres Mal. Die letzten beiden Taschen mit dem Lösegeld brachte Schimick alleine. Der Hauptkommissar kam ganz nah an das Fahrzeugfenster und versuchte, so schien es Nort-

210

brook, einen Blick hineinzuwerfen. Der Entführer stand etwas seitlich vom Fahrer und musste dem Beamten genau in die Augen geschaut haben. Nortbrook atmete heftig. Das Entgegennehmen der Taschen mit der freien Hand fiel ihm immer schwerer. Dabei stieg ihm ein Geruch von Parfum in die Nase. Der kam doch von diesem Schimick. War das nicht ein ähnlicher Duft wie heute Morgen? Ja, richtig, so ähnlich hatte auch der Mann in Schwarz gerochen, der den Kollegen Sonnkamp weggeräumt hatte. Nortbrook schaute sich um. Der Entführer war zusammen mit den Mädchen dabei, die Taschen nach hinten zu bringen.

„Michael, können wir nicht den vollen Eimer rausstellen?"

Der Geiselnehmer war abrupt stehen geblieben, hatte wohl wieder mit einem Zwischenfall gerechnet. Aber Nortbrooks Gedanke schien ihm zu gefallen. Er gab sofort zwei Schülerinnen die Anweisung, den Fäkalieneimer aus dem Fenster zu heben. „Aber keine Dummheiten, sonst …!" Zur Unterstützung der Drohung nahm er die Pistole aus der Tasche und zog sich zur besseren Beobachtung an die Eingangstür zurück.

Die Mädchen taten sich schwer damit, den vollen Eimer an Nortbrook Sitz vorbei aus dem offenen Fenster zu hieven.

Etwas überrascht nahm Schimick das schwere Gefäß von den Schülerinnen entgegen. Auch ihn kostete es einige Mühe, den Eimer, ohne dass etwas überschwappte, auf dem trockenen Grün abzustellen. Nortbrook schien es, als hätte der Mann während dieses Vorgangs den Atem angehalten. Nun atmete er tief ein und ergriff erneut das Gefäß. Anschließend spazierte der Polizist in Unterhose, den Eimer vor sich haltend, in Seelenruhe zurück zum Vereinsgebäude.

Michael hatte sich, wohl aus Sicherheitsgründen, nach hinten verzogen.

Nortbrook fühlte sich unbeobachtet, drückte den Knopf der Sprechanlage und flüsterte: „Fragen Sie bitte mal den Polizisten in Unterwäsche, welches Parfum er benutzt. Ich bin mir nicht absolut sicher, doch könnte es das gleiche sein, das der Schwarzgekleidete heute Morgen trug. Vielleicht hilft Ihnen das."

Hoffentlich hatte man ihn in der Einsatzzentrale verstanden? Im Nachhinein war er stolz darauf, diesen Mut aufgebracht zu haben.

Die Jugendlichen befanden sich in einem komaähnlichen Zustand. Nach einer fast schlaflosen Nacht im kalten Fahrzeug, Nahrungsmangel und Wasserentzug saßen sie aneinander gelehnt, teils mit geöffneten Augen, teils schlafend auf den Bänken. Ihre Körper hatten Schutzmechanismen aktiviert, um die Organe vor massiven Schädigungen zu schützen. So nahmen sie zum größten Teil das Geschehen um sich herum nicht mehr richtig wahr. Auch Sebastian hatte die Augen geschlossen und döste vor sich hin.

Er wurde wieder wach, als vorne im Bus etliche schwarze Sporttaschen ankamen und zwei Schülerinnen sie nach hinten schleppten. Der komplette Boden des Busses vor dem hinteren Ausgang war nun bedeckt mit Taschen. Die Schultaschen der Jugendlichen, die beiden großen Taschen, die der Entführer mitgebracht hatte, und dazu kamen nun die, wie Sebastian zählte, zehn Taschen, in denen sich wahrscheinlich das Lösegeld befand.

Der Entführer war wieder nach hinten getreten und öffnete eine seiner eigenen Taschen. Er zog Plastiktüten heraus, einen ganzen Stapel. „Holt das Geld heraus und packt es in diese Beutel", wies er die beiden Mädchen an, die schon die Taschen getragen hatten, „und den Verschluss oben fest zuziehen. Ich kontrolliere das."

Sebastian wurde munter. Was ging da ab, nur wenige Meter vor ihm? Neugierig beobachte er das Geschehen. Er warf einen Blick zu seiner Freundin, aber Anna-Lena schlief, den Kopf gegen die Scheibe gelehnt.

Während die beiden Mädchen die Bündel mit Geldscheinen aus den kleinen Sporttaschen in die durchsichtigen Beutel packten, nahm der Entführer eine Schultasche nach der anderen und warf den Inhalt einfach vor die hintere Fahrzeugtür. Der Lärm weckte einige schlafende Schülerinnen und auch Anna-Lena erschrak und wachte auf. „Was passiert da?"

Sebastian legte einen Zeigefinger auf seine Lippen. Zu nah war der Entführer, und der Junge war bisher nicht aufgefallen. Das sollte auch weiterhin so bleiben. So zuckte er nur mit den Schultern. Anna-Lena verstand wohl, denn sie fragte nicht mehr nach.

Vom Mäppchen bis zum Taschenrechner, vom Schulbuch bis zu Kosmetikutensilien, alles landete auf dem Kunststoffboden vor den beiden Mädchen. Sie leerten die Geldtaschen und die Europakete wanderten in die Beutel. Der Entführer warf immer wieder einen ernsten Blick nach draußen. Dann kontrollierte er den sorgfältigen Verschluss der Plastiktüten.

Sebastian kamen diese Beutel irgendwie bekannt vor. Dann erinnerte er sich. Bei einem Urlaub in Portugal vor Jahren hatte der Vater mit solch einer Plastiktüte versucht, seine teure Kamera zu schützen, und war damit im Meer baden gegangen. Leider hatte die Funktion irgendwann den Geist aufgegeben. Sebastian erinnerte sich, dass der Vater stinksauer gewesen war, als Meerwasser in den Beutel eingedrungen war und die Kamera ruiniert hatte. Nun wurden in solche, vielleicht etwas größere Plastikbehältnisse Bündel von Euroscheinen gesteckt.

„Ich habe keinen Beutel mehr", meldete eine der Schülerinnen. Der Mann erlaubte sich wieder einen kurzen Rundumblick, um dann zu seiner Tasche zu treten. Er kramte eine Weile. Versuchte es dann in der zweiten Tasche. Dabei schob er einen Stapel orangefarbener Plastiktüten beiseite.

Sebastian hatte den Entführer beobachtet. Was waren das für orangefarbene Beutel?

Der Mann war inzwischen fündig geworden und hatte die Tasche wieder geschlossen. Er warf den Mädchen einen Packen der durchsichtigen Beutel hin.

„Der will sicher schwimmen gehen", flüsterte Anna-Lena dem Freund zu.

„Was meinst du?", flüsterte er.

„Der Typ ist garantiert Nichtschwimmer."

Jetzt verstand er, was sie meinte: Diese orangefarbenen Teile waren keine Plastiktüten, sondern Schwimmflügel. Damit wusste Sebastian jetzt aber auch gar nichts anzufangen. Was wollte der Entführer mit Kinderschwimmhilfen?

Die beiden am Boden sitzenden Mädchen hatten ihren Packauftrag abgeschlossen. Alle Geldbündel waren in den Beuteln und die beiden wollten schon aufstehen und zu ihren Sitzplätzen zurückkehren.

„Stopp, nicht so schnell. Wir sind noch nicht ganz fertig." Der Mann schob die Taschen mit Münzen zu ihnen hin. Dann setzte er sich zu den Mädchen auf den Boden und zählte eine Anzahl von Goldmünzen in einen Beutel.

„Macht es mir nach. Die gleiche Anzahl an Münzen je Beutel."

Es glänzte und glitzerte auf dem Boden des Busses. Sonnenstrahlen fanden ihren Weg durch die verbliebenen Öffnungen in den Busfenstern und reflektierten auf dem afrikanischen Gold. Lichteffekte ähnlich wie bei Diskokugeln warfen Strahlen durch das Businnere.

Sebastian fand die Gelegenheit günstig, nach seinem Handy zu schauen. Der Akku hatte beim letzten Mal fünf Prozent angezeigt. Er schaltete das Gerät ein und das Betriebssystem fuhr hoch. Als die Bereitschaftsanzeige erschien, hatte Sebastian Hoffnung, dass sich der Akku durch einen Zufall wieder aufgeladen hätte. Doch die Anzeige blinkte nervös. Ein Zeichen für baldigen Absturz. Damit konnte er nicht telefonieren. Vielleicht eine SMS versenden? Wenn überhaupt. Er musste sich eines der Handys beschaffen, die seine Schulkameraden zurückgelassen hatten. Da waren sicher genügend Geräte dabei, deren Leistung noch ausreichte. Aber die lagen unerreichbar in einer der Schultaschen. Wenn er doch wenigstens noch eine SMS versenden könnte … Aber was sollte er der Polizei mitteilen? Was könnte die interessieren? Dass der Geiselnehmer gerade dabei war, das Lösegeld zu verpacken? Nein, das war nicht interessant. Die Warnanzeige des Akkus leuchtete ihn bedrohlich an. Er hatte wenig Zeit und musste sich schnell entscheiden, ob und was er schreiben wollte. Er rief Vaters Nummer auf und wechselte zu den Textnachrichten.

Ohne darüber nachzudenken, tippte der Junge die Worte W*asserdichte Geldbeutel* und *Schwimmärmchen* in sein Handy und drückte sofort den Senden-Knopf. Ob die Nachricht das Gerät verließ, konnte er schon nicht mehr überprüfen. Das Handy hatte nun endgültig abgeschaltet.

Sandra Holz hatte die geflüsterten Worte des Busfahrers gehört. Der gleiche Duft wie Schimi? Das war keins von den Parfums, die man in jedem gewöhnlichen Drogeriemarkt kaufen konnte. Vielleicht ergab sich hier eine

Chance, weiterzukommen? Sie nahm die Fährte auf und scherte sich nicht darum, was Petermann gesagt hatte. Auch Kollege Schimick zweifelte zwar offenbar an ihren Vermutungen, doch das gab der Kommissarin noch zusätzlichen Antrieb. Was sie herausgefunden hatte, musste einfach passen. Dieser Kerl aus ...wie hieß diese russische, autonome Republik noch? Baschkortostan! ... Also. der Entführer hatte dem Busfahrer vom Unfalltod der Tochter Anastasia während eines Flugzeugabsturzes erzählt, und dabei hatte er den Namen Ufa genannt, soweit war sich Sandra Holz sicher. Der Name einer Anastasia Timofejew aus Ufa stand auf der Passagierliste der abgestürzten russischen Maschine, und sie war definitiv unter den Toten. Timofejew – Tymoschenko? Ob es da einen Zusammenhang gab? Oder nur Zufall ... Die Kommissarin recherchierte weiter und fand nichts, was einen Sinn ergab. Der Name des Vaters, Michail Timofejew, tauchte auch nicht in der Personenfahndungsdatei des BKA auf.

Nach emsiger Suche fand sie im Internet die technische Arbeit eines Russen namens M. Timofejew. Der Mann war Ingenieur für Wassertechnik und hatte dort einen ausführlichen Fachbeitrag veröffentlicht. Der handelte davon, wie es möglich war, mittels Sonnenenergie Salzwasser in Süßwasser umzuwandeln. Sandra Holz las nicht die kompletten zehn Seiten der Übersetzung. Sie konzentrierte sich nur auf den Hinweis zum Autor: *Der 47jährige Ingenieur M. Timofejew arbeitet seit dem Jahre 2002 erfolgreich bei der russischen*

Firma WCOMoskau und leitet dort ein Forschungslabor zur Wasseraufbereitung. Die Firma NCO gehört zum AquaOSKonzern, beheimatet in Osnabrück. Der 1964 geborene ehemalige Turmspringer der russischen Olympiamannschaft von 1964 in Los Angeles lebt mit seiner Ehefrau Darja und den vier Kindern in der russischen Stadt Ufa. Er engagiert sich seit Jahren im Tauchsportverein seiner Heimatstadt. Der Bericht war datiert vom Oktober 2010. So weit konnte alles passen. Die guten Deutschkenntnisse des Mannes wären damit erklärt. Doch warum sollte ein wahrscheinlich gut verdienender russischer Ingenieur die Freilassung einer Politikerin erzwingen wollen und Forderungen in Millionenhöhe stellen? Womöglich war der Mann Mitglied einer Untergrundorganisation. Sie fand bei weiterer Recherche eine *Russische Front zur Befreiung Julija Tymoschenkos*. Die Politikerin war Ukrainerin. Doch Timofejew kam aus der Republik Baschkortostan.

Auch dort fanden sich keine Zusammenhänge.

Das Handy vor Schimick gab einen lauten Ton von sich. Die Kommissarin schaute zu ihm hinüber, doch der kümmerte sich nicht, sondern tippte konzentriert etwas in die Tastatur seines Computers. „Schimi, das Handy von Frohnau hat sich gemeldet."

„Entschuldige, habe ich nicht gehört." Schimick nahm es auf und schaute darauf. „Mist ... der Akku wird gleich zu Ende gehen. Wir müssen ihn aufladen." Der Kriminalpolizist legte das Handy ab und widmete sich wieder dem Schreiben.

„Kollege Schimick, es ist kurz vor zwölf Uhr", sagte Petermann. „Wir müssen dem Geiselnehmer langsam Informationen zum Sachstand Tymoschenko zukommen lassen."

Der SEK-Leiter Wulff war zu ihnen gestoßen und alle setzten sich wieder zusammen an einen Tisch. Auch die Kommissarin ließ ihre Recherchen ruhen und hörte zu.

„Ich habe eben ein weiteres Mal mit dem LKA telefoniert", begann der Dezernatsleiter. „Es wird definitiv keine Freilassung beziehungsweise Auslieferung geben. Die Bundesregierung hat wohl doch in der Ukraine vorgesprochen, aber die Verantwortlichen haben wie vorausgesagt abgelehnt, sich überhaupt mit solch einer Anfrage zu befassen. Man hat mir mitgeteilt, der ukrainische Außenminister habe sich überdies empört, dass man sich hier in die innerpolitischen Dinge seines – wie er sagte – souveränen Staates einmische."

„Dann müssen wir diesen Sachstand dem Entführer mitteilen oder ihn anlügen. Was schlagen Sie vor, Kollege Schimick?", meinte Jensen grinsend.

Der Kommissarin war aufgefallen, dass Schimick den Polizeioberrat während seiner Ansprache intensiv und eher skeptisch angeschaut hatte. Nun stemmte der Hauptkommissar die Fäuste unter die Backenknochen, schaute zum Bus und regte sich nicht.

Petermann wandte sich nun an den Leiter SEK: „Kollege Wulff, bringt es etwas, diesen Russen noch länger zappeln zu lassen?"

Wulff sprang auf. „Einerseits wird er müder und kommt dem Punkt des Zusammenbruchs näher."

„Und andererseits?", wollte Argenberg wissen.

„Seine Aggressivität wird steigen. Man kann nur hoffen, dass er sich im Griff hat."

„Also, was haben wir gewonnen, wenn wir dem Entführer mitteilen, dass es, was die Freilassung der Tymoschenko angeht, Schwierigkeiten gibt?", fragte Petermann in die Runde.

„Wir verzögern den Flug. Und da wir die geforderte Maschine noch nicht haben, wäre es sicher ratsam, ihn noch etwas zappeln zu lassen", erklärte Jensen, der Kriminalbeamte aus Bremen.

Schimick nickte. „Ich bin Ihrer Meinung, Kollege Jensen. Dem Mann wird klar sein, dass die Freilassung dieser Politikerin nicht innerhalb einiger Stunden ablaufen kann. Zumal in einem osteuropäischen Staat wie der Ukraine andere Gesetze herrschen als hierzulande. Er wird schlucken müssen, dass sich die Verhandlungen hinziehen. Wir werden ihm ein fingiertes Radiointerview zuspielen, das auf Aktivitäten der Regierung hinweist, aber auch eine Verzögerung glaubhaft aufzeigt."

„Klingt gut, Schimi", meinte Polizeioberrat Petermann.

„Wollen wir den Entführer bitten, als Zeichen des guten Willens einige Geiseln freizulassen? Jetzt, wo er das Lösegeld hat?"

„Das ist eine gute Idee. Werde ihn fragen. Wer kümmert sich um das Interview? Am besten auf *oeins*, dem

Oldenburger Radiosender. Die Nachrichten um dreizehn Uhr, denke ich, wären geeignet."

Hiltmar meldete sich spontan. Er sprang auf und verließ das Gebäude.

Kapitel 16

Noch immer war kein Fortschritt in Sicht. Nortbrook erschien diese Sache endlos. Der Entführer musste doch ein Konzept haben? Der Russe konnte nicht bis zum Nimmerleinstag hier auf dem Rasen stehen bleiben. Irgendwann würde das SEK garantiert zuschlagen und dann würde es sicher zum Blutvergießen kommen. Und die Jugendlichen? Die waren ziemlich am Ende. Der üble Geruch im Bus war wieder stärker geworden. Kein Wunder, sicher war auch der neue Eimer schon gut gefüllt. Und trotz des Deckels luftdurchlässig. Außerdem verursachten zwanzig schwitzende und ungewaschene Personen auf vielleicht sechzig Kubikmeter Raum extreme Gerüche. Nortbrook wollte nicht weiter darüber nachdenken.

Der Fahrer hatte das Umpacken der Geldscheinbündel und Münzen im hinteren Busbereich registriert, konnte sich aber keinen Reim darauf machen. Der Entführer war eben zurückgekehrt und saß nun wieder auf der seitlichen Bank. Sicher schlief er. Bislang hatte der Mann wenig geschlafen. Irgendwann musste der Zusammenbruch kommen, befürchtete Nortbrook.

Eine Stimme meldete sich. „Hallo, Bus, hier ist Schimick."

Der Kopf des Entführers schnellte nach vorne. „Frag ihn, was er will."

„Was haben Sie für Neuigkeiten?", formulierte Nortbrook die Aufforderung um.

„Es gibt eine Verzögerung, was die Auslieferung von Frau Tymoschenko angeht."

Der Russe trat neben den Fahrer. „Ist das eine Verzögerungstaktik?", schrie er.

Schimicks Antwort kam erst nach kurzer Pause: „Nein, sicher nicht. Sie können sich bestimmt vorstellen, dass es nicht einfach ist, die ukrainische Regierung zum Einlenken zu überreden. Doch gegen ein Uhr wird Radio *oeins* einen Beitrag des Außenministeriums ausstrahlen. Wenn Sie den anhören könnten …?"

„So langsam kommen mir Zweifel, ob ihr kooperiert. Ich werde keinesfalls noch lange warten. Meine Geduld ist bald zu Ende. Wie lange soll sich das noch hinziehen? Bis ich die ersten Geiseln tot aus dem Bus werfe?" Die letzten Worte brüllte der Entführer in das Mikrofon, und Nortbrook zuckte zurück.

„Bis spätestens fünfzehn Uhr haben wir genauere Informationen. Versprochen."

„Also gut, ich werde mir noch diesen Beitrag anhören. Aber dann ist Schluss mit der Verzögerungstaktik. Um Punkt fünfzehn Uhr wird der Bus hier wegfahren. Das ist sicher." Der Russe klang so frustriert, dass Nortbrook schauderte. „Und wenn ihr nur einen Hauch von meinen Anweisungen abweicht, stirbt eines der Mädchen. Und das wird dann nur der Anfang des Blutvergießens sein." Die Jugendlichen hinten schrien vor Angst auf. Sie waren so laut, dass es die Beamten im Gebäude durch den Lautsprecher hören müssten. Der Busfahrer war sich im Klaren, dass der Entführer zumindest körperlich bald am Ende sein würde. Da musste langsam etwas geschehen.

Egal von welcher Seite.

„Besteht die Möglichkeit, dass Sie ein paar Geiseln – sozusagen als Entgegenkommen – freilassen?", kam es aus dem Mikrofon. Nortbrook hielt den Atem an.

Mit voller Wucht schlug der Geiselnehmer gegen das Schwanenhals-Mikrofon vor dem Busfahrer. Es schleuderte mit einem lauten Knall gegen die Fensterscheibe.

Die Frage hat sich somit erledigt, dachte Nortbrook.

„Mach die Klimaanlage an!", herrschte der Russe ihn an.

„Was? Aber dann wird das Gas ..."

„Es wird schon reichen!" Der Russe hechelte regelrecht Luft in sich hinein. Als ob er unter Asthma litte.

Nortbrook startet augenblicklich den Motor, nicht ohne einen beunruhigten Blick auf die Tankanzeige zu werfen.

Pünktlich um ein Uhr wurde die Erklärung des Außenministeriums übertragen. Ein Staatssekretär erläuterte dem Radiosprecher, man tue alles, um die ukrainische Regierung von der Schwere der Situation zu überzeugen. Die Russen hätten der Bundesregierung versprochen, wohlwollend zu entscheiden.

Entführer, Busfahrer und auch die Jugendlichen hatten gespannt zugehört. Nortbrook hatte die Innenlautsprecher im Bus zugeschaltet.

Der Russe hatte sich anschließend wieder tief in seinen Sitz zurückgezogen.

Die Kommissarin hatte dem Gespräch des Kriminalhauptkommissars mit dem Entführer mit angehaltenem Atem gelauscht. Sie sah keine Chance, an dieser verfahrenen Situation momentan irgendetwas zu ändern. Nur der Entführer konnte die Dinge in Bewegung bringen, durch Abfahrt des Busses Richtung Bremen.

Draußen auf dem Sportplatz waren Geräusche eines startenden Motors zu hören. Plante der Entführer, schon jetzt loszufahren? Geld und Münzen hatte er, also warum nicht. Aber nach einer Weile wurde ihr klar: Der Fahrer hatte den Bus gestartet, um die Klimaanlage in Betrieb zu nehmen. Beruhigt atmete sie durch.

Sandra Holz hatte sich inzwischen auch Gedanken über das Parfum gemacht und beim deutschen Zuuri-Vertrieb nachgefragt. Das Parfum *Zuuri elax pour homme* wurde nur auf Einzelbestellung gemischt und geliefert. Es war seit vielen Jahren auf dem Markt und ein Renner bei besonders gut situierten Männern. Ein Sergej Kospolow war nicht auf der Auslieferungsliste. Doch das musste ja nichts heißen. Auch einen Michail Timofejew fand der Vertrieb in München nicht. Sie bat darum, ihr die Käufer des Postleitzahlbereiches 26 zu mailen. Es fanden sich nur zwei Namen auf der Liste, die kurz darauf bei ihr einging: Anton Schimick und eine ihr unbekannte Frau Anja Schierling.

Dafür gab es von Kommissar Jensen gute Nachrichten. „Die Kollegen in Bremen haben bei einer weiteren Durchsuchung bei Sergej Kospolow, im Kofferraum seines Wagens versteckt, technische Pläne gefunden. Und was meinen Sie, um welche Pläne es sich handelt?"

Die Anwesenden schauten etwas ratlos.

„Um die Pläne eines Mercedes Benz Citaro O530. Genau von dem Typ Bus, der dort steht!", grinste Jensen und deutete Richtung Fußballplatz.

„Da sieht man doch mal etwas Licht am Ende des Tunnels!", rief der Polizeioberrat, und Kollege Hiltmar klatsche Beifall.

„Gibt es denn schon ein Geständnis?", fragte Kommissar Argenberg.

Jensen schüttelte den Kopf. „Kospolow streitet alles ab. Man habe ihm die Sachen untergeschoben. Doch ohne Alibi wird er bald umkippen. Da vertraue ich voll und ganz meinen Mitarbeitern."

„Ich weiß nicht", warf die Kommissarin ein. „Das ist mir alles zu perfekt. Der Name des Russen taucht auf. Dann die Klamotten. Nun noch Konstruktionspläne des Busses. Bisher schienen mir die Täter doch wenig fehlerbehaftet. Um es genauer zu sagen: Sie waren gut vorbereitet."

Die meisten nickten, aber Petermann winkte ab. „Ich will nichts hören, Kollegin."

Auch Schimick widersprach. „Ich denke, da verrennst du dich, Sandra. Überhaupt, was hältst du davon, für heute Feierabend zu machen?"

Die Kommissarin verstand nicht. „Aber ich bin doch noch mitten in der Recherche."

„Ich denke, es wird nicht mehr lange dauern, dann übernimmt Kollege Jensen mit seinen Bremer Kollegen", sagte Schimick. „Und nach dem wenigen Schlaf, den du bisher kriegen konntest ... da kommt doch eh nicht so viel bei raus. Und oben schlafen ... Ich weiß nicht ... – Ich werde auch in Kürze die Einsatzleitung abgeben."

Sandra wollte etwas erwidern, doch Polizeioberrat Petermann legte den Arm um seine Mitarbeiterin. „Ich denke, Schimi hat recht. Sandra, machen Sie Feierabend. Sie haben sehr gute Arbeit geleistet. Jetzt muss auch mal Ruhe angesagt sein."

Petermann hatte sie bislang höchst selten bei ihrem Vornamen genannt, und Körperkontakt bei ihrem Chef kannte sie überhaupt nicht. Er schien wohl besonders zufrieden mit ihr zu sein, dachte sie erfreut. Sie empfand es als große Anerkennung, von dem hochgestellten Polizisten so persönlich angesprochen zu werden. Trotz der Zweifel, die Petermann eben noch an ihrer Arbeit gehegt hatte. „Nun gut, wenn ich hier nicht weiter behilflich sein kann?"

„Nein, den Rest machen wir alleine", sagte Schimi.

„Danke, Hölzchen. Auch Kommissar Argenberg kann nach Hause."

Der sprang ohne Widerrede auf und zog seine Jacke an. „Wenn es etwas gibt und Sie mich brauchen: Ich bin zu Hause über Handy jederzeit erreichbar."

„Für mich gilt das Gleiche", sagte die Kommissarin und hängte sich ihre Lederjacke über. „Werde noch drüben im Freizeitheim nach den Eltern schauen. Wenn es recht ist?"

Keiner hatte Einwände.

Eiken Bruns hatte gewartet, bis seine Ehefrau am Morgen wieder wach und ansprechbar war. Sie schien so weit stabil, und beide entschlossen sich, zum Dwaschweg zu fahren. Sie wollten zumindest in der Nähe ihrer Tochter sein.

Die Polizeisperre beim Dwaschweg hatte Anweisung, Eltern und Angehörige der Businsassen in den hinteren Bereich des Freizeitheims *Frisbee* zu geleiten. Dort betreute sie ein Psychologe, aber auch viele ehrenamtliche Helfer des Roten Kreuzes versorgten die Betroffenen mit warmen Mahlzeiten und ausreichend Getränken. Einige Angehörige waren schon seit gestern Abend da und hatten in Schlafsäcken übernachtet. So manchem sah man an, dass er oder sie am Rande des Zusammenbruchs stand.

Hier waren therapeutische und ärztliche Hilfe unabdingbar und Dr. Welstein war gerade damit beschäftigt, eine weinende Mutter zu beruhigen. Eiken Bruns geleitete seine verzweifelte Frau an einen der Tische, dann ging er auf einen der ehrenamtlichen Helfer zu. „Mein

Name ist Bruns, ich bin im Oldenburger Stadtrat. Kann ich irgendetwas tun, um den Eltern hier den Aufenthalt angenehmer zu gestalten?"

„Danke, Herr Bruns, das ist sehr nett. Aber wir haben alles Notwendige hier. Dr. Welstein, der Polizeipsychologe, betreut die Angehörigen und an Sanitätskräften und Verpflegung mangelt es sicher nicht."

Bruns nickte etwas zerstreut.

„Und wie wir gehört haben, soll die Geiselnahme bis etwa fünfzehn Uhr abgeschlossen sein."

„Wie bitte, was sagen Sie da?" Bruns erschrak. In drei Stunden sei die Entführung zu Ende? Gab es neue Erkenntnisse und vor allem, warum wusste er nichts davon? Jetzt gesellte sich zu der Angst um seine Tochter auch noch Frust. Wieso hatte Dreling ihn nicht informiert, dieser Schnarchsack? Bei der nächsten Wahl des Oldenburger Polizeipräsidenten würde Bruns seinen Einfluss geltend machen!

Als Sandra Holz das Freizeitheim betrat, wurde sie sofort von fast fünfzig Augenpaaren fixiert. Von verweint über benommen bis hin zu gereizt waren alle Mienen vertreten.

Die Kommissarin stellte sich an die Seite der in Rot-Weiß gekleideten Helfer und sprach die Angehörigen und Eltern an. „Ich weiß, was Sie am liebsten von mir hören möchten. Und Sie wissen, ich würde es Ihnen liebend gern auch genau so sagen – aber noch sind Ihre Töchter nicht frei. Die Situation hat sich aber in den letzten Stunden – zum Glück – nicht verschlechtert, sondern ist weitgehend unverändert geblieben. Meine Kollegen und ich gehen davon aus, dass es bis zum heutigen Abend eine Freilassung aller Geiseln geben wird, gesund, meine ich natürlich. Ich kann Ihnen versichern, die Entführer sind keinesfalls an Blutvergießen interessiert."

Bei dem Wort Blutvergießen schrien einige im Raum auf. Ein Schluchzen war zu hören, und als sei es ansteckend wie eine Grippe, setzte es sich durch die Reihen der Angehörigen fort.

Einer rief: „Was ist an dem Gerücht dran, die Geiselnahme sei gegen drei Uhr zu Ende?"

War das nicht dieser Typ vom Oldenburger Stadtrat? Der hatte doch gestern Nachmittag schon in der Einsatzzentrale rumgetönt. „Tut mir leid", antwortete Sandra,

„Hinweise auf ein so schnelles Ende gibt es nicht."

Wieder begannen einige zu weinen, und jetzt traten auch der Kommissarin Tränen in die Augen. Spontan nahm sie eine Frau, die direkt vor ihr weinend allein auf einer Bank saß, in die Arme. „Keine Angst! Ich verbürge mich dafür, dass Sie alle ihre Töchter wieder gesund in die Arme schließen werden."

Obwohl sie fast geflüstert hatte, schienen die anderen ihre ermutigenden Worte mitbekommen zu haben, denn als Sandra sich aufrichtete, war das Wimmern und Schluchzen verstummt, und sie sah in den besorgten Augen wieder einen Funken Hoffnung. Sandra Holz nickte den Angehörigen noch einmal ermunternd zu, wischte sich die Tränen ab und verabschiedete sich. Bevor sie das Freizeitheim verließ, drehte sie sich an der Tür noch einmal um. Sie winkte Dr. Welstein freundlich zu und hob den Daumen zum Zeichen: Alles wird gut.

Ein Polizeiwagen brachte die Kommissarin nach Hause.

Kurz vor fünfzehn Uhr meldete sich der Entführer wieder.

„Wir werden unseren Platz in den nächsten Minuten verlassen. Dazu haben Sie folgende Forderungen zu erfüllen ..." Petermann war am Mikrofon. Hauptkommissar Schimick war gerade auf der Toilette. „Hier ist Polizeioberrat Petermann. Sprechen Sie!"

„Hören Sie gut zu!" Der Entführer war wieder zum Sie gewechselt, vielleicht aus Respekt vor dem höheren Dienstgrad. „Ich bin mir bewusst, dass sich die Polizeikräfte nicht in Luft auflösen werden. Dennoch verlangen wir beim Verlassen des Geländes Folgendes: Erstens: Alle Scheiben des Vereinsheims werden verdunkelt, beziehungsweise die Rollläden komplett geschlossen. Das Gleiche gilt auch für die Fenster des daneben liegenden Gebäudes. Zweitens: Keine Personen werden während unserer Fahrt draußen zu sehen sein. Weder in einem der Gebäude noch auf dem Dwaschweg. Sie stellen sicher, dass uns niemand aufhält. Keine Schaulustigen, keine Reporter und auch keine verängstigten Eltern werden am Bus auftauchen und uns am Wegfahren hindern. Sollte irgendetwas dieser Art geschehen, werde ich sofort schießen. Drittens: Auf unserer Fahrt zum Flughafen Bremen möchte ich keinerlei Polizeiautos sehen. Auch keine Hubschrauber über uns. Auch später nicht in Bremen. Sperren Sie den Luftraum für Helikopter, bis ich etwas anderes anordne. Das sind meine Forderungen. Melden Sie sich, wenn Sie alles eingeleitet haben. Und mir fehlen immer noch Zusagen zur Freilassung der Genossin Tymoschenko. Glauben Sie nicht, dass Sie mich verarschen können!"

Schimick war inzwischen wieder aufgetaucht und hatte sich hinter seinen Chef gestellt. Auch Kommissar Jensen hatte still den Forderungen des Entführers gelauscht.

„Gut", sagte Petermann. „Wir haben Ihre Forderungen verstanden und akzeptieren sie. Wir benötigen eine gute halbe Stunde zur Umsetzung. Und wir wollen Sie natürlich nicht …"

Es knackte im Lautsprecher – der Entführer hatte das Gespräch abgebrochen.

„Was meinen Sie, Kollege?", wandte sich Petermann an Jensen.

„Ich an seiner Stelle würde das Gleiche verlangen. Mich wundert nur, dass er, was die Politikerin angeht, eher ruhig bleibt."

„Holen Sie Wulff!", wandte Petermann sich an Schimick.

Kapitel 17

Die Kommissarin wurde zu Hause schon von ihrer Mutter voller Neugierde erwartet, aber erst einmal verschwand Sandra unter der Dusche.

Ihre Mutter blieb vor dem Badezimmer stehen. „Sandra, mein Kind", rief sie, „ich habe in meiner Sammlung von *Tatort*-Folgen mal nachgeschaut. Eine Busentführung gab es noch nie. Aber im 1988 ausgestrahlten *Tatort Gebrochene Blüten* wurden Schimanski und Thanner zu einem Duisburger Bus gerufen. Dort lag ein Toter …"

Diese *Tatort*-Marotte ihrer Mutter machte Sandra langsam Angst. Seit dem Zeitpunkt, an dem Sandra Holz den Entschluss bekanntgegeben hatte, Polizistin zu werden, hatte ihre Mutter sich auf alles gestürzt, was im Fernsehprogramm nach Krimi aussah. Nach und nach hatte die Witwe sich dann auf die ARD-Reihe *Tatort* spezialisiert. Der sonntagabendliche Film war ihr nach einiger Zeit zu wenig gewesen, sie hatte sich nach und nach alle Folgen auf Video und später dann auf DVD gekauft. Sandra hatte nicht nachgezählt, aber sicher standen inzwischen mehr als fünfhundert Filme in den Regalen im Wohnzimmer des Reihenhauses. Sandra Holz war es eigentlich egal, was ihre Mutter sich ansah. Die Kommissarin hatte oben ihr eigenes kleines Reich mit eigenem Fernseher. Doch seit Sandra nach der Trennung von ihrem Lebensgefährten wieder ins elterliche Haus gezogen war, mischte sich ihre Mutter ständig auf diese Weise in laufende Ermittlungen ein.

„Mama, ich kann und werde nicht über diesen Einsatz mit dir reden", rief sie zurück. „Wenn du beweisen willst, dass du dich mit den *Tatort*-Fällen auskennst, melde dich bei *Wetten, dass...?* an. – Noch besser: Bewirb dich beim ZDF als Moderator dafür ... Falls Lanz aufgibt." Sie musste lachen. Aber vielleicht war sie doch etwas zu grob gewesen, jedenfalls antwortete ihre Mutter nicht und schien gegangen zu sein.

Als die Kommissarin wieder angezogen das Wohnzimmer betrat, saß ihre Mutter vor dem Flachbildschirm, auf dem Götz George alias Schimanski soeben in voller Montur in einen Fluss sprang.

„Du musst mir ja nicht alles haargenau erzählen, Sandra. Aber mal ein wenig über deine Arbeit sprechen ... Das würde ja schon reichen."

Es klang vorwurfsvoll und wirkte. Sandras schlechtes Gewissen bekam die Oberhand. Mit wenigen kurzen Sätzen weihte sie die Mutter in den aktuellen Stand der Dinge am Dwaschweg ein.

„Um Gottes willen ...! Die armen Kinder! Und dann die Eltern ...? Und die Kerle wollen also Geld und diese ukrainische Frau freipressen ..." Charlotte Holz nickte und schwieg eine Weile. Dann sagte sie plötzlich:

„Wenn du mich fragst, Kind, stimmt da etwas nicht. Wenn die Freipressung der Politikerin ihr größtes Ziel ist und das Geld später für die Sache verwendet werden soll, warum ...?"

„Was, ›warum‹?", fragte Sandra ungeduldig.

„Warum lassen die Männer sich dann so lange Zeit?", fragte ihre Mutter. „Menschen mit politischen Zielen sind skrupellos. Die kennen keine Kompromisse. Eher sterben die für ihre Sache. Das Ganze klingt eher nach Kindergarten."

Sandra Holz hatte genug und winkte ab. „Mama, ich fahre noch mal in mein Büro. Muss noch etwas arbeiten. Bin zum Abendessen wohl nicht zurück. – Ach, weißt du, ich lasse mir etwas bringen", ergänzte sie schnell, bevor die Mutter Sätze wie ›Kind, du musst doch was essen‹ oder ›Du bist schon ganz abgemagert‹ loslassen konnte.

Sandra setzte sich in ihren roten Mini und fuhr zum Theodor-Tantzen-Platz.

Hatte ihre Mutter vielleicht recht? Warum setzten die Entführer ihr politisches Anliegen nicht um? Warum nahmen sie diese Verzögerung so geduldig hin?

Sollte die Freipressung nur Ablenkung sein oder waren die angeblich politisch engagierten Männer vielleicht nicht so professionell, wie alle glaubten? Aber dagegen sprach eigentlich, dass bisher der Plan der Entführer ja aufzugehen schien. Hinzu kam: Ein Kapitalverbrechen zu begehen, bei dessen Scheitern mit hohen Haftstrafen zu rechnen war – da musste Erfolg das oberste Gebot jedes Verbrechers sein. Und diese Entführer hatten zweifellos ihre Geiselnahme generalsstabsmäßig geplant. Geradezu, als ob sich jemand mit solchen Sachen auskannte. Der Kommissarin kam der Vergleich mit Schach in den Kopf: Immer einen Zug vor der Kriminalpolizei sein.

Obwohl, alles lief ja doch nicht nach Plan.

Sie schaltete NDR 2 ein. Aus den Lautsprechern des Fahrzeugs erklang Dave Brubecks *Take five*.

Endlich kam Bewegung in die Sache. Nortbrook wurde vom Entführer angewiesen, seine Handfessel zu tauschen. Das war das klare Zeichen: Der Bus würde bald wieder losfahren. Aus sicherer Entfernung schaute der Entführer zu, wie der Fahrer sich mit den Handfesseln abmühte.

Beim Vereinsgebäude hatte man inzwischen die Lamellenvorhänge komplett geschlossen und oben die Rollläden heruntergezogen. Auch schien man alle Polizeibeamten abzuziehen. Zumindest sah Nortbrook durch die Spalte in den Scheiben keinerlei Aktivitäten auf dem Dwaschweg. Es war inzwischen fünfzehn Uhr dreißig geworden, als der Entführer Nortbrook die Anweisung gab, loszufahren. Nun sollte es also nach Bremen gehen. Nortbrook musste unwillkürlich dran denken, dass am heutigen Samstag das letzte Bundesligaspiel vor der Sommerpause lief. Werder Bremen hatte sich in der laufenden Bundesligasaison bis auf zwei Punkte an den Tabellenersten Bayern München herangeschafft. Heute spielten die beiden Vereine in Bremen gegeneinander. Wenn Werder gewann, hatte die Bremer Mannschaft den fünften Meistertitel errungen. Das erste Mal wieder seit dem Jahr 2004. Wie gerne hätte Josef Nortbrook die Partie angeschaut! Er hatte sogar eine Dauerkarte. Aber ihm war die Busentführung dazwischengekommen. Ob er zumindest die Übertragung des Spiels im Radio hören könnte …? Aber es sollte wohl nicht sein. Nortbrook verdrängte den Gedanken und konzentrierte sich auf die Fahrt, die ihnen bevorstand. Die zum Spiel anreisenden Fans hatten zwar mit Sicherheit den Verkehr rund um das Weserstadion erst einmal zum Erliegen gebracht, doch zum Glück hatte das Bundesligaspiel ja schon begonnen. Das sollte sie also auf dem Weg zum Bremer Flugplatz nicht behindern können.

Der Entführer hatte die Jugendlichen, soweit sie auf Einzelplätzen gesessen hatten, nach hinten getrieben und wieder alle einzeln mit Kabelbinder fixiert. Der musste Hunderte dieser Plastikschlaufen dabeihaben, rechnete Nortbrook. Er beobachtete, wie sich der Russe von der Umsetzung seiner Forderungen überzeugte und die Verdunkelung der Gebäude durch einen Spalt in der Verklebung der Bustür überwachte.

„Ich werde mich nach hinten setzen", sprach er Nortbrook an. „Wenn ich Platz genommen habe, kannst du das Rollo vorne hochschieben." Er ging in den Fond des Busses und rief: „Gib denen jetzt durch, wir fahren los." Nortbrook gab per Funk in der Einsatzzentrale Bescheid und setzte den Motor in Gang. Seine Beine waren fast taub vom andauernden Sitzen der letzten Stunden und sein Rücken tat weh. Aber wie stark die Schmerzen auch waren, er konnte es sich im Moment nicht leisten, schlappzumachen. Dafür lastete zu viel Verantwortung auf ihm. Vorsichtig ließ er den Bus anrollen. Nortbrook lenkte ihn langsam über das Grün.

Die Lamellenvorhänge der hohen Glastüren am Vereinsgebäude waren blickdicht zugezogen, und tatsächlich waren auch außen keine Personen mehr zu sehen. Auch beim Gebäude links, oberhalb der Garagentore, hatte man die Rollläden hinuntergelassen. Nortbrook holte weit aus, um mit dem Fahrzeug sicher durch die Einfahrt zu kommen. Es gelang auf Anhieb. Zuerst tastete er sich mit der Schnauze vor, dann fuhr auch der Rest des Busses durch die Öffnung zwischen Zaun und Hauswand. Den Parkplatz des Vereinsgebäudes von Blau-Weiß Bümmerstede hatten die Einsatzkräfte komplett geräumt. Auch hier waren weder Fahrzeuge noch Personen zu sehen.

Ein Blick in den Monitor zeigte Nortbrook, dass der Entführer sich zwischen den Jugendlichen im hinteren Busteil versteckt hatte. Seine Pistole in der Hand, den Kopf etwas eingezogen, sah es aus, als sei er eingeschlafen zwischen den Mädchen.

Der Busfahrer erwischte trotz der schmerzenden Hand eine gute Linie und kam ohne Kollision mit Natur oder Gebäude bis zum Dwaschweg. Zwar wurden die Schülerinnen und auch der Entführer, wie schon bei der Hinfahrt, böse durchgeschüttelt, doch ansonsten lief alles glatt. Und auch die Forderungen des Russen hatte man offenbar einwandfrei erfüllt. Alle Fenster vorne, so war Nortbrook aufgefallen, waren wie verlangt dunkel, und nur entfernt stehende blau-silberne Polizeiwagen zeugten noch von Polizeipräsenz.

„Wir fahren vorne rechts, dann sofort wieder links den Sprungweg hoch!" Der Entführer musste schreien, um sich gegen den Motor und die nun wieder mit voller Leistung arbeitende Klimaanlage durchzusetzen. Die Luft im Bus verbesserte sich deutlich.

Auch auf der Distanz vom Dwaschweg zum Sprung-weg war keinerlei Polizei zu sehen. Links beim Frei-zeitheim waren Menschen, das konnte der Fahrer kurz erkennen. Aber er war zu beschäftigt, um genau hinzu-blicken. Nun bog der Bus auf den Sprungweg ab. Etwa hundert Meter weiter oben sichtete Nortbrook eine Po-lizeisperre. Doch die Beamten räumten sofort die Bar-rieren von der Straße, als der Bus in ihr Blickfeld rollte. Die Männer traten weit zurück auf die Berme.

„Wir fahren über den Borchersweg hinaus auf die L872, die Hattener Landstraße Richtung Hatten", brüll-te der Entführer von hinten, als Nortbrook ihm durch den Gangspiegel einen längeren Blick zuwarf. Dem Busfahrer fiel auf, dass der Russe ein Blatt Papier in den Händen hielt. Der hatte sich, was die Orientierung in der Region anging, wohl gut vorbereitet.

„Wenn Sie mir genau sagen, wo wir hinwollen …?", schrie Nortbrook zurück. „Ich bin hier seit über vierzig Jahre zu Hause!"

Michael kam gebückt nach vorne gelaufen und nahm auf dem Sitz hinter dem Fahrer Platz. Nortbrook war klar, ganz vorne würde der Mann eine gute Zielscheibe abgeben. Also versteckte der sich hinter der Fahrerkabine und den dort noch immer abgeklebten Fenstern.

Der Busfahrer kontrollierte routiniert die Außenspiegel. In sicherem Abstand folgten ihnen zwei zivile Fahrzeuge. Wahrscheinlich Polizei.

Auch dem Entführer war das nicht entgangen. „Wir werden auf den Ossendamm wechseln, dann auf die L871 …"

„… und dann auf die Autobahn 28 Richtung Bremen", ergänzte Nortbrook.

„Genau, Richtung Bremer Flugplatz. Du kennst die Strecke?"

„Die Straße dorthin müsste nach mir benannt werden, so oft bin ich die gefahren", scherzte Nortbrook.

Die Miene des Russen blieb unverändert ernst. „Gut, dann fahre wie immer. Kein Halt und kein Überholen. Wir wollen keinen Unfall und sicher keinen unplanmäßigen Stopp. Wie sieht es mit dem Sprit aus?"

„Sie meinen, dem Gas", verbesserte Nortbrook, hatte aber gleich wieder ein schlechtes Gewissen wegen der Belehrung. Schnell legte er nach: „Nicht gut. Ich habe bisher noch keinen Bus leergefahren, aber … ich glaube nicht daran, dass wir es damit bis Bremen schaffen." Um seine Worte zu bekräftigen, schlug er mit der freien Hand auf die Tankanzeige.

„Mir scheint eher, du hast vor, einen Stopp zu erzwingen", gab der Russe zurück. „Vielleicht hast du dich ja heute Nacht mit der Polizei abgesprochen und die warten nun irgendwo auf uns?"

Nortbrook glaubte seinen Ohren nicht zu trauen. Hatte er denn bisher nicht alles genauestens befolgt, was dieser Verbrecher verlangt hatte? Vom ersten Moment an hatte bei ihm die Gesundheit der Jugendlichen im Vordergrund gestanden. Und sein eigenes Wohlergehen hatte er dabei extrem vernachlässigt. „Hören Sie, Michael", sagte Nortbrook und es klang so böse und genervt, wie er es meinte. „Bisher habe ich alle Ihre Anweisungen umgesetzt. Ich habe Ihnen sicher keinerlei Anlass gegeben, sich über mich zu beklagen. Doch jetzt reicht es mir langsam. Wenn Sie wollen, erschießen Sie mich. Aber lassen Sie die Jugendlichen nicht darunter leiden. Wenn Sie mir also nicht glauben wollen, lassen Sie uns meinetwegen weiterfahren, bis diese Kiste irgendwo auf der A 28 zum Stehen kommt. Aber dafür tragen dann Sie die ganze Verantwortung."

Unter der tief ins Gesicht gezogenen Mütze und dem hochgezogenen Schal, so konnte Nortbrook im Spiegel sehen, waren dem Entführer die Gesichtszüge entgleist. Der Busfahrer drückte unwillkürlich den Rücken durch und erwartete jeden Moment einen Ausbruch oder gar einen Schlag mit der Waffe ins Gesicht. Doch nichts geschah. Nortbrook hielt den Bus sauber auf der Spur und schaute hin und wieder auf den schweigenden Entführer. Sie fuhren weiter auf der Hattener Landstraße.

Dort standen immer wieder am rechten Straßenrand dunkle Fahrzeuge. Die Insassen, so konnte Nortbrook sehen, versuchten sich natürlich zu geben. Doch war ihm – und sicher dem Entführer – klar, dass es sich um Polizeibeamte in Zivil handelte.

Es gab dem Fahrer ein gutes Gefühl, beschützt zu sein.

Kapitel 18

Sandra Holz hatte sich im Büro an den Schreibtisch gesetzt und ihren Computer hochgefahren. Sie lud sich die Seite mit dem wissenschaftlichen Bericht des Russen hoch. Doch dort fanden sich keine weiteren Hinweise. Da Michail Timofejew bisher nie kriminaltechnisch aufgefallen schien, fand sie auch keine Akte über ihn. Vielleicht war sie ohnehin auf der völlig falschen Spur? Die Kollegen waren ja auch dieser Meinung. Aber eine andere Spur hatte sie momentan nicht.

Sie schaute auf die Uhr: siebzehn Uhr sieben. Ob Schimick schon die Einsatzleitung an diesen Hauptkommissar Jensen abgegeben hatte? Vielleicht kam er noch hierher in das Dienstgebäude, dann konnten sie sich untereinander austauschen. Sie könnte ihn auch auf dem Handy anrufen und herbitten.

Doch sie ließ es und recherchierte weiter. Der Russe, den sie in Bremen festgenommen hatten, war tatsächlich Ukrainer, so viel war klar. Timofejew aber stammte aus Baschkortostan. Sandra ließ sich die Entfernung von Ufa nach Kiew mittels Routenplaner berechnen: weit über zweitausend Kilometer! Ein Ukrainer und ein Entführer aus dem weit entfernten Baschkortostan. Das ergab in ihren Augen wenig Sinn. Sie wusste nicht viel von Russland, außer, dass sich die ehemaligen Sowjetrepubliken seit Auseinanderfallen untereinander nicht immer wohlgesonnen waren. Warum also sollte ein Russe aus der Republik Baschkortostan einer ukrainischen Politikerin Tymoschenko zur Freilassung verhelfen? Hatten die dort keine anderen Probleme? Gut, unmöglich war nichts, aber besonders glaubhaft schien ihr das auch nicht.

Sie öffnete die Homepage von Ufa. Die Stadt lag an der Mündung des Flusses Ufa in die Belaja und hatte eine Million Einwohner. Die Kommissarin staunte darüber und ärgerte sich über ihre Bildungslücken. Dann lud sie sich einige Bilder herunter. Eines davon zeigte ein Reiterdenkmal – Salavat Yulaev, recherchierte sie, ein Held der Stadt Ufa. Auf dem knapp zehn Meter hohen Monument, so las sie, war auch das Emblem der Republik Baschkortostan dargestellt: ein Reiter auf seinem Pferd, umgeben von einem Strahlenkranz. Aber das brachte sie nicht weiter. Auch die anderen Fotos gaben ihr keine brauchbaren Hinweise.

Sie wechselte die Taktik. Warum forderten die Entführer Euro in Scheinen, und zusätzlich Krügerrand-Münzen? Bisher hatte das niemand durchleuchtet, aber es steckte sicher System dahinter. Gold war besser abzusetzen als Scheine. Münzen wiesen erfahrungsgemäß keine Nummerierung auf, so viel war sicher. Also würde man den Verkauf des Goldes nicht so einfach nachverfolgen können. Warum dann aber nicht nur Krügerrand, sondern auch Euro? Sandra tippte auf das Gewicht der Münzen als Problem, und ließ es bei der Vermutung.

Die Kommissarin hatte sich während ihrer Recherche einige der Details auf die Schreibtischunterlage geschrieben. Mit einem Textmarker begann sie darauf herumzumalen. Doch der grüne Stift gab nur noch wenig Farbe ab und Sandra Holz suchte in der Schreibtischschublade nach einem weiteren. Fehlanzeige. Ob Schimi noch einen hatte? Sie stand auf, durchquerte den Raum und setzte sich an den Schreibtisch des Kollegen. Der würde sicher nichts dagegen haben, wenn sie sich einen Marker von ihm auslieh. In einer kleinen Lade fand sie welche in allen Farben und entschied sich für einen blauen.

Auf einem Regal seitlich des Schreibtischs hatte Schimick einen digitalen Fotorahmen aufgestellt. Die Kollegin wusste, wenn der Hauptkommissar arbeitete, schaltete er den Rahmen stets auf eine Diashow. Im Moment war nur das Bild seiner Yacht *Goldstück* zu sehen.

Die Kommissarin hatte ihn schon mal im Segelverein Weser besucht, unmittelbar neben dem Bremer Fußballstadion. Sie war seiner Einladung zur Fahrt mit der *Goldstück* gefolgt und an einem sonnigen Samstag mit Schimi in der Zehn-Meter-Yacht über die Weser gerauscht. Irgendwo Nähe Martinistraße hatte er die Yacht festgemacht, und sie waren durch die City gebummelt und hatten Cocktails getrunken. Schon damals hatte sich die Kollegin gewundert, wie jemand mit dem Gehalt eines Ersten Hauptkommissars solch ein feudales Leben führen konnte. Sicher verdiente er nicht schlecht, aber so ein Luxus? Schimi hatte ihr vor einiger Zeit mal etwas von der hohen Erbschaft einer Tante erzählt. Doch sie hatte nie nachgefragt. Sie gönnte ihm seinen Luxus. Anton Schimick war ein lieber Mensch.

Die Kommissarin drückte neugierig auf dem Fotorahmen herum, bis die Bilder wechselten: Schimi und sein Porsche. Schimi auf seiner Yacht zwischen Bikini tragenden Frauen bei einer Misswahl. Schimi auf dem Empire State Building. Schimi in einem Jeep, im Hintergrund Giraffen. Nun wurden die Bilder älter. Der junge Schimi mit Freunden beim Segeln, braungebrannt auf Mallorca beim Ballermann. Dann zeigte das Foto einen kleinen Jungen zusammen mit einer älteren Dame vor einem Denkmal. Anschließend kam wieder der junge Schimick, diesmal in Badehose.

Sandra Holz stoppte die Diashow. Dieses Denkmal, vor dem dieser kleine Junge mit der Frau gestanden hatte … ein Reiter. Sandra ließ die Bilder noch einmal durchlaufen und stoppte bei der Reiterstatue. Das Foto war recht unscharf, sicher mit einer billigen Kamera gemacht und erst später digitalisiert. Genaueres konnte man nicht erkennen. Hatte der Rahmen eine Zoomfunktion? Ja, seitlich stand Zoom plus und minus.

Die Kommissarin nahm den Fotorahmen von der Aktenablage und ging zurück zu ihrem Schreibtisch. Sie begann das Bild im Rahmen zu vergrößern. Auf dem Granitsockel unterhalb des Reiterstandbilds auf Schimis Foto war ein Wappen zu erkennen, darin ein

246

Reiter auf seinem Pferd, von einem Strahlenkranz eingerahmt.

Das Foto war in Ufa, der Hauptstadt der russischen Republik Baschkortostan, aufgenommen worden.

Der Schülerbus der Linie 315 hatte inzwischen ohne Probleme die A 28 in Höhe der Gemeinde Hatten erreicht und fuhr auf der Einfädelungsspur. Die vierspurige Autobahn war an diesem Samstagnachmittag gut befahren und es dauerte eine Weile, bis Nortbrook den Bus beschleunigen konnte.

Der Entführer hatte nach dem Gespräch über den leeren Gastank nichts mehr gesagt. Nortbrook hatte die Angelegenheit abgetan. Was sollte er auch machen?

Der Busfahrer dachte darüber nach, wie die Kriminalpolizei es anstellte, dem Bus zu folgen, ohne ihrerseits aufzufallen. Eine direkte Verfolgung würde der Entführer sicher bemerken. Und er selbst hatte von dem Russen den Befehl bekommen, den Linienbus nicht über die erlaubte Höchstgeschwindigkeit von achtzig Stundenkilometern zu bringen. Womöglich warteten an jeder Abfahrt Polizeifahrzeuge und stellten sicher, dass der Bus nicht unbemerkt die Autobahn verließ. Wie dem auch sei, sicher gab es ein bewährtes Verfahren, das er nicht kannte.

Nortbrook erschrak, als der Russe plötzlich hinter ihm stand und fragte: „Was schlägst du vor?"

„Sie meinen, wegen des leeren Tanks?", fragte er unsicher nach.

„Ja – wo bekommen wir ohne Schwierigkeiten Gas her?"

Nortbrook hatte inzwischen schon mehrfach darüber nachgedacht und teilte dem Entführer seine Idee mit.

„Dieser Bus hat einen mit zweihundert Bar gefüllten Gastank." Der Fahrer zeigte nach oben. „Die Gaszapfsäulen an den Pkw-Zapfsäulen leisten aber nur etwa zehn Bar, weil das für einen Pkw völlig ausreichend ist."

„Heißt das, wir können an einer normalen Tankstelle nicht tanken?"

„Es gibt eine Möglichkeit", sagte Nortbrook. „Ich erinnere mich an die Überführungsfahrt eines Kollegen, ich glaube von Bayern hier nach Oldenburg. Dem ist bei Bielefeld das Gas ausgegangen. Er hat den Bus fast leer an einer Raststätte abgestellt. Und als er da dann festgestellt hat, dass der Tankstutzen nicht passte, rief er im Betrieb an. Die haben ihm einen speziellen Adapter gebracht. Und damit ist es ihm zumindest gelungen, so viel Gas in den Tank zu bekommen, dass er die Heimreise geschafft hat." Der Entführer schaute etwas skeptisch. Noch schien er die Geschichte nicht zu glauben. „Du meinst also, wir brauchen diesen Adapter? Und? Hast du einen im Bus?" Nortbrook schüttelte den Kopf. „Ich müsste ihn halt jetzt über Funk anfordern, aber das wäre doch kein Problem."

„Du weißt", sagte der Russe, „wenn etwas in die Hose geht, werden wir alle sterben."

Mit einem dicken Kloß im Hals nickte Nortbrook.

„Okay. Besorg den Adapter. Und wo sollen wir tanken?"

„Bei der Autobahnraststätte Hasbruch", schlug Nortbrook vor. „Die haben wir in wenigen Kilometern erreicht. Dort ist ein großes Gelände, und die Tankstelle liegt unmittelbar an der Autobahn. Wir müssten also nicht mal von der A 28 runter."

Der Entführer nickte, sichtlich erleichtert. „Gut, damit bin ich einverstanden. Gib das durch und melde der Polizei, spätestens am Flugplatz möchte ich die Zusage, dass man Julia Tymoschenko die Freiheit zurückgibt."

Die Techniker hatten die Funkverbindung zum Bus sofort nach Schließung der Einsatzzentrale am Dwaschweg zu Hauptkommissar Jensen umgeleitet. Der Ruf von Nortbrook erreichte den Kriminalbeamten auf der Autobahn, nicht weit von dem Bus, der gerade an der Abfahrt Hude vorbeirollte.

„Hallo, Polizei?"

„Wie kann ich Ihnen helfen, Herr Nortbrook?", fragte Jensen.

„Wir werden mit der Gasfüllung nicht mehr bis nach Bremen zum Flughafen kommen. Wir benötigen einen Adapter, um an einer regulären Tankstelle Gas zu tanken." Jensen sah seine Chance. „Lenken Sie den Bus in Hude von der Autobahn. Von dort leiten wir Sie zu einer Tankstelle."

Der Entführer schüttelte den Kopf.

„Tut mir leid, Herr Kommissar", lehnte Nortbrook ab. „Der Entführer hat angeordnet, bei der Raststätte Hasbruch anzuhalten. Sie sollen sicherstellen, dass der Adapter umgehend dort hingebracht wird …"

Der Russe war aufgesprungen. „… und ich möchte dort keinerlei Polizei sehen!", brüllte er in das Busmikrofon.

„Wie stellen Sie sich das mit dem Adapter vor?", fragte Jensen nach.

„Fragen Sie meinen Kollegen Luuk van Haas", sagte Nortbrook, „der wird Ihnen helfen. Und, Herr Kommissar: Der Entführer wünscht am Flugplatz die definitive Bestätigung zur Freilassung der Politikerin."

Jensen ließ sich mit der VWG verbinden und hatte Glück, van Haas hatte heute wieder den Spätdienst übernommen. Der Angestellte versprach, sofort einen Kollegen mit dem Adapter zur Tankstelle Hasbruch zu schicken.

Auf Jensens Frage, ob es nicht einfacher wäre, den Adapter aus Bremen kommen zu lassen, erklärte van Haas:

„Ich bin nicht sicher, ob die dort überhaupt einen haben. Das ist eine Sonderanfertigung."

Eiken Bruns war es inzwischen vorgekommen, als hätte er während der letzten Stunden jede Minute auf seine Armbanduhr geschaut. Es hatte einfach nicht fünfzehn Uhr werden wollen. Er war inzwischen so nervös gewesen, dass er eine halbe seiner vom Arzt verschriebenen Bluthochdrucktabletten zusätzlich eingenommen hatte. Er hatte sich zum wiederholten Male von seinem Fahrer zur Straßensperre an den Sprungweg bringen lassen. Die Polizei hatte immer noch jeglichen Zutritt verwehrt, inzwischen auch für Angehörige der Geiseln. Ob etwas Bewegung in die Sache gekommen war?

Schon vorne an der Sandkruger Straße hatten die Einsatzkräfte ein Durchfahrtsverbotschild und zusätzlich Polizeikräfte aufgestellt. Das hinderte Autofahrer daran, in den Sprungweg abzubiegen. Bruns hatte es mit dem Hinweis auf seine Stadtratsposition geschafft, die Genehmigung zur Durchfahrt zu erhalten. Er hatte sich bis zur Polizeisperre fahren lassen und war dort ausgestiegen.

„Moin, Herr Bruns", hatte ihn ein Uniformierter freundlich begrüßt. „Sie kennen mich sicher nicht, Herr Bruns, und ich weiß ja nicht, ob Sie sich erinnern … Meine Frau arbeitet bei Ihnen im Betrieb. Schäfer, Carmen Schäfer."

„Aber sicher, Herr Schäfer, natürlich kenne ich Ihre Frau! Sie haben Dienst hier? Schlimme Sache."

„Ja, das ist wahr, Herr Bruns. Aber es kann nicht mehr lange dauern." Der Beamte hatte Bruns unauffällig etwas zur Seite geschoben. „Ihnen als Politiker kann ich es ja sagen: Die werden gegen fünfzehn Uhr zum Airport nach Bremen fahren. Dort steht eine aufgetankte Maschine und bringt sie in die Ukraine." Das Wort U-kra-i-ne hatte Schäfer in die Länge gezogen.

Bruns schwankte und hielt sich gerade noch an der Kunststoffschranke fest. „Dann hat das Ganze ja bald ein Ende, Herr Schäfer. Und die Geiseln werden am Flughafen sicher freigelassen?"

„Da wäre ich mir nicht so sicher, Herr Bruns. Wahrscheinlich nehmen die Irren ein paar der Mädchen mit nach Russland. Als Pfand sozusagen. Damit unsere Jäger die Entführer nicht mitsamt dem Flugzeug vom Himmel holen." Der Polizist machte eine Handbewegung, die wohl ein schnelles Jagdflugzeug andeuten sollte.

Bruns riss es die Beine weg, und er strauchelte.

Der Polizeibeamte hatte blitzschnell zugelangt und den taumelnden Mann festgehalten. „Herr Bruns, ist Ihnen nicht gut?"

„Lassen Sie, es geht schon ... Ich werde heimfahren. Muss mal wieder etwas essen. Habe das die letzten Stunden stark vernachlässigt." Mit einer Handbewegung, die ein Dankeschön hätte ausdrücken können, war Bruns schwankend in seinen Wagen gestiegen.

Ein Ende der Geiselnahme war noch immer nicht in Sicht ... Flug mit Geiseln in die Ukraine ... Bruns' Blutdruck war gestiegen, trotz der Tabletten. „Sofort zurück nach Hause, aber schleunigst", hatte er den ahnungslosen Fahrer angefahren. Bruns sah vor seinem inneren Auge schon mit Schrecken, wie man seine Tochter Anna-Lena in Kiew aus dem Flieger zerrte.

Die Mehrzahl der Jugendlichen hinten im Font des Fahrzeuges waren durch die Vibration und das beruhigende Schaukeln des Busses auf der Straße in den

Schlaf versetzt worden. Sie wachten erschreckt auf, als der Entführer plötzlich vor ihnen stand und zu ihnen sprach.

„Ich möchte, dass ihr mir jetzt genau zuhört!"

Alle Augen waren nun offen und schauten den Mann verängstigt an.

„Wir haben in den letzten vierundzwanzig Stunden einiges miteinander erlebt und ich möchte euch sagen, dass ich nie geplant hatte, irgendeiner von euch etwas Böses anzutun. Man hat mir und meiner Familie Schlimmes angetan. Daran Schuld hat unter anderem auch dein Vater, Anna-Lena", sagte er und zeigte mit der Hand auf sie.

Anna-Lena zuckte zurück.

Er fuhr fort: „Ich wollte einen Teil unseres Leids zurückgeben, aber auch einen finanziellen Ausgleich dafür verlangen."

Einige der Mädchen schauten Anna-Lena an, manche entsetzt, aber einige auch böse. Sie verstanden zwar nicht genau, was der Mann wollte. Doch sie wussten jetzt, dass ihre Mitschülerin irgendetwas mit der Entführung zu tun haben musste.

„Man kann den Tod einer Tochter und die schwere Behinderung eines Sohnes nicht mit Geld aufwiegen", sagte der Geiselnehmer, und seine Stimme wurde etwas leiser. „So viel Euros gibt es nicht. Aber man kann durch Geld manches einfacher machen." Jetzt gewann seine Stimme wieder etwas an Härte. „Wir fahren jetzt Richtung Flughafen Bremen. Dort werdet ihr auf mein

Kommando aussteigen. Jede von euch wird dann eine der Schultaschen mit dem Geld aufnehmen und wir werden hintereinander laufen. Habt ihr gehört, was ich gesagt habe?

Die Mädchen nickten ängstlich und eingeschüchtert.

„Gut. Zunächst gibt es noch einen außerplanmäßigen Tankstopp. Ihr verhaltet euch während dieser Zeit absolut ruhig. Weitere Anweisungen gebe ich euch später."

Der Russe lief vorsichtig zwischen all den Schulranzen zu seiner eigenen großen Tasche. Dort nahm er ein Bündel von orangefarbenen Schwimmärmchen heraus und warf sie in die letzte Bank. „Blast sie auf, aber vollständig."

Dann setzte er sich auf den Boden, zog sich einige leere Schultaschen heran und begann, die in Plastikbeutel eingepackten Geldbündel darin zu verstauen.

Sebastian war nicht klar, was der Mann mit der Behauptung gemeint hatte, Anna-Lenas Vater hätte Schlimmes angestellt. Die Schülerin war kreideweiß geworden, hatte dem Russen aber nichts darauf erwidert. Nur wie gelähmt ins Leere geschaut. Sebastian fragte sich, ob der Entführer vielleicht nur von der eigentlichen Situation ablenken wollte. Er würde seine Freundin später fragen.

Von seiner Sitzposition konnte Sebastian sehen, wie der Mann die mit Euroscheinen gefüllten Beutel exakt abzählte. Anschließend schob der Russe sie in die Schulranzen. So lange, bis alle Beutel in den diversen

Schultaschen verschwunden waren. Die inzwischen geleerten Sporttaschen hatte der Mann über einen Sitz nach vorne auf den Boden geworfen.

Die Schülerinnen bliesen indessen die Schwimmhilfen auf und hielten sie ergeben dem Entführer hin.

Der prüfte die roten Plastikarme, in dem er darauf herumdrückte. „Die ... und diese hier: noch fester aufblasen." Sebastian sah, dass die erschöpften Mädchen alles gaben, mit ihren Kräften fast am Ende. Trotzdem pressten sie noch immer Luft in das Plastik.

Nachdem der Geiselnehmer so weit zufrieden war, nahm er sich die Münzen vor. Sebastian beobachtete, wie der Mann einen der wasserdichten Münzbeutel in eine Tasche zu den Scheinen packte. Der Schulranzen schien proppevoll, denn der Russe drückte energisch den Inhalt etwas nach unten. Jetzt hatte er wohl wieder etwas Platz gewonnen, denn obendrauf legte er nun zwei der aufgeblasenen Schwimmarme. Unter etwas Druck verschloss er dann die Tasche, und widmete sich der nächsten.

Noch konnte sich Sebastian das Vorgehen des Russen nicht erklären. Warum packte der Typ diese Plastikteile in die Schultaschen? Bei einer Flucht mit einem Flugzeug? Die Schwimmarme waren hergestellt, um Kleinkinder und Nichtschwimmer vor dem Ertrinken zu schützen! Der Junge grübelte, doch ihm fiel nichts ein.

„Werden wir alle mit Ihnen fliegen müssen?", kam es zaghaft und dünn wimmernd aus einer Ecke des Busses. Der Entführer hielt inne und drehte sich zu dem Mädchen um, das gefragt hatte. „Nein, ihr werdet in Bremen euren Angehörigen übergeben."

Die Mädchen strahlten und eine klatschte vor Freude in die Hände.

Sebastian hatte inzwischen achtzehn gefüllte Schulranzen gezählt.

Und er war sich nicht sicher, ob der Entführer die Wahrheit sagte, was die Freilassung der Geiseln betraf.

Kapitel 19

Hauptkommissar Jensen war froh, endlich die Leitung dieses Einsatzes zu haben. Seiner Meinung nach hatten die Oldenburger Kollegen bei diesem Einsatz genügend Fehler gemacht. Das würde sich unter seiner Verantwortung nicht wiederholen.

Als der Bus das Gelände des Fußballclubs verlassen hatte, war ihm klar gewesen: Sie durften den Geiselbus bis zum Airport nicht aus den Augen lassen. Ihm war auch bewusst, dass die Anweisung, ein Flugzeug bereitzuhalten, ein Ablenkungsmanöver der Geiselnehmer sein konnte. Jensen durfte nichts außer Acht lassen. Er hatte eine Armada von Polizeifahrzeugen in Zivil eingesetzt, um dem Bus abwechselnd und möglichst unauffällig zu folgen. Der Entführer rechnete natürlich mit der Observierung durch die Einsatzkräfte, aber es musste ja nicht so offensichtlich sein. Der Beamte hatte zusätzlich einige kleine zivile Transporter geordert, die diskret in angepasster Geschwindigkeit und Entfernung dem Bus hinterherfuhren. Und er hatte an jeder Ausfahrt ein Zivilfahrzeug aufgestellt. So würde man Jensen, sollte der Bus die Autobahn verlassen, sofort informieren.

Er selbst fuhr in etwa fünfhundert Metern Abstand hinter dem Bus her. Sein Fahrer hielt sich strikt an die von Jensen vorgegebenen achtzig Kilometer pro Stunde. Die anderen Autofahrer auf der dicht befahrenen A 28 sahen in dem langsamen Zivilfahrzeug eher ein Hindernis. An entsprechende Gesten wie hochgereckte Mittelfinger oder An-die-Stirn-Tippen hatten sich der Fahrer und Hauptkommissar Jensen inzwischen gewöhnt.

„Wir sollten die alle wegen Beleidigung anzeigen". meinte der aufgebrachte Beamte am Steuer.

„Ich glaube, wir haben Besseres zu tun", sagte Jensen. Auch Hauptkommissar Jensen hatte sich inzwischen so seine Gedanken über diese eher unkonventionelle Entführung gemacht. Doch der erfahrene Beamte versuchte, sie nüchtern zu betrachten. Nur die Fakten zählten, das wusste er. Und die wichtigsten kannte er: Achtzehn Jugendliche und ein Busfahrer waren in der Gewalt von mindestens einem schwer bewaffneten Entführer.

Kommissar Jensen informierte seine Mitarbeiter per Funk über das Gespräch mit Nortbrook: „Der Geiselbus wird an der Raststätte Hasbruch einen Tankstopp einlegen. Die Männer in den zivilen Pkws sollen das Fahrzeug sofort überholen und sich auf der Raststätte verteilen, aber unauffällig. Zwei Wagen der Autobahnpolizei schließen augenblicklich zu uns auf. Ich werde sofort nach dem Bus auf die Raststätte einfahren. Hinter meinem Wagen wird die Zufahrt zur Raststätte unverzüglich für jeden geschlossen. Ob Lkw oder Pkw: für jeden. Und die Polizeiwagen blockieren die Auffahrt so, dass sie der Entführer nicht wahrnimmt."

Dann fiel ihm der Adapter ein. „Und prüft, ob der Bote der VWG Funk hat. Den müsst ihr natürlich durchlassen. Ohne ihn und diesen Adapter geht gar nichts."

Die Kollegen hatten, während sich der Bus der Raststätte Hasbruch näherte, alles bestätigt.

„Wie sieht es am Airport aus?", fragte Jensen und lauschte den Details, die das Flughafenteam durchgab. Dort war alles vorbereitet. Die Maschine hatte man geleast und auch präpariert. Sollten der oder die Entführer damit verschwinden, würden die Beamten von den Gesprächen in der Maschine bis hin zum Flugweg alle Details übermittelt bekommen.

„Gut. Melden Sie dem Leiter am Airport, es wird eine Verspätung geben. Maximal zwanzig Minuten."
Über Funk ließ sich Jensen weitere Informationen melden. Dabei beobachtete er aus sicherer Distanz, wie der Schülerbus von der Autobahn zum Tanken auf die Raststätte abbog. Die beiden Streifenwagen waren hinter Jensens Wagen aufgetaucht und blieben außer Sichtweite des Busses stehen. Alles schien optimal zu laufen.

„Ist der Adapter unterwegs?", fragte Jensen in der Leitstelle nach.

„Positiv", hieß es.

Zufrieden ließ sich Jensen tief in den Beifahrersitz zurücksinken und schloss für einen Moment die Augen.

Sandra Holz versuchte, die Puzzlestücke zu ordnen, die in ihrem Gehirn herumschwirrten. Sie hatte nach einem Entführer aus einer russischen Republik recherchiert und plötzlich herausgefunden, dass es da einen Zusammenhang mit einem Ort gab, zu dem offenbar auch ihr Vorgesetzter Schimick irgendeinen Bezug hatte: der Stadt Ufa.

Bisher hatte Sandra allen Argwohn ausgeblendet. Schon während der gesamten Zeit, die diese Entführung inzwischen andauerte. Nun fielen ihr aber unweigerlich die kleinen Ungereimtheiten im Ablauf ein, die der Kommissarin speziell im Zusammenhang mit Anton Schimick aufgefallen waren.

Aber welch ein Blödsinn ... Ihr Vorgesetzter als Beteiligter eines Kapitalverbrechens?!

Es musste eine völlig harmlose Erklärung für das Foto bei dem Monument in Ufa geben. Und der Junge auf diesem unscharfen Foto, der vor dem Denkmal stand, musste ja auch nicht Schimick sein. Aber selbst wenn – vielleicht war das nur ein Urlaubsfoto? Schimick war Deutscher und in der ehemaligen DDR geboren. Wie Millionen andere auch. So hatte Sandra es zumindest in Erinnerung. Da konnte er also durchaus mit seiner Mutter Urlaub in Russland gemacht haben, im „Bruderstaat".

Sie musste in seiner Personalakte nachschauen. Dort war seine Herkunft schließlich angegeben, und damit würden ihre Zweifel sofort ausgeräumt. Aber wie an diese Akte herankommen? Und das an einem Samstagnachmittag?

Die Kommissarin zerbrach sich den Kopf. Wie sollte Schimick denn überhaupt mit diesem Timofejew zusammengekommen sein? Sie loggte sich in den Zentral-computer der Polizeidirektion ein und suchte nach dem Namen. Nichts. Vielleicht sollte sie im Archiv nach-schauen. Eigentlich ungewöhnlich. Die Akten mussten über Jahre aufbewahrt werden. Erst dann kamen sie ins digitale Archiv. Sie gab erneut den Namen Timofejew ein. Schon nach wenigen Sekunden stoppte die Suche und die Nummer einer archivierten internen Akte er-schien: 147/33/08/2011. Der Fall, so konnte sie an der Nummer erkennen, musste im August letzten Jahres hier in Oldenburg abgearbeitet worden sein. Wieso war die Akte schon archiviert?

Sie legte den Gedanken beiseite. Also August 2011? Sie versuchte sich an diesen Zeitraum zu erinnern. Ja genau, da war sie sich doch drei Wochen auf dieser in-ternationalen Weiterbildung gewesen! Daher war ihr der Name Timofejew nicht geläufig. Sie rief die Akte auf und begann zu lesen: Es handelte sich um einen schweren Arbeitsunfall in Sandkrug. Ein junger Mann war beim Ausladen von Schweinen durch eine Schleu-senklappe im Viehtransporter schwer verletzt worden.

Im Kopf der Ermittlungsakte stand „Dez. 3". Was hatte ihr Dezernat damit zu tun? Sicher waren im Sommer durch Urlaubszeiten Vertretungen fällig, aber ansonsten waren solche Unfallgeschichten nicht ihre Baustelle.

Sie las weiter. Der dreiundzwanzigjährige Eduard Timofejew…! Da war der Name endlich, sie atmete hef-tig ein. Timofejew sollte laut Angabe des Arbeitgebers, einer Großschlachterei, eine Klappe im Innern eines Schweinetransporters manipuliert haben. Grund: um bei der Arbeit Zeit zu gewinnen. Das schien gegen die Bestimmungen zur Unfallverhütung verstoßen zu haben. Das war dort zu lesen. Das Gegenteil konnte laut Kriminaltechnik nicht bewiesen werden, aber es hatte auch keine Verhandlung stattgefunden, wunderte sich die Kommissarin. Sie fand der Akte einen Zettel beigeheftet, auf dem jemand handschriftlich vermerkt hatte: *Meiner persönlichen Einschätzung nach versucht der Schlachtbetrieb durch Verdrehung der Tatsachen Schuld und Verantwortung, den Unfall betreffend, auf E. T. abzuwälzen. Die Kriminaltechnik konnte leider das Gegenteil nicht festmachen.* Darunter war die Unterschrift vom 1. Hauptkommissar Anton Schimick. Quergezeichnet hatte diese Protokollbeilage eine Woche später … Polizeioberrat Petermann. Sandra Holz verstand diese Geschichte nicht ganz. Doch ihr war nun klar: Kollege Schimick hatte wohl bei seinen Ermittlungen zu diesem Fall die Familie Timofejew kennengelernt. Also konnte Schimi den mutmaßlichen Entführer kennen. Hatte der Russe dem Kollegen nicht bei der Geldübergabe am Bus direkt gegenübergestanden? Vermummt zwar, aber trotzdem hätte Schimi ihn eigentlich erkennen können und das dann melden müssen. Doch noch immer fehlte ihr die plausible Erklärung dafür, warum ein scheinbar doch gut situierter Hauptkommissar seine Karriere und sein angenehmes Leben durch eine solche Sache aufs Spiel setzen sollte. Ihr Innerstes wehrte sich gegen den aufkeimenden Verdacht. Am liebsten hätte sie jetzt alles hingeschmissen. Doch sie war Kriminalbeamtin. Da hieß es, jedem Verdacht nachzugehen. Letztlich auch dann, wenn es vielleicht den eigenen Kollegen betraf.

Sie musste wissen, wo Schimi geboren worden war. Das war vielleicht der Schlüssel zum Ziel. Ob sich in seinem Schreibtisch irgendwas dazu finden ließ? Die Beamten der Polizeidirektion hatten die Anweisungen, ihre Schreibtische beim Verlassen des Büros zu verschließen. Die Kommissarin wusste aber, dass Schimi seinen Schlüssel immer in die Blumenvase legte. Das war etwas nachlässig von ihm, aber so war er halt.

Dort fand sie den Schlüssel auch. Es widerstrebte ihr, ihn zu benutzen, aber sie rang sich dazu durch, und dann zog sie die erste Lade hervor: Unbearbeitete Akten und Notizen waren dort abgelegt. Darunter, in der nächsten, fand sie Arbeitsprotokolle und ein Buch über den Einsatz von Sondereinsatzkommandos. Sie hoffte insgeheim, nichts zu entdecken, als sie die letzte Schublade aufzog.

Unter einer Aktenmappe aus grünem Karton lag Schimis Segelausweis.

Mit zitternden Händen schlug sie das blaue Papier auf. Er war ausgestellt auf Anton Schimick, geboren 6.6.1960 in Ufa, Baschkortostan.

Sandra Holz fiel zurück in den Bürostuhl. Der Ausweis entglitt ihren Händen.

Ihr Kollege war in der gleichen Stadt geboren wie der mutmaßliche Entführer. Bewies das seine Mittäter-

schaft? Sie kam nach einer Weile zu dem Schluss, dass
es nicht so war. Beruhigt öffnete die Kommissarin Schimicks grüne Mappe.

Die war voller privater Rechnungen und Mahnungen, adressiert an … Anton Schimick. Wieso hob er seine privaten Unterlagen in seinem Schreibtisch auf? Das
war nicht erlaubt und unüblich. Sandra blätterte die
Rechnungen durch: Siebentausend Euro für die Repara-
tur eines Yachtmotors. Zahlungstermin überschritten!
Zweite Mahnung. Dritte Mahnung. Gerichtsbeschluss
eingeleitet. Viertausendfünfhundert Euro – Felgen für
den Porsche. Nicht bezahlt! Da waren Mahnungen über
Mahnungen. Zum Teil waren sie schon an Inkassobüros
weitergegeben. Ganz unten lagen zwei Vollstreckungs-
bescheide. Einer über Schimicks Wagen, den Porsche
997. Der zweite betraf die Penthouse-Wohnung des
Kollegen in Bad Zwischenahn. Da versuchte man wohl
schon zu pfänden?

Die Kommissarin überschlug die offenen Rechnun-
gen. Es mussten um die sechzigtausend Euro sein, die
Schimick diversen Firmen schuldete. War das schon
Grund genug für den Beamten, sich mittels krimineller
Aktivitäten Geld zu beschaffen?

Aber wieso wusste man in der Polizeidirektion nichts
von den finanziellen Problemen des Hauptkommissars? Im Haus saß man doch ziemlich eng beieinander.
Irgendwas wäre bei solch einer schwerwiegenden Sache sicher durchgesickert. Ihr war auch klar: Beamte
in Rang und Funktion Schimicks mit Geldproblemen

waren dienstlich nicht tragbar. Aber wie dem auch sei, Schimi hatte es wohl gut geheimgehalten, vermutete sie.

Ihr fiel die Waffe des Entführers ein. Hatte der Polizeioberrat nicht erwähnt, es gäbe eine Waffe dieses Typs hier im Gebäude? Sie setzte sich an ihren Computer zurück und gab das Prüferpasswort der Asservatenkammer ein. Zum Glück hatte sie ja Zugriff darauf. Und tatsächlich, bei einem vereitelten Banküberfall im Januar des Jahres war eine Waffe des Typs Walter TPH sichergestellt worden. Die Automatikpistole musste also noch unten im Keller liegen. Nein, da war es vermerkt: Sie war vor einer Woche ausgegeben worden. Zu ballistischen Schussversuchen, wie dort stand. Ausgegeben an: Hauptkommissar Schimick.

Sandra wurde es schwarz vor Augen. Sie versuchte, möglichst ruhig weiterzuatmen, doch es dauerte eine ganze Weile, bis der Schwächeanfall abklang.

Die Kommissarin packte alles zusammen, was ihr wichtig schien, schloss den Schreibtisch und verließ das Büro. Sie musste sofort zurück zum Dwaschweg und den verdächtigen Kollegen zur Rede stellen. Diese Chance musste sie Schimick noch geben, bevor … Ja, bevor was? Sandra hoffte inständig, dass sie sich irrte.

Und dann fiel ihr der Hinweis des Busfahrers wieder ein: Nortbrook hatte gesagt, das Parfum des zweiten Entführers hätte gerochen wie das ihres Kollegen. Es war ihm aufgefallen, als Schimick Sandra geholfen hatte, das Frühstück für die Jugendlichen zum Bus zu tragen. Das wiederum konnte doch nur heißen, Schimick selbst musste der zweite Mann sein, der gestern Nachmittag im Bus gewesen war. Derjenige, der den verletzten Ersatzbusfahrer ins Freie gezogen hatte. Vielleicht war Schimi deshalb nicht erreichbar gewesen, als Sandra versuchte hatte, ihn anzurufen? Und seine falsche Angabe zum angeblichen Aufenthalt im Porschezentrum, wo er dann ja nicht zu finden gewesen war ... das passte dann auch.

Sandra Holz wurde erneut schwarz vor Augen.

Bruns hatte sich nach der Ankunft in seiner Villa umgekleidet. Er hatte seinen Tarnfleckenanzug angezogen. Den Anzug, den er bei der Jagd am liebsten trug. Weil die Temperatur draußen hoch war, verzichtete er auf die dicke Jacke.

Seine Ehefrau lag, mit Beruhigungsmitteln ruhiggestellt, im verdunkelten Schlafzimmer und wurde von der Haushälterin betreut. Dort schien so weit alles in Ordnung. Bruns öffnete den Waffenschrank und nahm außer einer kleinen Pistole noch die doppelläufige Schrotflinte heraus. Sanft streichelte er über die Ziselierung am Lauf. Mit dieser Waffe hatte der passionierte Jäger auf dem Hochsitz viele ruhige und entspannte Stunden verbracht. Er steckte noch einige Patronen in die großen Seitentaschen der Hose. Dann lief er zügig aus dem Gebäude.

In der Garage kletterte er auf den Fahrersitz seines Range Rover Defender. Der Tank des Geländewagens war voll, vergewisserte er sich, verließ das Grundstück und bewegte das Fahrzeug zur Autobahn 28.

Sebastian und Anna-Lena hatten schon eine ganze Weile nicht mehr miteinander gesprochen. Das Mädchen grübelte immer noch darüber nach, was der Entführer gemeint hatte, als er sie direkt ansprach. Was sollte ihr Vater denn der Familie des Entführers angetan haben?

Das Gespräch des Busfahrers mit der Zentrale über den geplanten Stopp hatten die Jugendlichen nicht mithören können. Als der Bus auf die Raststätte einbog, war Sebastian aber klar: Das Fahrzeug musste betankt werden. Ängstlich schauten die Mädchen rings um ihn herum durch die Schlitze in der Verklebung der Fenster. Dies schien ein geeigneter Ort für das SEK, um zuzuschlagen. Sebastian beobachtete den Entführer, der dem Fahrer offenbar noch einige Instruktionen gab. Dann kam der Mann nach hinten, setzte sich zu den Jugendlichen und machte sich klein.

Etwas verwundert nahm Sebastian zur Kenntnis, dass der Bus unmittelbar nach Einfahrt auf die Raststätte von Nortbrook seitlich abgestellt wurde. Warum rollte er nicht gleich zu den Dieselzapfsäulen, die sonst von den Bussen genutzt wurden? Auf der rechten Seite nahe dem Fahrzeug bemerkte Sebastian den Hinweis auf eine Gastanksäule. Und etwas weiter seitlich stand der große weiße Gasbehälter. Klar – der Bus fuhr ja mit Gas. Er hatte es ganz vergessen.

„Bus, bitte kommen!"

Nortbrook schaute kurz nach hinten und registrierte das zustimmende Nicken des Entführers. Dann meldete er sich. „Ja, hier Bus."

„Josef, bist du das? Hier ist Wolfram Klüncker, der technische Einsatzleiter der VWG."

Nortbrooks Herz hüpfte. Endlich wieder ein Kollege aus dem Betrieb am Mikrofon! „Hallo, Wolfram, freut mich wirklich, deine Stimme zu hören!"

„Josef, ich bin kurz vor der Abfahrt Hatten. Werde nur noch wenige Minuten bis zu dir brauchen. Ich hoffe, es gibt keinen Stau. Vor mir wird es langsam zäh. Sieht aus, als ob es in Holland einen Tsunami gegeben hat."

Nortbrook glaubte einen Moment lang, sich verhört zu haben. „Was … ? Was meinst du?"

„Na ja – alle Holländer sind dabei, ihre Wohnwagen an die Ostsee in Sicherheit zu bringen." Der Mann machte eine Pause. Wahrscheinlich wartete er darauf, dass Nortbrook über den Witz lachte.

Nortbrook schloss für einen Moment die Augen. Dann sagte er ruhig: „Du bringst sicher den Adapter, Wolfram?"

„Richtig. Bin also gleich bei dir."

„Gut!"

Bruns fuhr gerade an der Raststätte Hasbruch vorbei. Aus dem Augenwinkel heraus bekam er mit, dass Polizeikräfte die Einfahrt gesperrt hatten. Da schien irgendetwas los zu sein. Doch das kümmerte ihn nicht. Im Moment hatte Anna-Lenas Vater andere Sorgen. Der Verkehr auf der A 28 in Richtung Bremen lief zähflüssig und er hatte Angst, dass es noch schlimmer werden könnte. Alles, nur keinen Stau, betete er.

Der Bus mit den Geiseln war noch immer nicht zu sehen. Konnte der denn überhaupt schon so weit gekommen sein? Wo war der bloß abgeblieben? Oder ob der Geiselnehmer kurzfristig umdisponiert und einen anderen Weg gewählt hatte? Vielleicht über Nebenstraßen? Nein, das war unwahrscheinlich.

Dann fiel ihm die abgesperrte Raststätte ein, die er gerade eben passiert hatte. Ob der Entführer dort womöglich tanken musste?

Das schien für Bruns im Moment eigentlich die einzige plausible Erklärung. Er verließ bei der Ausfahrt Ganderkesee-West die Autobahn und hielt sich westlich auf der Landstraße. Hier war ausnahmslos Agrarland und die Wege wurden schlechter. Rechts von ihm verlief wenige hundert Meter entfernt in Sichtweite die Autobahn. Der Verkehr dort lief noch. Also doch kein Stau. Es konnten maximal drei Kilometer sein bis zur Raststätte, Bruns hatte beim Vorbeifahren auf den Kilometerstand geschaut. Nun bewegte sich die schmale Straße allerdings etwas weg von der Autobahn. Bruns verlor die A 28 plötzlich aus dem Blickfeld. Ein schlecht asphaltierter Weg bog nach rechts, also nach Norden ab.

Ratlos hielt er den Wagen an. Er war praktisch allein hier, nur ein laut knatternder Traktor zog seinen Weg durch ein nahe gelegenes Feld. Bruns riss sich zusammen. Viel Zeit blieb nicht. Er musste es versuchen. Also lenkte der Mann den Defender nach rechts auf den Weg. „In der Helle", las Bruns auf einem ausgebleichten Straßenschild. Wie makaber … Auch der Bus mit seiner entführten Tochter hatte die ganze Nacht „in der Helle" gestanden. Nämlich unter dem Flutlicht. Ob das eine Fügung des Allmächtigen war? Er sah es positiv und fuhr weiter.

Nach wenigen hundert Metern sah er ein Gehöft. Und seitlich davon, zwischen Bäumen, erkannte der Geschäftsmann ein großes Werbeschild mit der Aufschrift SCORE. Er bremste den Wagen etwas ab. Nun konnte das Ziel nicht mehr weit sein.

Und richtig – hinter einem niedrigen Zaun sah er die Gebäude der Raststätte Hasbruch. Bruns fuhr mit dem Jeep noch etwas weiter über einen unbefestigten Streifen. Dort hinten, in einiger Entfernung, konnte er jetzt auch den Bus ausmachen. Das Weiß-Gelbe mit der Bankwerbung stach ihm fast wie mit Nadeln ins Auge. Schmerz zuckte in seinem Kopf.

Jetzt hieß es: nur nicht schlappmachen.

Sebastian und Anna-Lena hatten sich gerade zusammengekuschelt, als der Entführer vor ihnen Platz nahm. Sie konnten erkennen, dass ein PKW mit der Aufschrift VWG und einem Oldenburger Kennzeichen einige Meter vor dem Bus zum Stehen kam. Daraufhin fuhr ihr Busfahrer langsam an die Tanksäule heran. Sebastian schaute zu dem Russen. Der schien trotz der schlechten Sitzposition alles genauestens zu beobachteten. Es sah aus, als umklammere der Mann dabei fest die Pistole in seiner Warnweste.

Der Gasanschluss zur Befüllung des Fahrzeugs musste rechts in Höhe des Fahrers sein, denn Sebastian konnte aus seiner Position sehen, wie der Mann im blauen Overall mit der VWG-Beschriftung sich dort zu schaffen machte. Hoffentlich war der auch wirklich von der VWG.

Erneut zweifelte Sebastian an einem guten Ende dieser Geiselnahme.

„Schaut mal, da vorne!", rief eine Schülerin, die in der ersten Reihe saß.

Der Entführer schien ebenfalls schon aufmerksam geworden zu sein, denn er hatte sich vorsichtig aufgerichtet. Vor dem Frontfenster war eine einzelne Person aufgetaucht. Er hätte ein Soldat sein können, ebenso gut aber auch ein Jäger, dachte Sebastian – der Mann in grünlicher Kleidung war noch einige Meter vom Bus entfernt und somit schlecht zu erkennen. Aber er trug definitiv ein Gewehr in der Hand.

Und er näherte sich zügig dem Fahrzeug.

Kapitel 20

Während der Kollege den Bus betankte, versuchte Nortbrook die momentane Ruhe dafür zu nutzen, auf seine Weise ebenfalls etwas Kraft zu tanken: Er hatte die Augen geschlossen und sich im Sitz zurückgelehnt. Erst als die Jugendlichen hinten aufgeregt riefen, öffnete er seine Augen. Der Busfahrer erstarrte und hielt den Atem an. Genau vor seiner Scheibe stand ein älterer Mann in Grün, und Nortbrook schaute in den Doppellauf einer Schrotflinte.

Bruns hatte den Wagen abgestellt und war mühsam über den Zaun geklettert. Er hatte sich dabei über seine Ungelenkigkeit geärgert und es darauf geschoben, dass er in den letzten Tagen wenig Bewegung gehabt hatte. Vorsichtig hatte er sich dem Bus genähert. Ihm war aufgefallen, dass die Raststätte trotz der überfüllten Autobahn nur mäßig besucht war. Das war sicher kein Wunder, da man sie ja abgesperrt hatte. Er hatte sich eingehend auf dem Platz umgeschaut, doch Einsatzfahrzeuge der Polizei waren von hier aus überhaupt nicht auszumachen gewesen. Er selbst stand hier im Moment noch im Schutz eines Wäldchens. Kurz hatte er gezweifelt, ob der Bus wenige Meter vor ihm überhaupt der richtige sei. Doch dann hatte er seitlich die verklebten Fenster gesehen und vorne die 315. Es war der Geiselbus.

Was hatte die Polizei eigentlich in den letzten vierundzwanzig Stunden geleistet? Er ließ die Zeit seit Beginn der Entführung kurz Revue passieren und kam zu dem Schluss: Nichts hatten die Beamten erreicht. Ihm war absolut klar: Sie hatten sich, was ihren Job anging, nicht mit Ruhm bekleckert. Es wurde also langsam Zeit, dass er selbst sich um die Befreiung seiner Tochter kümmerte. Das waren seine Gedanken, während er wütend im Schutz von Bäumen und Gebüsch die kurze Strecke hinter sich brachte. Keine zwanzig Meter vor dem Bus traten seine Lederstiefel auf den Asphalt. Ich will sicher kein Held sein, sagte er sich. Doch wenn sich kein anderer kümmerte?

Schleichend, wie auf der Pirsch, legte Bruns die letzten Schritte zum Bus zurück. Eine blau gekleidete männliche Person hantierte seitlich an dem Fahrzeug, fiel ihm auf. Gerade legte der Mann einen schwarzen Schlauch beiseite. Ob das einer der Entführer war? Bruns spannte beide Hähne und hob die Waffe etwas an. Jetzt erkannte er den Aufdruck auf dem Overall des Mannes: VWG. Und sah daneben die Tanksäule. Der Bus wurde, wie er schon vermutet hatte, betankt.

Der Techniker am Bus sah plötzlich die große, bewaffnete Gestalt auf sich zuschleichen. Bei jeder anderen Gelegenheit hätte er dem Jäger ein fröhliches „Waidmanns

Heil!" zugerufen. Doch jetzt, in dieser prekären Situation, war ihm alles suspekt. Schon allein der Gedanke, an einem Bus zu hantieren, in dem sich Geiselnehmer mit Schusswaffen und Schlimmerem befanden, hatte ihn mit fast mehr Adrenalin versorgt, als sein Körper noch verarbeiten konnte. Wolfram Klüncker warf die Blechklappe am Bus zu und wich mit einem Ausfallschritt seitlich in eine, wie er hoffte, sichere Zone aus.

Etwa hundertfünfzig Meter vom Bus entfernt sprangen zwei Männer in Lederjacken aus einem Auto. Sie liefen auf den Mann im grünen Tarnfleckenanzug zu, rissen dabei die Arme hoch. So als wollten sie ihm zurufen: Hauen Sie ab.

Eiken Bruns sah den Techniker wegspringen und die Beamten aus dem Wagen aussteigen. Doch er schaute starr nach vorn. Dort war, wenige Meter entfernt, sein Ziel. Er bemühte sich, im Inneren des Busses irgendetwas zu erkennen, doch dafür spiegelte sich die Sonne zu sehr in dessen Frontfenster. Bruns war jetzt keine Körperlänge mehr von der gelben Schnauze des Fahrzeugs entfernt. Sein Herz raste und die Schläge versetzten den geschmiedeten Stahl, den er in der Hand hielt, in schwache, aber schnelle Schwingungen. Fest drückte er dagegen, als könnte er so die Frequenz kompensieren. Halt durch, alter Haudegen, versuchte er sich selbst Mut zu machen. Er atmete noch einmal tief ein und machte dann einen Schritt zur Seite. In dieser Position waren die Spiegelungen etwas weniger stark. Jetzt gab die Scheibe den Blick ins Innere des Fahrzeugs frei.

Bruns war bemüht, schnell einen möglichst genauen Eindruck der augenblicklichen Situation im Businnern zu gewinnen. Ihm war klar, er hatte nur Sekunden. Hinter dem Lenkrad saß ein Mann, das musste der Fahrer sei. Bruns Blick wanderte schnell nach links. Wo war der Entführer? – Doch was war das?! Er glaubte seinen Augen nicht zu trauen, musste ein zweites Mal hinschauen und ein warmes Gefühl durchlief seine Magengegend. Dort stand das Liebste, was er im Leben besaß: seine Tochter Anna-Lena.

Es schien ihm, als lächelte sie ihn an. So, als drücke ihr sanfter Blick aus: Papa, rette uns.

Bruns wusste, er war am Ziel. Er würde jetzt zur Tür gehen. Er würde erzwingen, dass diese Tür geöffnet wurde, und dann würde er mit seiner Tochter zu seinem Jeep gehen und mit ihr zurück in ihr sicheres Zuhause fahren.

Bruchteile einer Sekunde später stellten sich Bruns' kurzrasierte Nackenhaare auf. Jemand stand unmittelbar hinter Anna-Lena. Und dieser Jemand hielt seiner Tochter eine Pistole an die Schläfe.

Anna-Lena hatte zunächst nicht nach vorne geschaut. Ihr war übel. Schon einige Male war ihr die Magensäure bis hoch in den Mund geschossen. Bitte nicht brechen, betete sie. Doch was hätte sie überhaupt erbrechen sollen? Im Magen war ja kaum etwas drin.

Erst das hysterische Kreischen ihrer Mitschülerinnen schreckte sie auf, und sie hob den Kopf von Sebastians Schultern.

Ein Mädchen zeigte mit zitternder Hand zur Frontscheibe des Busses. Anna-Lena richtete sich ein wenig auf. Jetzt konnte sie es auch sehen: Dort stand ein Mann in grüner Kleidung. Er schien eine Waffe auf das Fahrzeug gerichtet zu haben. Die Polizei holt uns hier raus, ging es ihr durch den Kopf. Aber der Kerl draußen sah aus wie … Nein. Er sah nicht nur so aus. Das war Papa. Anna-Lena Bruns schrie verzweifelt auf. Im selben Moment rief Sebastian neben ihr laut: „Herr Bruns?"

Der Entführer war aufgesprungen und hatte seine Pistole aus der Warnweste gezogen. Er entfernte mit einem raschen Schnitt Anna-Lenas Handfessel und zerrte das vor Schreck fast ohnmächtige Mädchen mit einem Ruck vom Sitz. „Du gehst voraus. Aber schnell." Er schob die noch torkelnde Schülerin die wenigen Meter bis auf Höhe des Busfahrers und drückte das Mädchen fest an die graue Kunststoffablage unterhalb der Scheibe.

Ihr Schienbein tat weh. Irgendetwas an dem Kunststoff stand dort vor und drückte gegen ihre Knochen. Dadurch kam ihr gestörter Kreislauf wieder in Schwung. Anna-Lena unterdrückte einen Schmerzensschrei und zwang sich, die Augen geschlossen zu halten. Doch dann nahm sie allen Mut zusammen und wagte einen Blick nach draußen. Zu ihrem Vater.

Der Entführer hatte sich hinter der etwa gleichgroßen Schülerin versteckt und hielt seine Pistole durch die Wollmütze an ihre Schläfe. Hinten im Fahrzeug war es plötzlich vollkommen ruhig geworden. Still stand

Anna-Lena vor der Scheibe. Ihr Vater schien ihr zum Greifen nah und war doch so weit entfernt. Der gewichtige Mann, sonst so voller Energie, sah aus ihrer Position so klein und verletzlich aus. Und in einer solchen Verfassung wie jetzt hatte sie ihn bisher auch noch nie erlebt. Sie registrierte die nassen Augen, und eins fiel ihr noch auf: Ihr Papa sah extrem müde aus.

Auch Anna-Lena schossen die Tränen in die Augen und rollten dann kalt über ihre Wangen. Ob ihr Vater sie von seiner Position aus sehen konnte? Ob er sah, wie der Geiselnehmer ihr den kalten Stahl an die Schläfe drückte? Sie empfand merkwürdigerweise keine Furcht. Eher schämte sie sich, ihrem Vater so gegenüberzustehen. Sicher war diese Situation nicht von ihr verschuldet, aber irgendwie übernahm sie wie selbstverständlich dafür Verantwortung. Plötzlich kam sie sich so erwachsen vor. Als ob sie die Kindheit wie einen Umhang abgeworfen hatte. Auch ihr Tränenfluss versiegte. Ein Gedicht fiel ihr ein. Sie hatte es vor wenigen Tagen im Internet entdeckt. Der Titel lautete *Wenn Tränen leise sterben*. Sie versuchte sich abzulenken, in dem sie sich den Text in Erinnerung rief. *Tränen der Verzweiflung in den Augen, Zittern, obwohl du nicht frierst ...* Mehr fiel ihr im Moment nicht ein. Aber die wenigen Worte hatten ihr wieder Kraft gegeben. Trotzig drückte sie ihren Kopf gegen die Mündung der Waffe. So fest, dass der Mann hinter ihr den Druck etwas löste. Wie sehr habe ich Papa immer bewundert und geliebt, dachte Anna-Lena. Mehr noch als meine Mutter. Und nun, da sie ihn dort so verwundbar stehen sah, wusste sie: Jetzt liebte sie ihn noch mehr.

„Mach den Motor an!", brüllte der Geiselnehmer, und Nortbrook erschrak.

Der Russe stand, die Schülerin fest an sich gepresst, in Reichweite Nortbrooks neben dem Cockpit.

Wenn ich es irgendwie schaffen könnte, ihm die Pistole aus der Hand zu schlagen ...?, überlegte Nortbrook. Der Busfahrer hatte seitlich die beiden Männer in den Lederjacken aus dem Wagen springen sehen. Er war sich absolut sicher, das waren Polizeibeamte. Und die würden bestimmt sofort eingreifen. Dann hätte der Spuk endlich ein Ende. Nortbrook blickte nach rechts. Wie versteinert stand der Russe an das Mädchen gedrängt und schaute starr vorne durch die Frontscheibe. Seine Pistole hielt er dem weinenden Mädchen an die Schläfe. Es würde schon gutgehen, redete sich Nortbrook ein. Er musste nur fest zuschlagen. Dann sofort das Seitenfenster öffnen, an der Eingangstür hingen ja die Handgranaten.

Aber was war mit der Bombe und dem Zünder? Nach all den Stunden und den Gesprächen mit dem Entführer glaubte Nortbrook jetzt nicht mehr so recht an die Gefahr. Verdrängte er sie nur?

Er schob seine Gedanken wieder zurück zu seinem Plan. Würden die Polizisten sofort die Lage erkennen und reagieren? Natürlich, dafür waren sie ausgebildet.

Aber wenn Michael es schaffte, wieder an seine Waffe zu kommen ...? Der Fahrer verdrängte diese Idee, die in seinem Kopf gerade ablief wie ein Film, und beugte sich vorsichtig in Richtung des seltsamen Paares, das da neben ihm stand. Seinen rechten Arm bewegte er langsam über den Tresen. Michael schaute noch immer starr nach vorn. Nur wenige Zentimeter trennten den Busfahrer vom Körper des Russen. Nortbrook spannte die Muskeln an, er hatte nur einen Versuch und dieser Schlag musste sitzen.

„Motor an und losfahren!", brüllte der Entführer. Sein Blick stach wie ein Pfeil in Nortbrooks Augen. Genau so, als habe er etwas von dessen Befreiungsvorhaben geahnt. Michael hatte seinen Körper leicht gedreht, doch ohne das Mädchen loszulassen. Nun war die Waffe genau auf den Busfahrer gerichtet.

Nortbrook zuckte erschrocken zurück. Sofort war ihm klar, sein Plan war gescheitert.

„Du sollst losfahren, hörst du schlecht? Fahr den Irren um, bevor er uns alle auf dem Gewissen hat!"

Nortbrook schaute rechts in den Außenspiegel. Der Kollege Klüncker hatte die Klappe zum Gasstutzen verschlossen, also musste der Tankvorgang abgeschlossen sein. Der Busfahrer startete den Motor. „Aber ich kann den Mann doch nicht ...!"

Der Entführer senkte die Waffe und schoss in den Boden des Fahrzeugs. In Panik setzte Nortbrook den Bus in Bewegung. Er schloss die Augen und hoffte, dass er den Mann draußen nicht traf.

Ein lautes Geräusch ertönte. Zweifellos war irgendwo ein Schuss abgegeben worden, wusste Bruns. Dann sprang der Motor und der Bus machte einen Satz nach vorne, auf ihn zu. Es war nur ein Reflex, der Bruns veranlasste, sich zu bewegen. Für seine Verhältnisse sportlich, hechtete er zur Seite. Die Waffe hatte er dabei fallen gelassen. Er war praktisch noch in seiner Flugphase, als ihn das Blech am Bein traf. Dann stürzte er auf den Asphalt und blieb bewusstlos liegen.

Es gab ein leichtes Krachen, als der Reifen über die Schrotflinte fuhr. Nortbrook war erst nicht klar, wen oder was er da überfahren hatte. Als er die Augen öffnete, sah er im Seitenspiegel noch, dass der Mann in Grün am Boden lag und die zwei Männer in Lederjacken sich über ihn beugten. Der Fahrer atmete aus. Seine Aufregung ging zurück und er entspannte sich etwas. Dann rollte der Bus schon auf die Einfädelungsspur Richtung Bremen.

Anna-Lena hatte sich nur mit Mühe aufrecht und an einer Stange festhalten können. Nun schob der Entführer das Mädchen zurück nach hinten. Sein Blick, so schien es Nortbrook, drückte Genugtuung, aber auch Angst aus.

KAPITEL 21

Nach kaum fünfzehn Minuten Fahrt hatte der Bus ohne weitere Verzögerung Bremen erreicht und verließ nun die Bundestraße 75, Richtung Airport-Stadt und A 281. Der Entführer hatte, so schien es Nortbrook, ständig voller Nervosität auf die Armbanduhr geschaut. Jetzt war der Russe vom hinteren Teil nach vorne zum Fahrer getreten und hatte sich ihm gegenüber auf den freien Platz gesetzt. Wieder hatte er diesen Zettel in der Hand. Entspannt und fast freundlich nickte er Nortbrook zu:

„Alles in Ordnung?"

Nortbrook war einen Moment lang völlig verwirrt. Eben noch hatte er den Mann entwaffnen und seiner Verurteilung zuführen wollen, und nun war der schon wieder freundlich zu ihm? Hatte der seinen Plan nicht mitbekommen? Wohl nicht. Der Busfahrer bemühte sich, ruhig zu antworteten. „Alles klar. Nun schaffen wir es sicher zum Flugplatz." Nortbrook wollte scherzhaft noch „Sogar bis zum Hamburger Flugplatz!" hinzufügen, ließ es dann aber. Er wollte den Mann nicht auch noch auf dumme Ideen bringen.

„In wenigen Kilometern sind wir am Airport", sagte er stattdessen und zeigte mit der gefesselten Hand auf die Tankanzeige. Die hatte aufgehört zu blinken. Doch den Entführer schien das wenig zu interessieren.

Die ersten Hinweisschilder zum Airport Bremen tauchten am Straßenrand auf. Nortbrook lenkte den Bus auf das kurze Stück der Autobahn A 281. Es herrschte unerwartet wenig Verkehr an diesem Samstagnachmittag. Er blickte auf die Anzeige vor sich: siebzehn Uhr zehn. In wenigen Minuten würde das Bundesligaspiel zu Ende sein und er, der Fußballnarr, hatte keinerlei Informationen zum Verlauf. Vielleicht war Werder Bremen inzwischen Deutscher Meister 2012? Aber was war das gegen die Gesundheit von achtzehn Jugendlichen und natürlich auch seine?

Bald würde auf den Straßen rund um Bremen die Hölle los sein. Wenn die Fans – ob glücklich oder frustriert, ob Bayern oder Bremer – das Weserstadion in alle Himmelsrichtungen verließen, würde die Hansestadt zum Hexenkessel mutieren. Das hatte er oft genug erlebt. Nortbrook nahm sich vor, den Bus nach ausgestandener Sache beim Flughafen stehen zu lassen. Er würde die Kollegen bitten, ihn abzuholen und zurück nach Sandkrug zu fahren. Seine Kräfte waren schon im Minus-Bereich und lange würde er das nicht mehr durchstehen. Josef Nortbrook versuchte, nicht an die geschwollenen und schmerzenden Handgelenke und den kneifenden Rücken zu denken. Auch der Druck in der Herzgegend war beängstigend, aber auch dafür hatte er jetzt keine Zeit. Nortbrook setzte den Blinker rechts, Richtung Airport.

„Richtungsänderung!" Der Entführer war neben ihn getreten, stierte auf den Zettel und sagte: „Fahr weiter geradeaus. Dann abbiegen auf die Neuenlander Straße."

Das Kommando war so plötzlich gekommen, dass Nortbrook sich erschreckt hatte. Er zog den Bus zu ruckartig nach links. Das zehn Meter lange Fahrzeug kam heftig ins Schlingern, und lautes Hupen hinter ihnen zeigte an, dass doch noch andere Verkehrsteilnehmer die Bremer Autobahn bevölkerten. Der Russe versuchte, sich an eine Haltestange zu klammern, schaffte es aber nicht mehr. So landete er kopfüber auf dem seitlichen Sitzpolster, rappelte sich aber sofort wieder hoch. „Spinnst du?", schrie er Nortbrook an.

Nortbrook hatte es zwar inzwischen geschafft, den Bus wieder unter Kontrolle zu bringen, aber er war noch immer durcheinander. Doch nicht zum Flugplatz? Was sollte das jetzt? Hatte die Geschichte noch immer kein Ende? Aus seinem Lautsprecher dröhnte eine Stimme: „Was läuft da? Sie sind nicht zum Airport abgebogen. Haben Sie die Abfahrt verpasst? Drehen Sie bei nächster Gelegenheit und fahren Sie zurück!"

Der Fahrer schaute den Entführer ratlos an. Der schüttelte ernst den Kopf. Dabei fasste er sich mit schmerzverzerrtem Gesicht an seinen Nacken. Ob der Geiselnehmer sich bei dem Sturz eben verletzt hatte?

Inzwischen waren sie auf die Neuenlander Straße Richtung Autobahnzubringer Arsten abgebogen. Sie fuhren an einem Industriegebiet vorbei, aber immer noch auf einer vierspurigen, viel befahrenen Straße.

Erneut forderte die Stimme aus dem Lautsprecher den Fahrer auf zu wenden. Dieses Mal noch eindringlicher.

„Schalte den Empfang aus." Der Russe hatte wohl genug.

Nortbrook gehorchte. „Wir werden aber vielleicht in einen Stau geraten. Das Fußballspiel ist seit wenigen Minuten beendet."

Der Mann verzog keine Miene. „Weiter zum Niedersachsendamm."

„Richtung Weserstadion?" Der Entführer nickte.

Die Kommissarin fand im Vereinsgebäude nur noch einen niedergeschlagenen Vereinswart vor, der dabei war, Tische abzureiben. „Schauen Sie sich den schönen Rasen an", klagte Gayer. „Völlig aufgewühlt vom Bus. Und morgen haben wir schon wieder zwei Spiele."

Der hat vielleicht Nerven, dachte Sandra Holz. „Wann sind die Kollegen verschwunden?"

„Die Mehrzahl zusammen mit dem Bus. Auch die Männer des SEK, die oben in der Wohnung gehaust haben." Das Wort „gehaust" betonte er extra. „Der Rest Ihrer Kollegen hat hier noch eine Weile abgebaut. Die sind vielleicht vor zwanzig Minuten weg." Er widmete sich wieder seinen Putzarbeiten.

Was nun? Die Kommissarin überlegte verzweifelt ihr weiteres Vorgehen. Sie musste jemanden hinzuziehen. Am besten wäre vielleicht Polizeipräsident Dreling. Der war aber noch in Kur. Oder war er schon zu Hause? Sie würde es herausbekommen und suchte im Handy seine Nummer.

„Ach, Frau Kommissarin …", sagte Gayer, „bevor ich es vergesse: Da hat man noch ein Handy liegenlassen." Er ließ den feuchten Lappen auf dem Tisch liegen, rieb sich die Hände an der Hose ab und schritt zur Theke. Er griff dahinter und reichte ihr ein schwarzes Smartphone. Sandra Holz war sofort klar, es musste sich um das Mobilfunkgerät von Herrn Frohnau handeln, Sebastians Vater. „Danke, Herr Gayer. Gut, dass Sie daran gedacht haben."

„Ja, ich hab selbst das gleiche und dachte mir, leg es weg, bevor es verschwindet. Die Dinger sind doch teuer." Sandra nickte, während sie das Gerät anzuschalten versuchte. Doch der Akku war leer und das Betriebssystem fuhr nicht mehr hoch. „Sie sagten, Sie selbst besitzen das gleiche Gerät? Haben Sie vielleicht auch einen Lade-Adapter mit?"

„Nein, der liegt zu Hause."

Die Kommissarin nickte enttäuscht.

„Aber ich habe ein Zwölf-Volt-Ladegerät im Wagen", sagte Gayer. „Wenn Ihnen das was bringt …?"

Sie nickte und grinste erfreut: „Sie bekommen von mir eine Flasche Korn. Aber vom Besten. Erinnern Sie mich daran, falls ich es vergesse."

„Werde Sie gegebenenfalls in Ihrem Büro anrufen und Sie an Ihr Versprechen erinnern."

Lachend verließen beide zusammen das Gebäude. Sandra Holz schloss das Handy in ihrem Wagen an den

Zigarettenanzünder an. Sie würde sich einige Minuten gedulden müssen, wusste sie. Der Akku musste erst etwas aufladen, bevor das Gerät hochfuhr.

Die Kommissarin wählte die private Mobilfunknummer des Polizeipräsidenten der Polizeidirektion Oldenburg. Dreling hatte sie ihr vor einiger Zeit einmal mitgeteilt. Sie hatte Glück, er nahm das Gespräch sofort an. „Sandra Holz. Entschuldigen Sie, Herr Polizeipräsident, wenn ich Sie in der Kur störe."

„Sie stören nicht, Frau Holz. Ich habe die Kur gestern einen Tag früher abgebrochen und bin seit heute, genauer gesagt, seit etwa einer Stunde zurück in Oldenburg. Wie ist der aktuelle Sachstand der Busentführung?"

Die Kommissarin erzählte in wenigen Worten alles, was sie bis zu ihrer Fahrt nach Hause erlebt hatte. Von ihren Befürchtungen, den Kollegen Schimick betreffend, erwähnte sie erst einmal nichts.

„Das heißt, die Bremer Beamten haben übernommen. Gut", sagte Dreling. „Dann werde ich mal dort nachfragen bei den Kollegen, wie der Stand der Dinge ist. Haben Sie sonst noch etwa auf dem Herzen, Frau Holz? Sie haben doch nicht nur angerufen, um mich auf Stand zu halten." Nur zögernd erzählte sie ihrem Chef von dem, was sie misstrauisch gemacht hatte. Dass Schimick nach Angaben des Busfahrers nach demselben Parfum roch wie der Entführer. Über den forschen Umgangston des Kollegen mit dem Entführer im Bus.

Schimicks ständige Bemühungen, einen Einsatz des SEK zu verhindern. Dass er als Einsatzleiters nicht versucht hatte, den Entführer zur Aufgabe zu überreden. Seinen Versuch, Infos aus dem Bus geheimzuhalten. Schimis Bemühungen, die Recherchen der Kommissarin zu unterbinden oder diese gar lächerlich zu machen. Dann ihre Entdeckung, dass er in Ufa geboren war und den Entführer während der Ermittlungen im Fall des verunglückten Sohnes Eduard Timofejew kennen musste. Letztendlich erzählte sie dem Präsidenten auch vom Fund der Mahnungen und Inkassobescheide und der vom Kollegen ausgeliehenen Waffe.

Das Schweigen von Polizeipräsident Dreling nach Ende ihrer Ausführungen kam Sandra endlos vor.

Schließlich sagte er: „Das sind schwere Anschuldigungen gegen einen verdienten Kollegen, Frau Holz. Und ich bin mir sicher, Sie haben sich es nicht leicht gemacht mit ihrem Anruf gerade." Sie hörte, wie er tief Luft holte, dann fuhr er fort: „Zur Herkunft haben Sie richtig ermittelt, er wurde in Russland geboren. Ist dann in der Jugend zu seiner deutschen Tante in die damalige DDR übergesiedelt, und nach seiner Adoption bekam er ihren Nachnamen, Schimick. Sein Geburtsname muss also anders lauten." Einen Moment schien er zu zögern, dann sagte er: „Zu seiner finanziellen Situation habe ich die gleichen Auskünfte wie sie, ich hatte vor meiner Kur ein langes Gespräch mit dem Ersten Hauptkommissar. Eigentlich darf ich Ihnen davon nichts berichten, aber nun gehört es wohl zu ihren aktuellen

Ermittlungen. Die Inkassobüros hatten vor knapp vier Wochen eine Pfändung von Schimicks Gehalt erreicht, und das wurde mir als seinem Vorgesetzten mitgeteilt. Er hat mir dann persönlich und in die Hand versichert, dass die missliche Situation nur dadurch entstanden war, dass es beim Verkauf einer alten Villa aus seiner Erbmasse Schwierigkeiten gegeben hatte. Er hat mir zu verstehen gegeben, der Verkauf des Gebäudes würde unmittelbar bevorstehen, und damit würde ihm eine sechsstellige Summe ausgezahlt. Damit wären seine Schulden getilgt und die Sache vom Tisch. – Frau Holz, ich kenne den Kollegen Schimick schon etliche Jahre. Seine notorische Luxussucht und das überzogene Ego sind mir nicht verborgen geblieben. Doch sein Wort hat er immer gehalten. Zumindest bis jetzt. Was gedenken Sie zu tun, Frau Kollegin?"

Sandra Holz fehlten zunächst die Worte. Also doch. Alles schien gegen den Kollegen zu sprechen. Sie konnte sich schwer vorstellen, vor Schimick zu treten und zu sagen: Hauptkommissar Schimick, ich verhafte Sie wegen Beihilfe zur Entführung eines Schulbusses und der Geiselnahme von achtzehn Schülerinnen und Schüler.

„Ich werde mit Hauptkommissar Jensen in Verbindung treten, ihm meine Befürchtungen mitteilen und ihn bitten, alles Weitere zu veranlassen", informierte sie den Polizeipräsident.

„Gut, damit bin ich einverstanden", sagte er. „Aber mit aller Vorsicht, bitte. Sollte der Kollege Schimick nichts mit der Sache zu tun haben, ist es mit einer Entschuldigung nicht getan. Ich habe mir einen Wagen kommen lassen und werde Sie später am Airport Bremen treffen. Ihr Dezernatsleiter hat sich eben bei mir abgemeldet."

„Wie, abgemeldet ...? Was ist mit Polizeioberrat Petermann?"

„Er hatte üble Bauchschmerzen. Die Entführung scheint ihm gesundheitlich zugesetzt zu haben. – Na ja, der Magen vom Kollegen Petermann wird wohl schon seit seiner letzten Scheidung angeschlagen sein", fügte Dreling hinzu.

„Seine Frau Anja war ja früher seine Schreibkraft ... Sie soll den Armen tief in die roten Zahlen gestürzt haben, munkelt man. – Aber das gehört nicht zur Sache. Auf jeden Fall wollte Petermann schleunigst zum Arzt."

In ihrem Fahrzeug war inzwischen das Handy von Herrn Frohnau betriebsbereit. Sandra blätterte durch die Anrufliste. Dort fand sie unter anderem die beiden Anrufe Sebastians seit seiner Entführung. Und zusätzlich fand sie eine ihr unbekannte SMS von dem Jungen, die lautete: *Wasserdichte Geldbeutel und Schwimmärmchen.* Die Nachricht war von heute Nachmittag.

Der Bus befuhr inzwischen die Habenhauser Landstraße. Nortbrook hatte vom Entführer den Auftrag, auf die Habenhauser Brückenstraße zu wechseln. Immer mehr Fahrzeuge kamen ihnen entgegen. Wehende Fahnen und Hupen zeigten dem Busfahrer, dass Werder Bremen es geschafft zu haben schien. Sie waren zum fünften Mal Deutscher Meister. Es hätte Josef Nortbrook vielleicht Mut geben sollen, aber er konnte sich nicht so richtig freuen. Er unterdrückte ein paarmal den Reflex, auf die Hupe zu drücken und sich zumindest ein klein wenig dem Freudentaumel der Fans anzuschließen.

Zum Glück fuhren die Fußballbegeisterten alle stadtauswärts und die Fahrbahn des Busses war relativ frei. Das würde sich sicher ändern, je näher sie dem Osterdeich kämen.

Der Entführer war nach hinten gegangen und hatte sich mit einem Elektrorasierer rasiert. Nortbrook konnte es im Monitor verfolgen. Er wunderte sich darüber. Anschließend machte der Russe sich erneut an den Schultaschen mit dem Lösegeld und den Münzen zu schaffen. Nortbrook fiel auf, dass er die eben sauber gepackten Taschen ausräumte und, so glaubte der Fahrer zu sehen, den Inhalt umverteilte. Was sollte das jetzt wieder? Gab es eine Planänderung beim Geiselnehmer? Und wenn, was hatte die ausgelöst?

Doch dann kam der Russe wieder nach vorne. Er wies Nortbrook an, die Geschwindigkeit des Fahrzeugs zu drosseln, und begann die Handfesseln aller Schülerinnen aufzuschneiden. Dann verlangte er nach dem Mikrofon und nahm Kontakt zur Polizei auf: „Hören Sie genau zu. Wir werden nach wenigen Metern die Karl-Carstens Brücke erreicht haben. Ich lasse den Bus dort halten und gebe die achtzehn Schülerinnen frei. Die Mädchen werden über die Brücke zum anderen Ende laufen. Ich möchte währenddessen auf der Brücke keinerlei Polizei sehen. Der Fahrer und ich werden im Bus verbleiben. Ich gebe auf. Ich wiederhole: ICH GEBE AUF."

Der Mann ließ er die Verbindung erneut abschalten.

ICH GEBE AUF. Diese drei Worte hämmerten im Kopf des Busfahrers herum. Was sollte das jetzt? Hatte das etwas mit dem Umpacken zu tun? Nun verstand Nortbrook gar nichts mehr. Inzwischen war die Karl-Carstens-Brücke fast erreicht. Die Ordnungskräfte hatten die im Volksmund Erdbeerbrücke genannte Weserüberfahrt gesperrt und den Autoverkehr umgeleitet. Sicher, so vermutete Nortbrook, um die Fußballfans, aber auch die anderen Verkehrsteilnehmer nicht zu gefährden.

Scharen von grün-weiß gekleideten Werderfans strömten ihnen auf dem Fußweg entgegen, schwenkten Fahnen und Schals und schienen in bester Feierlaune.

Vor der Barriere stoppte Nortbrook das Fahrzeug.

„Dein letzter Auftrag ist es, um die Barrieren herumzufahren und den Bus vor der Brücke abzustellen", sagte der Russe.

Nortbrook schaute nach draußen. Die von den Polizeikräften aufgestellten Barrieren waren relativ klein und schienen kein Hindernis darzustellen. Der Bus ist eh verschrammt, dachte der Fahrer. Er war nach den letzten verkehrsreichen Kilometern froh, endlich die Verantwortung als Fahrer abgeben zu können. Er, der normalerweise im eher ruhigen Oldenburg seinen Dienst verrichtete, wollte auf keinen Fall mit den Bremer Fahrerkollegen tauschen. Der Verkehr in Bremen war sehr viel umfangreicher als in der Hunte-Metropole. Hinzu kam: Man hatte sich als Verkehrsteilnehmer jedes zweite Wochenende mit dem Bundesligaverein zu arrangieren …

Kapitel 22

Die Bremer Polizei hatte wohl großzügig darauf verzichtet, Beamte zur Absperrung der Brücke abzustellen, denn kein Uniformierter war im Umkreis zu sehen. Langsam setzte Nortbrook den Bus zurück. Er musste vorsichtig rangieren, denn auch hinter dem Fahrzeug bewegten sich Personen. Mühelos rollte er nun seitlich an der Straßensperre vorbei. Werder-Fans hatten unerwartet vor der Frontscheibe Aufstellung genommen und verhinderten eine Weiterfahrt. Sie schwenkten ausgelassen ihre bunten Schals und tanzten. Nortbrook hupte laut, und etwas mürrisch traten sie endlich zur Seite. Er hatte bei der Weiterfahrt alle Mühe, keinen von ihnen zu verletzen. Zentimeter um Zentimeter rollte der Bus Richtung Brücke. Wenige Meter voraus konnte Nortbrook schon das Brückengeländer erkennen. Inzwischen war die gesperrte Straße vor ihnen in ein grün-weißes Meer getaucht. Das müssen Tausende sein, schätzte der Busfahrer.

Eine Horde Fußballfans drängte sich schon wieder vor dem Bus zusammen und verhinderte erneut seine Weiterfahrt. Nortbrook sah im Monitor, dass die Jugendlichen hinten ängstlich zusammengekauert saßen und alles, was da vorne geschah, angespannt mitverfolgten. Er schaute den Mann an seiner Seite fragend an. Doch der Entführer erwiderte seinen Blick nicht.

Zwei Fans traten plötzlich gegen die Tür des Busses und verlangten Einlass. Ihre Gesichter Fratzen gleich, stierten sie durch die verklebten Scheiben in das Fahrzeuginnere. Mit ihren Bierflaschen hämmerten sie laut gegen die Bustür.

Nortbrook bekam Angst. Wenn die betrunkenen Fans die Tür mit Gewalt aufreißen und die Handgranaten im letzten Moment auslösen würden? Er wollte sich das Horrorszenario nicht vorstellen. Aber was konnte er tun? Dann hatte er einen Einfall. Laut rief er nach hinten den Schülerinnen zu. „Schreit, schreit und winkt mit den Werderschals!"

Die Mädchen verstanden zum Glück sofort, was er von ihnen wollte. Sie sprangen von ihren Sitzen hoch und wedelten mit Schals und Mützen. Der Entführer schien im ersten Moment über diesen Lärm und die plötzliche Bewegung im Bus erschrocken. Dann aber wickelte er sich selbst den Schal vom Hals und schwenkte ihn über seinem Kopf hin und her. Und Nortbrooks spontane Idee hatte Erfolg: Die Fans draußen grölten zurück und machten dem Fahrzeug Platz. Der Bus rollte die letzten fünfzig Meter. Und hielt zu Beginn der Erdbeerbrücke.

Der Entführer rannte nach hinten und stellte sich vor die Jugendlichen. „Ihr werdet jetzt jede von euch eine dieser Taschen aufnehmen." Er zeigte auf die Schultaschen mit dem Lösegeld. „Dann laufen wir hintereinander über die Brücke. Ich werde der Letzte sein und habe die Pistole entsichert in der Jackentasche. Sollte eine von euch weglaufen, werde ich sofort auf sie schießen. Wenn ich laut ›Werfen‹ rufe, werdet ihr die Taschen über das Bückengeländer in den Fluss werfen und langsam weitergehen. Habt ihr verstanden? Die Taschen schmeißt ihr einfach in den Fluss unter euch! Und lasst euch nicht von entgegenkommenden Fans aufhalten oder beirren. Wenn ihr dann später auf der anderen Seite der Brücke angekommen seid, ist alles vorbei. Ich wiederhole", sagte er eindringlich, „für euch hat die Sache dort ein Ende. Das ist ein Versprechen! Also, Versprechen gegen Versprechen. Noch einmal: Wir laufen hintereinander über die Brücke und niemandem geschieht etwas. Ach ja, eine von euch wird im Bus bleiben." Er zeigte mit der Waffe auf das Mädchen ganz links am Fenster, das ebenfalls wegen der Fußballfans draußen den Schal abgenommen hatte, um damit zu winken, und näherte sich ihr.

„Du in der Ecke, du bleibst im Bus." Dann stutzte er plötzlich. „Aber … du bist doch … ein Junge?"

Die Kommissarin hatte während ihrer Fahrt nach Bremen versucht, Hauptkommissar Jensen zu erreichen. Erst nach einigen Telefonaten mit der Bremer Leitstelle und ihrem Hinweis auf die Dringlichkeit versprach man ihr den Rückruf des Einsatzleiters. Kurz bevor Sandra Holz die Autobahn 28 verließ, um auf die B 75 abzubiegen, rief Jensen sie an.

„Frau Kollegin, ich habe wenig Zeit, es gibt Probleme. Was kann ich also für Sie tun – und fassen Sie sich kurz!" So knapp wie nur irgend möglich schilderte die Kommissarin Jensen durch die Freisprechanlage ihre Ermittlungen.

„Sie wollen mir also allen Ernstes sagen, dass der Kollege Schimick in die Sache verwickelt ist? Kollegin, das klingt weit hergeholt."

„Auch mir bereitet der Gedanke enorme Kopfschmerzen", sagte Sandra, „das können Sie mir glauben. Aber es ist nicht auszuschließen. Haben die Entführer das Flugzeug schon bestiegen?"

„Nein, der Plan mit dem Flugzeug war wohl nur ein Ablenkungsmanöver. Nach einem erlebnisreichen Tankstopp in Hasbruch sind sie plötzlich abgebogen und fahren Richtung Weserstadion. Wir haben unsere Fahrzeuge sofort vom Flughafen abgezogen und bleiben dran."

Die Oldenburgerin kannte die Gegend gut, in der sich der Bus gerade befinden musste. Sie war jahrelang zu Heimspielen von Werder Bremen zum Stadion gefahren.

„Das heißt, es gibt keine Flucht per Flieger?"

„Anscheinend nicht. Aber noch ist der Entführer mit dem Bus unterwegs. Wie gesagt, wir haben unsere Fahrzeuge vom Flughafen abgezogen und folgen ihm. Aber Werder Bremen hat Bayern München besiegt – können Sie sich vorstellen, was das verkehrstechnisch bedeutet?" Die Kommissarin verstand seine Bedenken, hatte aber auch die freudige Erregung in der Stimme des Hauptkommissars durchaus registriert. Eindeutig ein Werder-Fan. Grinsend löste sie sich von dem Gedanken und versuchte die Fahrt des Busses zum Weserstadion am Osterdeich im Gedächtnis nachzuvollziehen. „Der Bus muss auf seiner jetzigen Route doch sicher eine Brücke passieren?"

„Richtig … zumindest ist er genau in Richtung Karl-Carstens-Brücke unterwegs. Aber die Brücke ist, wie bei jedem Heimspiel von Werder, noch gesperrt. Also, über die wird er nicht fahren können. Warum fragen Sie, Kollegin?"

„Erkläre ich Ihnen später. Aber andere Frage, stehen Ihnen Hubschrauber zur Verfügung?"

„Negativ. Sie wissen selbst, die Entführer hatten angeordnet: keine Hubschrauber auf dem Weg zum Flugplatz."

„Sicher, aber Sie haben doch bestimmt welche am Boden auf Standby?"

„Leider nein, wir fliegen in diesem Moment die Kanzlerin und die halbe Regierung mit unseren Polizeihubschraubern aus Bremen heraus. Die haben das Bundesligaspiel mitverfolgt und sind noch in der Luft. Natürlich auf einer seitlichen Route. Somit ist der Luftraum über Bremen für alle anderen Aktivitäten gesperrt.

Wir werden mindestens fünfzehn Minuten warten müssen, bis eine der Polizeimaschinen zur Verfügung steht." Die Kommisarin zwang sich, ihre Aufregung zu unterdrücken und ihre Gedanken zu ordnen.

„Hallo, Frau Kollegin?"

„Ja, Herr Jensen, dann ist es anders geplant!" Sie überlegte fieberhaft, bis ihr bewusst wurde, dass Jensen schon mehrfach „hallo" gesagt hatte, wegen ihres Schweigens wohl in dem Glauben, die Funkverbindung sei unterbrochen. Aufgeregt rief sie: „Können Sie auf die Schnelle die Wasserschutzpolizei aktivieren? Ich habe da eine Vermutung, was die Flucht der Entführer betrifft. Kennen Sie den Segelverein Weser? Ich werde jetzt an die Weser fahren und ich möchte Sie bitten, sofort einige Kollegen – zu Land und zu Wasser – dort hinzuschicken." Hauptkommissar Jensen entschuldigte sich für einen Moment, weil sich bei ihm gerade ein Kollege per Funk meldete. Kurz darauf war der Bremer – nun sich sichtlich aufgeregt – zurück. „Kollegin, der Entführer hat die Schülerinnen freigelassen und gibt auf. Also nichts für ungut, Frau Holz – ich muss. Und Ihre Geschichte über den kriminellen Polizisten, die klingt mir doch eher nach Fernseh-Krimi. Ich habe heute außerdem ja miterlebt, wie Sie den Kollegen Schimick angehimmelt haben. Mir scheint, da ist wohl eher eine verschmähte Liebe der Auslöser Ihrer Verdächtigungen …"

Der Kommissarin verschlug es die Sprache. Bevor sie reagieren konnte, brach Jensen mit den Worten „…und ich habe gerade keine Zeit für solche Spielchen!" den Telefonkontakt ab.

Die Einsatzkräfte hatten sofort nach der Richtungsänderung des Busses ihre Fahrzeuge auf die umliegenden

Bremer Bezirke verteilt. Zwei Wagen bemühten sich, in entsprechender Distanz dem Bus zu folgen. Da nach der unerwarteten Wende sein genaues Ziel nicht bekannt war, musste man improvisieren.

„Der Bus fährt Richtung Erdbeerbrücke. Haben wir Einsatzkräfte dort?"

Die Zentrale bestätigte. „Mehrere Wagen stehen Nähe Stadion. Die sichern den Weg der Werderfans."

„Einen Einsatzwagen abziehen und beim Eingang der Brücke platzieren", lautete die Anordnung.

KAPITEL 23

Die Polizeioberkommissare Herrter und Wortora hatten, als die Anweisung bei ihnen eintraf, sofort ihren bisherigen Platz beim Weserstadion verlassen und waren die knapp zwei Kilometer zur Karl-Carstens-Brücke gefahren. Die Fans hatten dem Streifenwagen nur zögerlich Platz gemacht, so hatte es etwas gedauert, bis sie am Ziel waren.

„Wir sollen zu Beginn der Brücke Position beziehen", sagte Herrter. Sie hatten angehalten, und die beiden Beamten stiegen aus.

„Und was sollen wir tun, Jens? Von hier aus können wir ja nicht einmal zum Brückenende schauen."

„Ich frag mal nach", meinte Jens Herrter und stieg zurück in den Streifenwagen.

Wortora hatte ein Fernglas aus dem Wagen genommen und schaute damit über die fast vierhundert Meter lange Karl-Carstens-Brücke.

„Wir sollen hier warten", sagte Herrter und trat zu ihm.

„Der Bus scheint auf der anderen Seite stehenzubleiben. Und der Entführer lässt die Geiseln dort frei. Die kommen direkt auf uns zu, sagen die Kollegen. Einsatzkräfte und Rettung sind schon unterwegs zu uns."

Die Fans strömten eng an den beiden Uniformierten vorbei und grölten gemeinsam das Werder-Lied: „Werder Bremen, Lebenslang Grün-Weiß, wir gehör'n zusammen – ihr seid cool und wir sind heiß. Werder Bremen, unser Leben lang – und der neue Deutsche Meister kommt wieder mal vom Weserstrand!"

„Nicht zum Aushalten, dieses Gegröle!", knurrte Wortora.

Herrter lachte. „Lass ihnen doch ihren Spaß."

„Irgendwann ist auch mal genug." Demonstrativ hielt er sich die Ohren zu. Sein Kollege grinste. Dann sah Wortora sich um und sagte: „Hier stehen wir aber so was von beschissen ... Sie sagen, auch die Geiseln sollen in Werderkluft sein."

„Das gibt es doch nicht!", empörte sich Herrter. „Und wie sollen wir die dann entdecken? Die sehen eh alle gleich aus!"

„Die Jugendlichen aus dem Bus laufen in unsere Richtung, also auf uns zu."

Herrter kratzte sich am Kopf: „Stimmt. Die wahren Fans strömen ja Richtung Habenhausen."

Eine Minute wechselten die beiden sich mit dem Blick durch das Fernglas ab. Doch es tat sich nichts, was die Geiseln betraf.

„Du, ich gehe denen mal ein Stück entgegen", sagte Jens Herrter.

„Ich weiß nicht, ob das gut ist, Jens", meinte der Kollege Wortora. „Wenn der Entführer die Uniform sieht ...?"

Herrter überlegte kurz. Dann warf er die Uniform-jacke auf den Rücksitz des Wagens und hielt einen laut brüllenden Fan in Grün-Weiß an. „Leihen Sie mir mal kurz Ihr T-Shirt und Ihren Werderschal."

„Was?!" Der Fan war stark angetrunken und verstand nicht so schnell.

„Polizei! Hemd aus und Schal her. Es geht um Leben und Tod." Der Polizist hatte die Geduld verloren. Weitere Fans waren inzwischen stehengeblieben und hatten sich um die beiden gedrängt.

„Die Poli...ssei rau...bt mir mei...meine Kleida ...!" Der Fan hatte eindeutig schon zu viel Alkohol im Blut und war mit der Anfrage sichtlich überfordert.

Der Beamte bemühte sich, der immer größer werdenden Gruppe in wenigen Worten den Ernst der Lage begreiflich zu machen. Endlich erbarmte sich ein junger Mann und warf dem Polizisten ein T-Shirt zu. Herrter streifte es sich über, wickelte dem Mann neben ihm den Schal vom Hals und griff sein mobiles Funkgerät. „Ich bin dann mal weg."

„Aber Vorsicht", mahnte Wortora. „Wenn der Entführer noch dabei ist ...!"

Doch der Kollege Herrter lief schon in Schlangenlinien durch das schwankende Fan-Knäuel und war schnell im Grün-Weiß verschwunden.

Sebastian erging es nun ähnlich wie vor exakt vierundzwanzig Stunden. Da war er schon einmal nur knapp der Entdeckung durch den Entführer entkommen.

Doch diesmal war klar, der Mann hatte endgültig begriffen, dass er kein Mädchen vor sich hatte. Das Gesicht des Russen war jetzt vor Wut verzerrt. Im Gegensatz zu seinem Ausdruck noch wenige Augenblicke vorher, als er zu den Schülern vom Aufgabe gesprochen hatte. Der Körper des Mannes krümmte sich plötzlich, wie bei ein angreifendes Tier vor dem Sprung. Die Mädchen wimmerten vor Angst. Sebastian hatte schnell die Augen geschlossen. Jeden Moment erwartete er den Aufschlag. Versuchte sich verzweifelt, aber ergeben in sein Schicksal, auf die Schmerzen vorzubereiten.

Seltsamerweise blieben die aus.

Nur sehr vorsichtig wagte Sebastian es, durch die Augenlider zu blinzeln. Zu seiner Überraschung sah er, dass der Geiselnehmer abdrehte. Der Russe rief den Mädchen zu: „Nehmt jetzt die Taschen auf."

Die Mädchen, völlig überrascht über den unblutigen Ausgang, begannen etwas konfus nach den Taschen zu greifen.

„Diese beiden nicht." Der Entführer zeigte auf zwei Schultaschen, die er seitlich abgestellt hatte. Demonstrativ stellte er sich davor.

Als jedes Mädchen einen Schulranzen in der Hand hielt, ergriff Michael die beiden Taschen, die er selbst beiseitegestellt hatte. „Und wenn wir gleich rausgehen, denkt daran: Wir laufen hintereinander, bis mein Kommando kommt und ihr die Taschen in den Fluss werft. Nur so kommt ihr sicher zu euren Familien." Er musste brüllen, um sich mit seiner Stimme durchzusetzen, denn die Mädchen schrien in ihrer Erleichterung laut durcheinander.

Sebastian konnte langsam wieder durchatmen, doch noch immer lastete ein enormer Druck auf seiner Brust. Als die Schülerinnen auf Anweisung des Entführers aufgesprungen waren, hatte der Junge nach der Hand seiner Freundin Anna-Lena gegriffen. Ein plötzlicher Ruck war durch ihren Körper gegangen, und es war dem Russen sofort aufgefallen. Aber Anna-Lena hatte sich selbstbewusst zu ihrem Freund umgedreht und Sebastian angesehen. Dann hatte sie sanft versucht, sich aus seiner warmen Hand zu lösen.

Als dann Sebastian der zornige Blick des Entführers traf, ließ er die Hand seiner Freundin abrupt los. Er rief ihr noch nach: „Dir wird nichts geschehen!"

Der Entführer hatte vorne bei der Tür seine beiden Schultaschen abgestellt, die Kette mit der Munition sowie die Verriegelung gelöst, und Nortbrook hatte auf die Anweisung des Russen hin die Wagentür geöffnet.

Michael drehte sich noch mal zum Fahrer um: „Danke für das Gespräch heute Nacht. Dein Junge hat allen Grund, auf seinen Vater stolz zu sein." Er warf Nortbrook den Schlüssel für die Handschellen zu.

Dann verließ die erste Schülerin, nach über vierundzwanzig Stunden in der Gewalt des Geiselnehmers, den Bus. Innerhalb weniger Sekunden waren alle achtzehn im Werder-Bremen-Dress gekleideten Personen aus dem Fahrzeug auf die Straße getreten.

Unmittelbar nachdem auch der Entführer den Bus verlassen hatte, löste Sebastian seinen Kabelbinder und rannte nach vorne zum Fahrer.

„Was machen wir jetzt?", rief er keuchend.

„Ich weiß es nicht, mein Junge. Aber der Mann wird die Mädchen sicher laufen lassen. Davon gehe ich aus. Nun werden wir erst einmal der Einsatzzentrale über die Veränderung Bescheid geben." Nortbrook griff zum Mikrofon und meldete, dass der Entführer den Bus zusammen mit siebzehn Schülerinnen verlassen hatte – entgegen der letzten Behauptung, aufzugeben. Und dass die Geiseln im Moment auf die Karl-Carstens-Brücke liefen.

Nortbrook ließ die Schülergruppe nicht aus den Augen, soweit dies im Pulk der Grün-Weißen überhaupt möglich war. Er stierte, ebenso angstvoll wie Sebastian, nach draußen, wo sich die Gruppe ihren Weg durch die Hundertschaften entgegenkommender Fans bahnte.

„Gucken Sie sich das an – der Entführer wirft seine beiden Taschen über das Geländer", sagte Sebastian aufgeregt und drückte sich dabei am Fahrertresen etwas in die Höhe. „Was ist mit den Taschen der Mädchen? Hatte er nicht gefordert, alle zusammen? Und nun rennt er weiter …?" Sebastians Stimme war vor Anspannung so schrill geworden, dass der Busfahrer ihm einen erschrockenen Blick zuwarf. Aber der Junge hatte recht: Es sah aus, als werfe der Russe seinen Ballast schon vorher weg. Ob der Mann sich vertan hatte? Die beiden Taschen mussten im Werdersee oder gar auf dem

Gelände zwischen Werdersee und Weser aufgekommen sein. Aber was hatte das zu bedeuten?

Der Fahrer maß der Sache andererseits keine allzu große Bedeutung bei. Es gab deutlich Wichtigeres. Er hatte inzwischen damit begonnen, seine Handfessel zu lösen, und rieb sich nun das wunde Handgelenk.

„Jetzt, schauen Sie, jetzt …!", rief Sebastian aufgeregt, denn die Schülerinnen begannen ihre Schulranzen ins Wasser zu werfen.

Nortbrook stand auf, aus dieser Position konnte er die Sache besser verfolgen. Er rieb sich die schmerzenden Gelenke. Die Mädchen hatten tatsächlich ihre Schulranzen weggeworfen. Der Entführer musste den Befehl dazu gegeben haben. Der Busfahrer konnte genau erkennen, dass sie nichts mehr in den Händen hielten. Von ihrem Standort konnten Nortbrook und Sebastian nicht sehen, ob die Taschen der Schülerinnen das Wasser der Weser erreicht hatten. Doch Nortbrook informierte sofort die Verantwortlichen per Funk über den neuen Aufenthaltsort der Taschen und darüber, dass die Jugendlichen nun ohne Lösegeld weiterrannten.

Ob die Behältnisse mit dem Geld untergegangen waren? Nortbrook hatte natürlich verfolgt, dass der Entführer Geld und Münzen von den Mädchen in die Beutel hatte packen lassen, und auch die auffälligen Schwimmarme waren ihm nicht entgangen. Noch aber erschloss sich ihm nicht, was der Russe damit bezweckte. Der Busfahrer versuchte, in dem Getümmel von Werderfans auf der Brücke die Mädchen ausfindig zu machen, aber das war schwierig, und er musste einen Moment suchen. Doch da waren sie: Genau auf der Brückenmitte.

„Was ist das?!", fragte Sebastian erschrocken. Auch Nortbrook hatte den Atem angehalten. Eine der Schülerinnen war über das Geländer der Brücke geklettert. Dort verweilte sie einen Atemzug lang. Um sich dann abzustoßen und … nach unten zu springen.

Das konnte doch nicht sein? Der Fahrer spürte förmlich im eigenen Magen den Aufprall des Mädchens auf dem Wasser. Er schickte ein Stoßgebet zum Himmel, dass der Schülerin nichts geschehen war. Nortbrook wusste, es ging dort mehr als zehn Meter in die Tiefe.

Aber war das überhaupt eine der Schülerinnen gewesen? Was sollte denn das Mädchen dazu bewegen, dort hinunterzuspringen? Gerade jetzt, wo die Sache ausgestanden und die Entführung abgeschlossen schien? Nein, das konnte einfach nicht sein.

„Das war der Russe! Der Russe ist gesprungen." Sebastian hatte laut ausgerufen, was auch Nortbrook gerade überlegt hatte. Hatte der Geiselnehmer aufgegeben und war – seinem Geld hinterher – in den sicheren Tod gesprungen? Überzeugen konnte Nortbrook diese Überlegung nicht. Aber was konnte sonst der Grund für seinen Sprung in die Tiefe gewesen sein?

Der Polizeibeamte Herrter war etwa in der Mitte der Brücke angekommen, als er die Gruppe Jugendlicher keine hundert Meter vor sich laufen sah. Es war erst nicht einfach für ihn gewesen, sie in dem Pulk der Fans auszumachen. Doch auf ihrem Weg gegen den Fanstrom erregten die Geiseln solch ein Aufsehen, dass Herrter den Auflauf, den die Schülerinnen verursachten, dann doch bemerkte.

Er hatte nun einen guten Blick auf die Gruppe, die den Fußweg nah am Brückengeländer entlanglief. Die Mädchen rannten eng beieinander, jede eine Schultasche in der rechten Hand. Hin und wieder wurden sie von Fans angehalten und umarmt. Herrter hoffte, dass es keinen Ärger gab.

Die Gruppe war nun vielleicht noch fünfzig Meter vom Polizisten entfernt, als die Mädchen wie auf Kommando ihre Taschen über das Geländer warfen.

Herrter zuckte zusammen. Was war jetzt los? Warum wurden die Ranzen weggeworfen? Wieso hatten die Jugendlichen überhaupt bei ihrer Flucht die Schultaschen mit? Irritiert blieb er stehen und beobachtete die Szene aus der Ferne. Die Schülerinnen rannten nun weiter. Es kam dem Mann vor, als ob sie sich jetzt etwas schneller bewegten. Sein Atem stockte – eines der Mädchen war auf das Brückengeländer geklettert. Herrter sprintete instinktiv los, er musste dort Beistand geben. Doch sie war bereits in die Tiefe gesprungen. Der Polizist riss einige Fans um, als er zu den Schülerinnen spurtete, voller Angst, dass sich vielleicht noch eines der Mädchen in das kalte Weserwasser stürzen würde.

Als der Beamte atemlos bei der Gruppe zum Stehen kam und sich als Polizist zu erkennen gab, brach eine der Geiseln zusammen. Sie fiel wie in Zeitlupe auf den Brückenasphalt.

„Helft mir, sie hochzuheben", rief Herrter. „Wir müssen zum anderen Ende der Brücke, dort wartet der Arzt. Was ist mit dem anderen Mädchen? Hat sie …?" Herrter versuchte, über das Geländer zu schauen. Doch mit der bewusstlosen Jugendlichen im Arm war ihm das nicht möglich. „Warum hat das Mädchen so etwas getan?", stöhnt er.

Eine Schülerin sagte leise: „Das war keine von uns. Der Entführer war es. Der ist runter ins Wasser gesprungen." Der Polizist übergab das bewusstlose Mädchen vorsichtig einer Mitschülerin und beugte sich weit über das Geländer.

Unten im Wasser der Weser war nichts Ungewöhnliches zu erkennen. Nur das laute Geräusch eines hoch motorisierten Bootes konnte Herrter hören. Es entfernte sich Richtung Bremer City.

KAPITEL 24

Michail Timofejew war guter Dinge, als er den Bus an der Karl-Carstens-Brücke stoppen ließ. Bis auf zwei Verletzte war während der Busentführung alles genau so abgelaufen, wie sie es vorhergesagt beziehungsweise geplant hatten. Heute war der erste Tag, den der Russe seit der schweren Verletzung seines Sohnes Eduard im letzten Jahr einigermaßen entspannt erlebte. Schon nach dem Unfalltod seiner Tochter im Jahr 2002 hatte es Jahre gedauert, bis die Familie sich aus ihrer Trauer lösen konnte. Seine monatelangen beruflichen Aufenthalte in Deutschland während der letzten zehn Jahre und die Besuche an der Absturzstelle in Überlingen hatten es Michail nach und nach, in nur ganz kleinen Schritten, ermöglicht, ein wenig loszulassen. Die Überreste ihrer kleinen Anastasia waren zwar auf dem Südfriedhof ihrer Heimatstadt Ufa bestattet worden. Die Gräber der Unfalltoten hatte man sogar so angeordnet, wie die Opfer gesessen hatten, als ihr Flugzeug rund zwölftausend Meter über dem Bodensee mit einem Frachtjet zusammengestoßen war. Doch für Michail war Überlingen der Ort, an dem er um seine Tochter trauerte. Wie oft hatte er an Selbstmord gedacht? Seine Ehefrau sicher auch. Doch das Ehepaar hatte, ihre noch lebenden Kinder vor Augen, nicht aufgegeben, einfach weitergemacht. Und jeder Besuch an der Absturzstelle hatte Michail wieder etwas mehr Kraft gegeben. Als dann ihr Sohn Eduard sein Studium in Oldenburg begonnen hatte, war für die Familie ein Traum in Erfüllung gegangen. Michail und seine Frau hatten sich so sehr gewünscht, dass der Junge in dem Land, in dem seine Schwester gestorben war, seine Zukunft begann. Das gläubige Ehepaar sah darin eine Art Reinkarnation ihrer geliebten Tochter. Und dann hatte man ihnen ihren Sohn nach diesem Unfall in der Schlachterei querschnittsgelähmt nach Ufa zurückgebracht.

Sie hatten sich gefühlt wie im Jahre 2002, kraftlos, verraten und am Ende. Den deutschen Rechtsanwälten war es sogar fast gelungen, die Verantwortung für den Unfall auf den Jungen abzuwälzen. Eduards Arbeitgeber hatte es damals versäumt, eine Krankenversicherung abzuschließen. Das Ehepaar hatte es schon als Glück betrachten müssen, dass wenigstens die Kosten der Erstmaßnahmen und die Überführung in die Heimat von der Krankenkasse übernommen worden war. Ihr Sohn, der ehemalige Leistungssportler, war ein Schwerstpflegefall, um den sich seine inzwischen psychisch kranke Mutter aufopfernd kümmerte. Michail hatte ihr altes Haus in Ufa so weit wie möglich behindertengerecht umgebaut, doch das Geld reichte hinten und vorne nicht aus.

Dann hatte der Zufall es gewollt, dass Michail seinen Jugendfreund Grischa nach vierzig Jahren wiedertraf.

Doch der Menschen, den er vorfand, war ein anderer Grischa als der gute Freund damals in Ufa. Er nannte sich nicht nur anders, sein ganzes Wesen hatte sich verändert. Dieser Mann war rein westlich orientiert. Michails alter Jugendgefährte hatte auf seine Berichte über das schwere Leid, das die Familie Timofejew erfahren hatte, abweisend reagiert. Grischa war inzwischen ein hoher Polizist in Deutschland geworden. Und statt seinen Freund Michail in dieser Situation mit allen Mitteln zu unterstützen, hatte Grischa die Ermittlungen über den Unfall von Eduard nach Michails Meinung eher sachlich abgewickelt. Emotionslos wurde alles unter den Tisch gekehrt. Enttäuscht hatte Timofejew das Thema Grischa ein für alle Mal abgehakt.

Doch dann hatte sich zwei Tage später ein Unbekannter auf Timofejews Handy gemeldet. Er hätte von den tragischen Umständen der Familie gehört und wollte ihr finanziell helfen. Michail hatte den Fremden eines Abends auf einem Autobahnparkplatz außerhalb Oldenburgs getroffen und sich über dessen geheimnisvolles Verhalten gewundert. Erst war der Russe unsicher gewesen, doch nach und nach hatte der Mann ihn überzeugt, bei der Busentführung mitzumachen. Diese Sache würde, erklärte ihm der Deutsche, der Familie Timofejew Genugtuung verschaffen und dazu ausreichend finanzielle Mittel, ihren Sohn langfristig zu pflegen. Der Mann nannte sich Piet, und er hatte behauptet, keiner der jugendlichen Geiseln würde ein Haar gekrümmt. Auch würde ihnen die Polizei nicht auf die

Schliche kommen. Er hätte die Mittel und Wege, darüber zu wachen. Auf Michails Fragen hatte der Mann abweisend reagiert: „Je weniger du weißt, desto besser."

Timofejew fand, er hatte nichts zu verlieren, und der Plan von Piet schien durchdacht und ohne Haken. So hatte er sich letztendlich darauf eingelassen. Seiner Frau hatte er nichts davon erzählt. Die beiden Männer hatten dann alle Details abgesprochen und der Russe hatte nur verlangt, dass die kleine Anna-Lena Bruns im Geiselbus sitzen sollte. Man hatte das nach längerer Observation sichergestellt. Die Entführer hatten sich danach geeinigt, bis auf das Treffen kurz nach der Entführung des Busses am Grundweg keinerlei Kontakte zu unterhalten. Michail hatte zwar eine Handynummer erhalten, für alle Fälle, mehr wusste er aber von Piet nicht.

Alles war gut angelaufen, bis unerwartet dieser Mann im Bus aufgesprungen war und er, Michail, auf ihn geschossen hatte. Das schien den Plan seines anonymen Mittäters total durcheinandergeworfen zu haben. Piet hatte Timofejew beim Verlassen des Fahrzeugs schlimme Worte zugeworfen. „Noch so ein Fehler, und ich sorge dafür, dass du bis zu deinem Lebensende im Knast verrottest! Und Geld für deinen behinderten Jungen wird es dann auch nicht geben!" Seit diesem Moment war sich Michail absolut nicht mehr sicher gewesen, mit Piet und der Geiselnahme die richtige Entscheidung getroffen zu haben. Und auch in dem kurzen Telefonat heute Morgen vom Bus aus hatte Piet ihm nur Vorhaltungen gemacht, statt Unterstützung zu geben.

Das Gespräch hatte Michail Timofejew in eine tiefe Depression gestürzt, aus der er sich nur langsam wieder hatte lösen können.

Doch nun, kurz vor dem Ende der Entführung, schien es, als habe Piet trotz allem recht behalten. Vielleicht hatte Michail sich zu viele Gedanken über die verbalen Aussetzer dieses Mannes gemacht. Auf jeden Fall habe ich einen Teil von dem zurückgeholt, was man meiner Familie genommen hat, dachte Timofejew befriedigt. Anastasia wurde zwar dadurch nicht wieder lebendig, und auch Eduards Unfall konnte er nicht rückgängig machen, aber das erpresste Lösegeld würde keinem fehlen, und der Familie würde es ermöglichen, dem geliebten Sohn eine dauerhafte und vernünftige Pflege zu ermöglichen. Timofejew hatte – schon Wochen vorher von seinem Arbeitsplatz aus – etwas Raum in einem der Firmencontainer reservieren lassen. Dieser beinhaltete eine von ihnen hergestellte Wasseraufbereitungsanlage, wie sie wöchentlich durch die halbe Welt versandt wurden. Doch dieser spezielle Container würde noch heute Nacht mit einer DHL-Frachtmaschine über Moskau nach Ufa befördert werden. Welch grausamer Zufall, war sich Timofejew bewusst: DHL-Flug 611 war am ersten Juli 2002 mit Bashkirian-Airlines-Flug 2937 kollidiert, und dabei war ihre kleine Anastasia getötet worden. Jetzt brachte – sozusagen als Entschädigung – dieselbe Gesellschaft das erpresste Geld nach Baschkortostan.

Der Russe beabsichtigte, am nächsten Morgen in einer Linienmaschine dem Geld zu folgen und diesem bösen Land für immer den Rücken zuzukehren. Er hatte den Auslandsvertrag mit seinem Arbeitgeber zum Monatsende aufgekündigt.

Timofejew war schnaufend hinter den Jugendlichen her über die Brücke gelaufen – er hatte den Schal vor sein Gesicht geschoben und bekam dadurch etwas weniger Luft. Noch ein paar Meter und das Ganze war ausgestanden. Die Schülerinnen waren endlich in Freiheit und die Sache hatte ihr Ende. Die kleine Anna-Lena Bruns hatte zweifellos gelitten, und das gehörte auch zu seinem Racheplan. Sicher war ihr Leiden nicht mit dem seines Sohnes Eduard zu vergleichen. Außerdem würde Anna-Lena Bruns diese vierundzwanzig Stunden als Geisel sicher irgendwann vergessen haben, während der Junge sein ganzes Leben … Michail wollte nicht weiter darüber nachdenken. Und ihr Vater, dieser geldgierige Eiken Bruns, wie der da vor dem Bus gestanden hatte, verzweifelt und um das Leben der Tochter bettelnd … Timofejew hatte ihn eigentlich nicht verletzen wollen, er hoffte, dass es dem Mann so weit gut ging. Doch insgeheim war Michail klar: Genau so hatte er sich seine Rache vorgestellt. Er empfand enorme Genugtuung.

Er bemühte sich, die vor ihm laufenden Schülerinnen nicht aus den Augen zu verlieren. Hin und wieder musste er eingreifen, wenn Fußballfans die Jugendlichen zum Anhalten zwangen. Er schob die Fans einfach beiseite und man lief weiter. Timofejew schaute über das Brückengeländer. Unter ihm befand sich nun

Wasser. Es war höchste Zeit. Blitzschnell warf er seine beiden Taschen über den Stahl in den Werdersee. Ein leises Platschen verkündete: Die Schulranzen waren angekommen. Offenbar hatte auch niemand etwas bemerkt. Wie auch, die grölenden Fans hatten anderes im Kopf. Er lief weiter, bemüht, die Mädchen einzuholen. Doch das gestaltete sich schwieriger, als er gedacht hatte. Er rannte, so schnell er dazu in der Lage war. Die Mädchen keuchten mit letzten Kräften vor ihm her, Richtung Brückenende. „Werft die Taschen jetzt runter", brüllte Michail, als er sie erreicht hatte.

Die Mädchen – froh, die schwere Last endlich loszuwerden – reagierten sofort. Zum Erstaunen einiger Werderfans, die ihnen entgegenkamen, flogen plötzlich jede Menge Schultaschen über das Brückengeländer und platschten Sekunden später in die Weser.

Hatten alle ihre Taschen weggeworfen? Bestimmt – er würde das ohnehin nicht mehr überprüfen können. Vor ihm begannen die Mädchen wieder zu rennen. Timofejew sah eine von ihnen stolpern, doch da war er schon mit einem Bein über dem Geländer. Es war fast dreißig Jahre her, dass er, der ehemalige preisgekrönte Turmspringer, zuletzt aus solcher Höhe in ein Gewässer gesprungen war. Nun noch dazu in ein unbekanntes. Aber er war zuversichtlich, es auch jetzt ohne Blessuren zu schaffen. Während er sich vom Geländer abstieß, fiel ihm ein, dass er sich vorab nicht über die Wassertiefe hier informiert hatte. Aus seiner aktiven Zeit im Olympiakader erinnerte Timofejew sich noch, dass er bei dieser Höhe mit einer Geschwindigkeit von fast hundert Stundenkilometern in die Weser eintauchen würde.

Arme und Beine zusammengepresst, das Kinn an die Brust gedrückt, fiel Timofejew nach unten. Ihm war, als sähe er im Fall seitlich die Taschen schwimmen, und auch ein Boot erkannte er – es war da, wie abgesprochen. Mit diesem Gedanken tauchte er ins dunkle Wasser der Weser. Trotz der sonnigen letzten Tage hatte der Fluss keine sechzehn Grad Wassertemperatur. Für einen Moment hatte Michail Angst vor einem Herzstillstand. Schon drangen seine Füße in den morastigen Flussboden. Ihm schoss die Angst durch Kopf und Körper. Ich werde doch jetzt nicht stecken bleiben? Aber schnell hatte er sich vom Grund gelöst und abgedrückt.

Er fror. Mit der von Wasser vollgesogenen Kleidung zurück an die Oberfläche zu kommen, war schwer. Schwerer, als er vorher geglaubt hatte. Seine Fanmütze fühlte er beim Auftauchen nicht mehr, sie war ihm sicher beim Sprung von der Brücke vom Kopf geglitten. Langsam wurde es höchste Zeit, die Lungen wieder mit Sauerstoff zu füllen. Timofejew begann nun heftig zu strampeln. Druck baute sich in seinen Lungen auf. Der Stress der Tage, dazu der Dauerlauf eben, ihm fehlte die Kondition. Endlich schob sich sein Kopf aus der Weser, und gewaltig sog er die lauwarme Mailuft ein.

Das Erste, was Timofejew nach dem Auftauchen wahrnahm, war das wenige Meter entfernt liegende

Boot. Mittels einer Kunststoffplane grau entstellt, erhob es sich seitlich von seiner Position. Michail schwamm darauf zu und sah auf dem Deck einen dunkel gekleideter Mann mit einer Gesichtsmaske. Der war emsig dabei, mit einer Stange die um ihn herum schwimmenden Schultaschen aus dem Wasser zu fischen. Der Russe versuchte sich zu entspannen, alles schien erfolgreich verlaufen zu sein.

Timofejew schwamm zum Heck des Bootes. „Piet, wo ist die Leiter?", rief er Wasser spuckend, und er merkte, dass ihm das Rufen nach den anstrengenden letzten Stunden die restliche Kraft abverlangte.

Der Maskierte hatte ihn gehört und schaute zu ihm herüber.

„Beeile dich, Piet", rief Timofejew ihm zu, „das Wasser ist kalt. Lange kann ich hier nicht mehr schwimmen." Er hatte inzwischen Wasser geschluckt und begann zu husten. Ein Schmerz in der rechten Wade kündigte dazu einen Krampf an. Das fehlte gerade noch … Er versuchte, durch Strecken des Fußes dagegen anzukämpfen, während er mit den Armen paddelte, um den Kopf über Wasser zu halten. Der Mann auf dem Boot hatte wenigstens inzwischen den Motor angeworfen und kam langsam auf ihn zugefahren, registrierte Timofejew erleichtert.

„Wird auch Zeit …" Das Boot war nun in Reichweite und Michail versuchte, nach einem gelben Fender zu greifen. Plötzlich drückte ihn von oben etwas zurück ins Wasser.

„Was soll das … Hör auf … Ich …" Er erschrak und schluckte von der ekelhaft schmeckenden Flüssigkeit. Wieder kam Druck von oben und sein Oberkörper wurde erneut unter Wasser gepresst. In Todesangst versuchte der Russe mit schnellen Armbewegungen auszuweichen. Kurz bekam er seinen Kopf etwas aus der Weser und konnte endlich etwas Luft schnappen. Er blickte nach oben, genau in das grinsende Gesicht des Mannes auf dem Boot. „Piet, wir wollten doch …"

Der Mann im Boot hatte noch immer die Stange in den Händen. Er senkte sie. Michail griff danach, aber er verfehlte sie. Dann drückte ihn die Stange erneut unter Wasser.

Luftblasen stiegen an die Flussoberfläche.

Nach einiger Zeit hob der Mann auf dem Boot die Stange aus dem Wasser und schaute angestrengt hinab in die trübe Brühe. Es stiegen keine Luftblasen mehr auf. Auch von Timofejew war nichts mehr zu sehen. Mit zufriedenem Gesichtsausdruck startete der Mann den Bootsmotor.

Die Jugendlichen wurden auf der anderen Seite der Brücke von Notärzten und Rettungssanitätern in Empfang genommen. Die Flut der Werder-Fans hatte inzwischen drastisch abgenommen. Nur vereinzelt torkelten noch welche an den Einsatzkräften vorbei.

Oberkommissar Herrter hatte der Einsatzzentrale den Stand der Dinge gemeldet. Nun stieg er aus dem Wagen und kniete sich zu einem Rettungsassistenten, der einer zitternden Schülerin eine Infusion legte. Der Mann schaute Herrter argwöhnisch an und der Polizist wunderte sich. Dann lachte er und riss sich das Werder-T-Shirt über den Kopf. „Sorry, bin ja immer noch verkleidet." Nun musste auch der Sanitäter grinsen.

KAPITEL 25

Sandra Holz war nach ihrem Gespräch mit Hauptkommissar Jensen völlig durcheinander. Sie hatte selbstverständlich nicht angenommen, dass der Kollege ihr den Verdacht gegen Schimick sofort abnehmen würde. Im Gegenteil – nichts wünschte sie sich sehnlicher, als Schimi unschuldig zu sehen, und insgeheim hatte sie ja sogar gehofft, dass Jensen durch gute Argumente die Beweise entkräften könnte. Aber es war anders gekommen. Dessen schroffe Ablehnung hatte nur ihre Professionalität in Frage gestellt und sie außerdem auf eine sehr persönliche Art angegriffen. Ihren Verdacht auf eine verschmähte Liebe zu schieben – welch ein Unsinn!

Doch in einem hatte der Bremer Kriminalbeamte womöglich recht: dass sie völlig falsch lag. Aber das würde sich nur aufklären lassen, wenn sie ihre Vermutung weiterverfolgte.

Sandra fuhr Richtung Osterdeich, zum Segelverein Weser. Der kürzere Weg dorthin, über die Erdbeerbrücke war gesperrt, so musste sie über die Wilhelm-Kaisen-Brücke ausweichen. Die Bremer City war inzwischen zur Festmeile avanciert. Der Gewinn der fünften Deutschen Fußballmeisterschaft durch Werder Bremen schien den ganzen Stadtstaat in Feierlaune zu versetzen. Die Straßen waren komplett in grün-weißer Hand. So etwas hatte die Kommissarin noch nicht gesehen. Sämtliche Bremer Autobesitzer schienen mit ihren Wagen unterwegs zu sein, geschmückt mit Fahnen, Bannern und wehenden Schals. Auf den Bürgersteigen das Gleiche zu Fuß. Bremen lebte diesen Sieg.

Sandra Holz hatte etwas Bedenken, den Segelverein rechtzeitig zu erreichen, denn sie kam nur zentimeterweise im stockenden Straßenverkehr voran. Doch dann entschloss sie sich, rechts in eine Seitenstraße einzubiegen, die aussah, als hätte der Trubel sie verschont. Sie hatte Glück, dieser Stadtteil schien den feiernden Fußballfans noch nicht zum Opfer gefallen zu sein.

Die letzten Informationen zur Entführung waren, dass der Entführer die Geiseln angeblich freigelassen hatte und aufgeben wollte. Das widersprach dem ganzen Verlauf der Entführung. Und dazu dem Bestreben der Geiselnehmer, alles genauestens zu planen und richtig zu machen. Die Kommissarin glaubte definitiv nicht an diese kuriose Wende.

Sandra Holz verließ den Mini beim Café *Weserbogen*. Trotz des schönen Maiwetters fand die Kommissarin den an der Weser gelegenen Segelverein wie ausgestorben vor. An der Eingangstür des Cafés hing ein Hinweis: *Wegen Fußballendspiel heute geschlossen.* Auch hier schien also alles nach der Pfeife von König Fußball zu tanzen. Sie lief den Fußweg nach unten am Vereinsheim vorbei zum Hafenbecken. Die Luft war feucht und nach der Fahrt durch die von Auspuffgasen geschwängerte Stadt eine Erholung. Sie blieb einen Moment stehen, und ihr Blick schweifte über das mit Segelbooten gut gefüllte Areal. Auch dort schien keine Menschenseele zu sein. Alle Werderfans und am Feiern? Aber nein, da auf einem Segler schrubbte ein alter Mann – eine Zigarre qualmend – sein Segelboot.

Sandra schaute auf die Uhr. Seit ihrem Gespräch mit Jensen waren keine zwanzig Minuten vergangen. Wenn sich die Sache so entwickeln sollte, wie sie vermutete, würde es bald geschehen.

Sie trat auf den schmalen Steg. Der war sehr wackelig, fiel ihr auf. Die Verbindung vom Land zu den Booten bestand nur aus irgendwelchen Auftriebskörpern, auf die man Holzpaletten geschraubt hatte. Vorsichtig, Schritt für Schritt tastete sie sich zum Boot des Seglers vor. „Entschuldigen Sie, mein Name ist Holz und ich bin Kriminalbeamtin."

Der etwa siebzigjährige Mann drehte sich erschrocken um und schaute auf den Ausweis, den die Kommissarin ihm hinhielt.

„Hier wird es gleich zu einer Festnahme kommen", sagte Sandra Holz. „Ich möchte Sie also bitten, Ihr Boot zu verlassen und sich nach oben in sichere Entfernung zu begeben."

Der Alte zögerte nicht lange, warf schwungvoll den Schrubber in die Bootsecke und kletterte auf den Steg.

„Noch eins", rief Sandra ihm hinter, „haben Sie ein Handy?"

Der Mann schüttelte den Kopf.

„Gut dann nehmen Sie das hier." Sie zog ihr Handy aus der Lederjacke und hielt es ihm hin. „Sollten die Kollegen von der Bremer Polizei nicht jeden Moment hier eintreffen oder sollten Sie Ungewöhnliches hören, dann wählen Sie bitte sofort den Notruf. Sie können doch damit umgehen?"

Der Segler war kreideweiß geworden. Nickend schnappte er das Handy und verließ, so schnell es auf den wackeligen Holzlatten möglich war, den Bootsbereich. Die Kommissarin schaute ihm noch nach, bis er mit schnellen Schritten das Café *Weserbogen* passierte.

Sandra Holz dachte nur noch kurz darüber nach, ob alles, was sie tat, richtig war. Ihr kamen Zweifel, aber nun gab es kein Zurück mehr. Sie suchte sich einen schattigen Platz auf dem alten Segler des Mannes. Die mit rotem Kunststoff überzogenen Bänke, über die Jahre verblichen, verlockten nicht unbedingt zum Sitzen. Trotzdem ließ sie sich dort nieder. Hier roch es nach Scheuermittel, und das Segelboot schaukelte leicht durch die Bewegung, die sie selbst beim Einsteigen verursacht hatte.

Wie still es hier doch war! Eben noch hatten zigtausende Werder-Fans wenige hundert Meter entfernt im Bremer Weserstadion ihrer siegenden Mannschaft zugejubelt. Und jetzt herrschte hier fast Grabesruhe. Sandra nahm sich vor, wenn nur irgend möglich, den Rest des Wochenendes auf dem Wasser zu verbringen. Segeln war auch ihr Ausgleich, eine Möglichkeit, die innere Ruhe wiederherzustellen. Sie würde Kai Seeborn, einen guten Freund und seit 2010 Miteigner ihrer kleinen Jolle *Seegurke*, in Ohrwege anrufen. Sie wollte ihn bitten, mit ihr einen gemeinsamen Segeltörn auf dem Zwischenahner Meer zu starten.

Hörte sie da das Geräusch eines Motorbootes? Die Kommissarin zog ihre Waffe aus dem Holster, überprüfte und entsicherte sie.

Das Geräusch wurde lauter, näherte sich aus Richtung Stadt dem Bootshafen des Segelclubs. Vielleicht fuhr das Boot ja nur vorbei? Eine Familie vielleicht, die den sonnigen Tag für einen Ausflug auf dem Wasser nutzte? Nein, die Kommissarin hörte, wie die Motorenleistung gedrosselt wurde. In engem Bogen, erkannte sie aus ihrer Deckung, fuhr eine weiße Yacht in Richtung Hafenöffnung. Hinter ihr schäumte die Weser und zog eine Spur. Sandra Holz blickte ihr aus dem Versteck heraus genau entgegen. An Deck stand ein Mann mit einer Kapitänsmütze. Er brachte die Yacht gekonnt zwischen den Holzpalisaden der Hafeneinfahrt zum Halten.

Wenn sie das Gesicht des Bootsführers auch noch nicht erkennen konnte, so war doch der große goldene Namenszug am Bug deutlich lesbar. Es war tatsächlich die *Goldstück*, die Yacht des Kollegen Anton Schimick.

Der Mann stand aufrecht am Steuerrad und ließ seinen Blick über den Bootsanleger schweifen. Nun hob er den Kopf, schaute hoch zum Vereinsgebäude. Dann zu den seitlichen Grünflächen. Anscheinend zufrieden beschleunigte er nun etwas und fuhr die Yacht auf den letzten freien Platz, ganz am Ende des Hafens.

Der PS-starke Motor verstummte blubbernd. Die Kommissarin blieb in ihrem Versteck, lugte aber vorsichtig um die Ecke der Kajüte. Der Mann war nicht zu sehen. Er musste wohl ins Bootsinnere verschwunden sein. Doch keine Minute später war er zurück. Und er brachte zwei große Segeltaschen mit an Deck. Wieder schaute er sich ausgiebig um. Ob ihm die Ruhe hier, auf dem sonst eher belebten Vereinsgelände, seltsam vorkam? Nein, er würde nicht misstrauisch werden. Er wusste doch sicher vom gewonnenen Fußballspiel und den feiernden Menschen, die sich in die Stadt verzogen hatten. Der Bootsführer stellte nun die Taschen ab und verschwand erneut in der Kajüte. Wieder zurück, kletterte er gewandt über Bord, packte die Taschen und schleppte sie balancierend über den Holzsteg.

Handelte es sich bei dem Mann um Schimick? Es war eindeutig dessen Boot, und auch die Mütze war Eigentum des Hauptkommissars, darüber war sich Sandra klar.

Der Mann musste auf seinem Weg nach draußen zwangsläufig an dem Segler vorbei, in dem sich die Kommissarin versteckte. Sie drückte sich dicht an die Bordwand. So konnte er sie nicht sehen, doch auch sie verlor dabei den Sichtkontakt. Ihre Hände schwitzten, und sie wischte sie an dem verblichenen Kunststoffbezug ab. Sie war bemüht, ihren Ekel zu unterdrücken.

Die Schritte wurden lauter. Der Mann lief nun genau an ihr vorbei. Jetzt trennten sie nur wenige Zentimeter. Sie hielt den Atem an und bewegte sich nicht. Tap, tap, tap. Zum Zugreifen nahe war er ihr.

Als die Schritte sich wieder entfernt hatten und etwas leiser geworden waren, löste sich Sandra aus ihrer Starre. Sie atmete ruhig wieder ein. Leise und behutsam erhob sie sich nun. Die Pistole in der Hand, kletterte sie äußerst vorsichtig auf den Bootssteg.

„Halt, bleiben Sie stehen!" Breitbeinig stand sie auf dem Holzsteg, die Pistole wie tausendmal geübt in beiden Händen.

Der Mann hatte ihren Ruf gehört und ein Ruck ging durch seinen Körper. Er stockte, als sei er gegen eine Wand gelaufen. Dann durchlief ein Zittern seinen Körper. Sandra konnte es genau sehen. Er stand nun, eine Tasche in jeder Hand, noch immer mit dem Rücken zur Kommissarin.

„Umdrehen, aber langsam", forderte Sandra ihn auf. Dabei hatte sie etwas ihre Stimme gesenkt und erneut den Atem angehalten. Sie hatte keine Angst vor dem Mann. Doch sie hatte Angst davor, dass der Mann dort, wenige Meter von ihr entfernt, Hauptkommissar Schimick war.

„Kollegin Holz, was machen Sie denn hier beim Yachthafen?" Der Mann mit Kapitänsmütze hatte sich wie in Zeitlupe auf dem Holzsteg umgedreht.

Die Kommissarin hielt noch immer den Atem an. Das um einen freundlichen Ausdruck bemühte Lächeln des Mannes sah eher nach dem Grinsen einer Teufelsmaske aus.

Sie atmete prustend aus. „Schau mal an, Polizeioberrat Petermann. Eigentlich hätte ich es wissen müssen." Ihre Stimme überschlug sich etwas.

„Was hätten Sie wissen müssen, Sandra?"

Da war es wieder, dieses „Sandra". Vor wenigen Stunden war sie noch besonders stolz darauf gewesen, vom hochrangigen Vorgesetzten beim Vornamen genannt zu werden, doch nun …

„Ich hätte wissen müssen, Petermann, dass Sie der zweite Entführer sind." Sie ließ das „Herr" absichtlich weg und schämte sich sofort dafür.

„Was reden Sie da für einen Unsinn?", schrie Petermann. Er stellte vorsichtig die beiden Taschen ab. „Sind Sie nicht ganz bei Trost, Kommissarin?"

„Sie rühren sich nicht von der Stelle, Petermann. Sonst mache ich von der Schusswaffe Gebrauch."

Petermann zuckte seine Schultern und lachte hysterisch.

„Sie würden auf einen Vorgesetzten schießen, der von einer harmlosen Spritztour zurückkommt?"

„Ach so, Spritztour …? Und was befindet sich in den beiden Segeltaschen?"

Petermann bemühte sich, unschuldig nach unten zu schauen. „In diesen Taschen befindet sich nur schmutzige Wäsche."

„Öffnen Sie eine der Taschen, vorsichtig und ohne hastige Bewegungen. Ich möchte sie sehen, ihre

328

›schmutzige Wäsche‹." Sie zog die beiden Worte dramatisch in die Länge.

„Sie glauben aber auch gar nichts, Frau Kollegin." Petermann bemühte sich, seine Seriosität zurückzugewinnen. Lächelnd bückte er sich, zog den Reißverschluss einer der Taschen vorsichtig auf. Gerade als er mit der Hand in die Tasche zu fassen schien, machte er einen schnellen Ausfallschritt nach links. Diese Gewichtsverlagerung brachte sofort den wackeligen Holzsteg in Bewegung.

Sandra hatte mit allem gerechnet. Doch die Bewegung des Mannes kam zu schnell und sie verlor augenblicklich ihr Gleichgewicht. Sie ruderte mit den Armen, versuchte entgegenzuwirken und den Sturz zu verhindern. Dabei verlor sie ihre Pistole. Die klatschte ins dunkle Wasser des Hafenbeckens. Petermann sah sich in dem, was er tat, bestätigt und sprang nun auf den Holzlatten des Stegs wild hin und her. Der Bootssteg wankte wie in einem Sturm. Mit einem Aufschrei stürzte Sandra ins Hafenbecken. Sie war sportlich genug, schon beim Eintauchen in das dunkle Weserwasser ihren Körper zu drehen und sich am Steg festzuhalten. Sofort schossen ihr Gedanken wie „Was soll ich tun?" und „Wo bleiben die Kollegen?" durch den Kopf. Das Flusswasser lief ihr in kleinen Bächen die Stirn hinunter. Es sammelte sich genau in den Augenhöhlen. Sie wischte sich über die Stirn, schob die nassen Haare aus dem Gesicht, bemüht, die Orientierung wiederzufinden. Doch wo war Petermann?

Er stand noch immer auf dem Steg, eine Pistole in der Hand. Er hatte ein breites Grinsen im Gesicht und die Pistole war auf die Frau im Wasser gerichtet.

„Na, Hölzchen", spottete er, „trotz Ihrer guten Ermittlungen wird das wohl nichts mit dem Verhaften." Er lachte wie irr. „Sie werden auf dem Grund des Hafenbeckens verrotten. Noch viel Spaß bei den Fischen!"

Ein Schuss brach. Sandra Holz erwartete im Wasser den Einschlag des Projektils, den Schmerz, den Tod.

Dann registrierte sie, dass Petermanns Grinsen in einen Ausdruck der Verwunderung wechselte. Erstaunt und wie in Zeitlupe glitt der Blick des Kriminalbeamten an sich hinunter. Ein Blutfleck bildete sich am Arm seines Polo-Shirts und breitete sich schnell aus. Das Grinsen verschwand. Langsam fiel Petermann vornüber. Still, einen Arm in der Weser, blieb er auf einer der Segeltaschen liegen.

Sandra Holz war nicht verletzt. Petermann musste von den rechtzeitig eingetroffenen Kollegen angeschossen worden sein. Sie versuchte, sich an dem immer noch leicht schwankenden Steg nach oben zu ziehen. Das erwies sich als nicht so einfach. Doch endlich hatte sie es geschafft. Kniend, um nicht gleich wieder hineinzufallen, schaute sie sich verwundert um. Wer hatte den rettenden Schuss abgegeben?

Dann entdeckte sie die hinter ihr auf dem Deck der *Goldstück* stehende Gestalt. Diese hielt, an die Reling gestützt, eine Waffe in der Hand und winkte zur Kommissarin herüber. Also von dort hatte man den rettenden Schuss abgegeben. Sandra erschauderte. Der winkende Mann war Anton Schimick.

Schimi? Sie verstand nun gar nichts mehr. Sandra glaubte, eine stark blutende Wunde an seinem Kopf zu erkennen.

Oben auf der Straße waren inzwischen Polizeisirenen zu hören, die sich dem Segelhafen näherten. Mit quietschenden Reifen stoppten Fahrzeuge, Autotüren schlugen laut. Dann sah Sandra Holz ihre Polizeikollegen, die den Weg zu ihr nach unten eilten. Mittendrin erkannte sie Hauptkommissar Jensen, eine Waffe in der Hand.

Während sie sich auf dem Steg kniend erneut das nasse Haar nach hinten schob, nahm sie laute Motorengeräusche hinter sich wahr. Zwei Boote der Wasserschutzund Verkehrspolizei fuhren in den Segelhafen. Eines stoppte unmittelbar bei der Einfahrt. Das zweite Boot, bewaffnete Polizisten an Deck, hielt erst unmittelbar bei Schimicks Yacht. Eines der Polizeiboote war der Kommissarin nicht unbekannt. Es handelte sich um die *Lesmona*. Sandra Holz war schon einmal während einer Übung der Wasserpolizei zusammen mit Oberrat Petermann darauf mitgefahren.

Inzwischen hatte es Hauptkommissar Jensen geschafft, über den wackeligen Steg bis zu ihr zu gelangen. Er hielt ihr seine Hand hin und half ihr aufzustehen. Hinter ihm liefen weitere Polizeibeamte zu dem verletzten Schimick und zu Petermann.

„Da hätte mein Misstrauen fast zu einer Tragödie geführt, Frau Holz", sagte Jensen. „Ich muss mich entschuldigen, doch das reicht bei weitem nicht aus."

„Schon gut", meinte Sandra. „Mir geht es gut. Kümmern Sie sich lieber um die beiden Verletzten."

Sie spazierte in triefender Kleidung, doch mit aufrechtem Gang Richtung Seglerheim. Bei den Taschen hielt sie kurz an und öffnete eine davon.

Darin befanden sich Bündel von Euroscheinen.

KAPITEL 26

Die Kommissarin hatte sich, mit Handtüchern und etwas Trockenem versorgt, vor knapp einer Stunde mit dem Bremer Hauptkommissar in das menschenleere Seglerheim zurückgezogen. Jemand vom herbeigerufenen Vorstand hatte es ihnen aufgeschlossen und die beiden Beamten führten hier die erste Vernehmung Petermanns durch. Schimicks Schuss hatte ihn nur gestreift, das Bewusstsein hatte Petermann durch den Schock verloren.

Der Notarzt hatte den kriminell gewordenen Beamten für eine kurze Vernehmung freigegeben und sie hatten die Zeit genutzt. Nun sahen sie durch die große Fensterscheibe, wie Uniformierte den ehemaligen Dezernatsleiter der Polizeidirektion Oldenburg in Handschellen abführten. Etwas in sich zusammengesunken, wirkte der Polizeioberrat klein und hilflos. So sehr Sandra sich jedoch bemühte, sie empfand kein Mitleid mit ihrem ehemaligen Vorgesetzten. Wer Jugendliche als Geiseln nahm und sie über Stunden Ängsten und Verzweiflung aussetzte, hatte auch alles andere als Mitleid verdient.

In einem Nebenraum, so wusste sie, wurde gerade Hauptkommissar Schimick von Sanitätern verarztet.

Petermann hatte ihn auf der *Goldstück* niedergeschlagen und in der Kajüte gefesselt. Dann hatte der hochrangige Beamte, soviel war bekannt, den Inhalt des Reservekanisters der Yacht auf dem Oberdeck des Bootes verteilt. Petermann hatte wohl beabsichtigt, die *Goldstück* anzuzünden, kurz bevor er dann den Hafen mit einem bereitstehenden Wagen verlassen hätte. Doch Schimi hatte sich zum Glück noch rechtzeitig befreien können. Schimick musste am Kopf genäht werden. Doch der Arzt war, was dessen Gesundheit anging, ganz unbesorgt. Man hörte den Kollegen nebenan auch schon wieder seine Sprüche zum Besten geben.

Die Polizei war sich inzwischen relativ sicher, dass Michail Timofejew ertrunken war. Eine Taucherstaffel war bisher vergebens unter der Erdbeerbrücke im Einsatz. Die starken Wirbel und Strömungen im Wasser hatten die Suche erschwert. So war die Leiche des Geiselnehmers bisher noch nicht gefunden worden. Die Kollegen würden weitersuchen. Auch die tausend Krügerrand hatten bislang nicht sichergestellt werden können. Die Taschen mit den Münzen lagen, bedingt durch das hohe Gewicht, nun tief im schlammigen Grund der Weser. Danach musste man später suchen, gegebenenfalls mit Sonden.

„Wann haben Sie gewusst, werte Kollegin", fragte Jensen, „dass Petermann der zweite Entführer ist?"

„Gewusst habe ich es nicht. Eher geahnt."

Die Kommissarin wiederholte die ganze Geschichte ihre Recherche und endete mit: „… dass Schimick sich an einer solchen Sache beteiligt, habe ich von Anfang an für unmöglich gehalten. – Na ja, für fast unmöglich", ergänzte sie. „Aber es wurde doch immer klarer, dass es sich bei dem zweiten Täter um jemanden handeln musste, der sich in Polizeitaktik auskannte. Als ich Petermanns Unterschrift in der Akte mit den Vernehmungsprotokollen des schweren Unfalls von Timofejew Sohn entdeckte, wurde mir bewusst: Die beiden kannten sich. Und dann kam der Hinweis des Polizeipräsidenten über Petermanns Schulden nach dessen Scheidung. Hinzu kam die Aussage des Busfahrers, dass der zweite Entführer so gerochen hatte wie Hauptkommissar Schimick. Das mit dem Parfum hatte ich ja recherchiert, ich hatte nur zunächst nichts mit dem Namen Anja Schierling anfangen können. Ich vermute, Petermann hat den Namen seiner Exfrau beim Parfumkauf benutzt, um den Verdacht auf Schimick zu lenken. Und dank Sebastians SMS über wasserdichte Beutel und Schwimmärmchen kam ich dann auf die Idee mit Schimicks Segelverein. Wie anders als mit dem Boot hätten die Entführer die Beute wegbringen sollen, nachdem der Flieger ja offenbar nicht mehr in Frage kam? Die *Goldstück* schien mir da naheliegend."

Jensen nickte. „Zum Glück sind die Jugendlichen unverletzt. Abgesehen von der Kleinen von gestern, die Sie zusammen mit Schimick aus dem Bus rausholen durften. – Ich habe auch Informationen vom Krankenhaus, was Sonnkamp angeht, den angeschossenen Busfahrer, der Nortbrook eigentlich hatte ablösen sollen. Man musste ihm bei einer Notoperation eine Niere entfernen, aber ansonsten ist er über den Berg."

Beruhigt lehnte sich die Kommissarin zurück.

„Petermanns Planung, nach dem Abtransport von Geld und Münzen das Boot mit Schimick anzuzünden, zeigt seine Entschlossenheit", sagte Jensen. „Er hat den Tod seines Kollegen mit einkalkuliert."

„Ich glaube jedoch nicht, dass dies von Anfang an sein Plan war", widersprach Sandra.

„Wie kommen Sie darauf, Frau Kollegin?"

„Petermann war ja der Anrufer, der auf den verletzten Sonnkamp hingewiesen hat. Also lag es ihm fern, jemanden zu verletzen, gar zu töten."

„Aber sein Entschluss, Schimicks Yacht anzuzünden?", gab Jensen zu bedenken.

„Er war am Ende. Er wusste, dass wir ihm auf den Fersen waren. Und er meinte wohl, wenn er für Schimick eine Art Selbstmord inszeniert, wären wir von dessen Schuld überzeugt. Wie dem auch sei, die weiteren Vernehmungen werden es an den Tag bringen."

„Dass Schimick und Timofejew Jugendfreunde waren, wussten sie?"

„Nein", musste die Kommissarin zugeben.

„Die beiden hatten sich, so hat mir der Kollege Schimick eben kurz berichtet, aus den Augen verloren", sagte Jensen. „Der Zufall wollte es, dass sie sich erst nach vierzig Jahren wieder gegenüberstanden. Und zwar, als Schimick den Unfall in der Schlachterei untersucht hat, an dem Eduard Timofejew angeblich selbst schuld gewesen sein sollte. Eduards Vater muss nach dem unverhofften Wiedersehen wohl geglaubt haben, das sein Jugendfreund mit ihm den Hass auf unser Land und auf diesen Bruns teilen würde."

„Aber Schimick war das egal?"

„Ganz genau. Der hatte seinen Jugendfreund schon lange vergessen. Polizeioberrat Petermann hat dann von der Geschichte gehört."

„Und da keimte in Petermann wohl die Idee, zusammen mit dem verbitterten Russen diese Geiselnahme durchzuführen", meinte Sandra.

„Das ist auch meine Vermutung. Timofejew war inzwischen wahrscheinlich sowieso alles Wurscht. Tochter verloren, Sohn schwer verletzt … Er hat sicher auch den eigenen Tod dabei in Kauf genommen."

Sandra Holz schwieg. Der Russe und seine Familie hatten sehr viel Leid ertragen müssen. Verständnis konnte sie für seinen Racheplan trotz allem nicht aufbringen. Sie empfand es allerdings als erleichternd, dass Michail Timofejew nicht, wie angegeben, aus politischen Motiven gehandelt hatte. Dies hätte in der Welt sicher viel Staub aufgewirbelt und gute nachbarschaftliche Verbindungen zwischen Deutschland und der Ukraine gestört.

Jensens Handy klingelte. Mit einer Handbewegung entschuldigte er sich bei der Kollegin und nahm das Gespräch an. „Jensen? Ach ja – hallo, Hans!" Der Hauptkommissar hörte eine Weile interessiert dem Gesprächspartner zu.

Dann bedankte er sich und schob das Handy wieder zusammen. „Das war der Leiter unseres Entschärferteams. Sie haben den Bus abgesucht. Auch mit Sprengstoffspürhunden. Die vier Handgranaten waren wohl Übungsgranaten und auch bei der vermeintlichen Bombe handelte es sich um eine Attrappe. Für die Jugendlichen bestand also zu keiner Zeit eine echte Gefährdung."

„Außer durch die Pistole von Timofejew", ergänzte die Kommissarin.

„Richtig, bis auf die scharfe Waffe. Und auch die hatte er sicher von Petermann", meinte Jensen. „Was mich irritiert, ist, dass die Waffe laut Nachweis der Asservatenkammer an Schimick ausgegeben wurde."

Sandra Holz schüttelte den Kopf. „Aber auch dafür gibt es sicher eine logische Erklärung. Die Geschichte mit der Freilassung von Frau Tymoschenko war dann sicher auch Petermanns Idee?"

Hauptkommissar Jensen nickte. „Da bin ich mir absolut sicher. Er wollte einfach nur ablenken. Auch die Spur zu dem Ukrainer namens …?" Jensen schaute sie hilfesuchend an.

„Kospolow."

„Richtig, Kospolow, der dann verhaftet wurde: Petermann muss die Beweise schon im Vorfeld dort versteckt haben und wir sind ihm auf den Leim gegangen."

Die Tür zum Vereinsheim wurde lautstark aufgerissen. Anton Schimick stand im Rahmen. Er wurde von einem Rettungssanitäter gestützt. Schimicks Schädel zierte ein weißer Verband und der Hauptkommissar glich einer Mumie aus einem Horrorfilm. Sandra Holz musste bei seinem Anblick laut lachen.

Schimick riss sich vom Sanitäter los und schwankte zu den beiden an den Tisch. Jensen sprang auf und half dem Kollegen, sich zu setzen.

„Es tut mir so leid um meinen Freund Michail. Ich hatte die gemeinsamen Jahre und Jugenderinnerungen in Ufa völlig vergessen. Hätte ich gewusst, dass …"

„Machen Sie sich keine Vorwürfe", unterbrach und beschwichtigte ihn Hauptkommissar Jensen. „Sie trifft keine Schuld. Und dank unserer Kollegin Holz ist die Entführung ohne einen Toten zu Ende gegangen. Wohl bis auf Timofejew. Aber mich würde noch etwas interessieren, Kollege …"

Schimick schaute ihn fragend an. „Und das wäre?"

„Wie hat Sie Petermann hierher gelockt?"

Schimick griff sich an den Kopf und zupfte nervös an dem Verband. „Kurz nachdem wir vom Dwaschweg abgerückt waren, rief er mich auf meinem Handy an.

Erzählte, er hätte gerade einen anonymen Anruf erhalten. Er meinte, die Entführer wollten sich per Boot über die Weser absetzen. Ich sollte zusammen mit ihm hier auf die Wasserschutzpolizei warten. Das klang ja nun überaus glaubwürdig, und außerdem ist er … war er … mein Chef. Ja, und dann …" Schimick stoppte mitten im Satz und griff sich mit schmerzverzerrtem Gesicht an den bandagierten Kopf.

„… und dann hat er Sie mit der Waffe bedroht, in Ihre Yacht gebracht, niedergeschlagen und gefesselt", führte Jensen den Satz zu Ende.

Schimick nickte, stand vorsichtig auf und nahm seine Kollegin sanft in den Arm. „Alles klar, Frau Kommissar?" Er versuchte zu scherzen, doch bei seiner zitternden Stimme klang das nicht glaubwürdig.

„Ja. Dank dir, Schimi. Du hast mir das Leben gerettet."

„Na ja, wenn es sonst nichts ist! So eine Hübsche ist doch lebend interessanter als tot. Und außerdem wäre ich wohl ohne dich auch tot. Also Patt!"

Jensen lachte laut auf. Die Kommissarin aber blieb ernst. „Kannst du mir noch einen großen persönlichen Gefallen tun, Schimi?"

„Und der wäre?"

„Sag bitte nie wieder Hölzchen zu mir."

Nachtrag

Die Temperatur an diesem Herbsttag in der russischen Stadt Ufa war überaus angenehm. Der Sommer hatte länger angehalten als erwartet und das warme Wochenendwetter hatte die Bewohner der Stadt ermuntert, ihre Freizeit am neu eingerichteten Strandbad der Belaja zu verbringen. Kinder tobten laut an den zahlreichen Spielgeräten am Sandstrand. Einige Mutige schwammen sogar noch im Fluss. Es roch nach Gegrilltem und die Luft schien zu vibrieren von Lebensfreude und Ausgelassenheit.

Etwas abseits des Trubels spazierte ein älteres Ehepaar auf dem Sandstein der Promenade. Ihre Blicke waren auf einen jungen Mann mit Krücken gerichtet, der wenige Meter vor ihnen lief. Er humpelte stark und musste nach jedem Schritt für einen Moment innehalten. Dabei war sein Blick stets zur Seite auf die leichte Strömung des Flusses gerichtet.

„Sein erster Tag wieder zu Hause", seufzte der Mann.

„Das Glück hat uns doch nicht komplett verlassen", sagte die Frau, ohne den Blick von dem Jungen abzuwenden.

„Ja, Dascha, die Operationen in der Schweiz haben Eduards gesundheitliche Situation tatsächlich erheblich verbessert. Wir werden noch etwas Geduld haben müssen, doch in ein paar Jahren vielleicht …" Die Augen des Mannes strahlten plötzlich vor Glück.

Das Paar war stehen geblieben. Die Frau legte ihren Kopf gegen die Schulter ihres Mannes und griff nach seiner Hand. „Ich bin so froh, dass dieser reiche Bruns sich doch noch besonnen hat …"

Der Mann strich zärtlich über ihr Gesicht, die Augen nun tränennass.

„… und uns als Hilfe für Eduards Gesundung seine wertvolle Münzsammlung überlassen hat, Michail."

Der Mann legte seinen Arm schützend um die Frau in baskirischer Landestracht, und leise starben seine Tränen.

DANKSAGUNG

Der Autor möchte seinen Dank aussprechen:

- den Verantwortlichen der Verkehr und Wasser GmbH Oldenburg (VWG) für die Möglichkeit der Recherche und die Erlaubnis der Namensnennung

- dem Verein Blau-Weiß-Bümmerstede sowie allen, die ihn in vielfältiger Weise unterstützt haben.

Im Verlag CW Niemeyer bereits erschienen ...

Die Oldenburger Kommissarin Sandra Holz steht vor einem entsetzlichen Fund: Drei mumifizierte Mädchenleichen im Oldenburger Fliegerhorst!
Die Jagd nach dem Psychopathen führt Sandra Holz und ihre Kollegen ins europäische Ausland, aber auch in die USA. Hängt das Verschwinden einer weiteren Jugendlichen mit den sadistischen Morden zusammen? Ein Wettrennen gegen die Zeit beginnt.
Was hat die ehemals dort stationierte FlaRakGrp 24 damit zu tun? Die Bewohner Oldenburgs halten den Atem an! Schlimmste Kindheitserinnerungen kochen in Sandra Holz hoch und lassen den Fall zu einer emotionalen Herausforderung werden.

Klaus E. Spieldenner. Und Stille wie des Todes Schweigen
352 Seiten. Paperback. ISBN 978-3-8271-9425-1
E-Book   978-3-8271-9661-3 (Pdf)
           978-3-8271-9861-7 (Epub)

Im Verlag CW Niemeyer bereits erschienen ...

Der junge St. Pauli-Spieler Tobias Reinert verschwindet spurlos nach seinem ersten Hamburger Marathonlauf. Weitere aktive Läufer werden plötzlich als vermisst gemeldet. Zufall?
Kriminalkommissarin Sandra Holz nimmt die Ermittlungen auf und sieht sich schnell mitten in einem Fall, die sie nicht nur beruflich, sondern auch menschlich an ihre Grenzen treibt. Dabei führt sie eine heiße Spur auf ein luxuriöses Kreuzfahrtschiff. Was genau spielt sich tatsächlich unter Deck der „Health of the World" ab? Und welche Rolle spielen dabei die beiden Asiaten, die in einem schwarzen Transporter mit dänischem Kennzeichen in Sandras Nähe auftauchen? Trotz aufreibender Recherche scheint für die Kommissarin keine Auflösung in Sicht – und dann wird der Fall persönlich.

Klaus E. Spieldenner. Start – Ziel – Tod
352 Seiten. Paperback. ISBN 978-3-8271-9427-5
E-Book   978-3-8271-9657-6 (Pdf)
           978-3-8271-9857-0 (Epub)

Im Verlag CW Niemeyer bereits erschienen ...

Ein Schock für die Hamburger DOM Schausteller: Mehr als drei Jahrzehnte nach dem schrecklichen DOM-Unfall 1981 wird der Inhaber der Geisterbahn „Zombie Land" erschlagen aufgefunden. In einem Erpresserbrief fordern Unbekannte fünf Millionen Euro – ansonsten drohen sie mit Schrecken und Blutvergießen. Der nächtliche Stromausfall sowie weitere Anschläge auf den DOM lassen schnell klar werden, die Erpresser meinen es ernst! Es beginnt ein Wettlauf mit der Zeit, um endlich Licht in das Dunkel des Heiligengeistfeldes zu bringen.

Klaus E. Spieldenner. Der DOM trägt Schwarz
368 Seiten. Paperback. ISBN 978-3-8271-9440-4
E-Book   978-3-8271-9690-3 (Pdf)
           978-3-8271-9890-7 (Epub)

#niemeyerbuch

Jetzt <u>kein</u> Buch mehr verpassen

Im Verlag CW Niemeyer bereits erschienen ...

11. Januar 2017: Während der Eröffnungsfeierlichkeiten stürzt ein Fallschirm-
springer vom Dach der Elbphilharmonie in den Tod. Die aus der Elbe geborge-
ne Leiche einer Bauingenieurin, aber auch das plötzliche Verschwinden von vier
Bauarbeitern lassen Privatdetektiv Carsten-Oliver Lutteroth in die zögerlichen
Untersuchungen der Mordkommission eingreifen. Gemeinsam mit Kommissarin Sandra Holz kommt Lutteroth einem rätselhaften Hamburger Geheimbund
und Vertuschungsversuchen der Hansestadt beim Bau des neuen Konzerthau-
ses auf die Spur. Welches schreckliche Geheimnis birgt die Elbphilharmonie?

Klaus E. Spieldenner. ELBTOD
336 Seiten. Paperback. ISBN 978-3-8271-9469-5
E-Book   978-3-8271-8528-0 (Pdf)
          978-3-8271-8328-6 (Epub)

#niemeyerbuch
Jetzt <u>kein</u> Buch mehr verpassen

Im Verlag CW Niemeyer bereits erschienen ...

Die Eltern bei einem Autounfall verloren, die Tochter ertrunken, die Ehefrau erhängt: In der dunkelsten Stunde seines Lebens fasst der Hamburger Bestatter Julius Hassel einen folgenschweren Entschluss: Er will seine Familie zurück. EGAL OB TOT ODER LEBENDIG!
Im sechsten Fall der erfolgreichen Regionalkrimi-Reihe von Klaus E. Spieldenner wird es geheimnisvoll, denn ein mordender Serienkiller, eine explodierende Weltkriegsbombe an der Elbphilharmonie und konservierte Leichen strapazieren die Nerven der Leser auf ganz besondere Art.
Können die Hamburger Kommissare Lutteroth und Schweiss den schwierigsten Fall ihrer Laufbahn lösen oder werden sie am Ende sogar selbst zur Zielscheibe des Bösen?

Klaus E. Spieldenner. Schuppen 10
432 Seiten. Klappenbroschur. ISBN 978-3-8271-9533-3
E-Book   978-3-8271-8542-6 (Pdf)
        978-3-8271-8341-5 (Epub)

#niemeyerbuch

Jetzt <u>kein</u> Buch mehr verpassen

Im Verlag CW Niemeyer bereits erschienen ...

DU KANNST NIEMANDEM TRAUEN ...

Der Tod zweier Au-pair-Mädchen einer im Chilehaus ansässigen Agentur erschüttert die Bewohner Hamburgs. Wer hat ein Motiv, zwei junge Frauen zu ermorden? Zur gleichen Zeit ist Kommissarin Sandra Holz unterwegs in die USA. Als ihr Gepäck verschwindet und gefüllt mit Kokain wiederauftaucht, wird sie von ihren engsten Kollegen verhaftet. Wem kann die Kommissarin jetzt noch vertrauen? Sitzt der Gesuchte etwa in den eigenen Reihen?
In ihrem 7. Fall ermittelt Sandra Holz – im Stich gelassen von der Polizeiführung und nur mithilfe engster Kollegen – am Hamburg Airport und im Chilehaus. Dabei versucht sie ihren Namen reinzuwaschen und die Hintermänner des Verbrechens ein für alle Mal zu entlarven.

Klaus E. Spieldenner. Elbtraum
416 Seiten. Klappenbroschur. ISBN 978-3-8271-9497-8
E-Book   978-3-8271-8557-0 (Pdf)
             978-3-8271-8356-9 (Epub)

#niemeyerbuch

Jetzt kein Buch mehr verpassen

Im Verlag CW Niemeyer bereits erschienen ...

Die Tochter eines Bundesliga-Schiedsrichters verschwindet über Nacht aus dem Ferienlager. Was zunächst keiner für möglich hält, wird plötzlich zur harten Realität: Entführung! Sollte der Hamburger Sportverein das Relegationsrückspiel zum Wiederaufstieg in die 1. Bundesliga verlieren, stirbt Katharina. Wird sich der Referee auf diesen Wettbetrug einlassen? Über einen anonymen Live-Stream bangen Kriminalbeamte und Familie um das Leben der Zwölfjährigen.

Dem Team um die Hamburger Kommissarin Sandra Holz rennt die Zeit davon. Gelingt es ihnen, das Mädchen rechtzeitig aus ihrem engen Versteck zu befreien, bevor der Sauerstoffvorrat aufgebraucht ist? Ihnen bleiben genau 33 Stunden!

Klaus E. Spieldenner. Elbfinsternis
400 Seiten. Klappenbroschur. ISBN 978-3-8271-9545-6
E-Book   978-3-8271-8574-7 (Pdf)
           978-3-8271-8373-6 (Epub)

#niemeyerbuch

Jetzt <u>kein</u> Buch mehr verpassen

Im Verlag CW Niemeyer bereits erschienen ...

Norderney im Winter. Zwei grausame Morde erschüttern die Insel. Mordopfer sind der ehemalige Chefarzt der Inselklinik und der örtliche Gemeindepfarrer. Als die polizeilichen Ermittlungen ins Stocken geraten, wird Privatermittler Frank Gerdes von seiner Jugendfreundin Antje gebeten, eigene Nachforschungen anzustellen. Gerdes stößt auf Korruption und den schleichenden Ausverkauf der Insel. Seine unorthodoxen Ermittlungsmethoden führen ihn auf eine dreißig Jahre alte Spur aus Missbrauch und Affären. Während Gerdes Stück für Stück das Geflecht entwirrt, gerät er selbst in Lebensgefahr ...

Tomas Cramer. Frostland
480 Seiten. Klappenbroschur. ISBN 978-3-8271-9555-5
E-Book   978-3-8271-8582-2 (Pdf)
          978-3-8271-8381-1 (Epub)

#niemeyerbuch

Jetzt kein Buch mehr verpassen

Folgt uns auf

#niemeyerbuch